ジョルジュ・サンド
セレクション
（全9巻・別巻一）

Les Chefs-d'œuvre de
George Sand

■責任編集＝M・ペロー
持田 明子
大野 一道

スピリディオン

Spiridion

物欲の世界から精神性の世界へ

大野一道　訳＝解説

2

藤原書店

Les Chefs-d'œuvre de George Sand

sous la direction de

Michelle Perrot , Akiko Mochida , Kazumichi Ohno

Tome II

***Spiridion*, 1839**

traduit par Kazumichi Ohno

□もくじ□

スピリディオン

物欲の世界から精神性の世界へ

本書を完成するまでの経緯《いきさつ》

『スピリディオン』の大部分は、ヴァルデモーサのカルトゥジオ修道院（一八三八年十一月から翌年二月までショパンとともに過ごしたスペイン領マヨルカ島にある）の崩壊しかかった建物の中で、北風の唸りを聞きながら書かれ、完成した。たしかに、あのロマンチックな場所は、もっと偉大な詩人にならもっと素晴らしいインスピレーションを与えただろう。幸いなことに、書くことの喜びは作品の価値にではなく、芸術家の心の高ぶりによって評価される。しばしば辛くなる心配事がなければ、神々しい光景の見えるあの僧院の小部屋で私は十分に満足できただろう。あそこは、たまたまというか、むしろ他の安息所がなかったことから是非もなく入ったのだが、ノアンで書き始めたこの本のテーマにまさに適した環境を供してくれた。

ノアンにて、一八五五年八月二十五日

ジョルジュ・サンド

ピエール・ルルー氏へ

何年にもわたって友であり兄であり、徳と学識において父であり師であるあなたに、私の小説の一つを、献じるのにふさわしい著作としてではなく、友情と敬愛のしるしとしてお贈りするのをお認めください。

ジョルジュ・サンド

修練士（正式に修道会に入る前の修練期にある者）としてベネディクト会（特に聖務日課と労働を重視し、「祈り働け」をモットーとしていた）の修道院に入ったのは、私が十六歳になったばかりのときでした。おとなしくて内気なほうでしたから、最初は皆に安心感を与えて可愛がられたように思います。しかしほどなく、先輩修道士たちの好意がなぜか冷たいものに変るのを見ました。唯一私に対し少しは関心を示してくれていた経理係の神父が、何回か私を脇のほうに呼びよせて、もっと自分のことに注意しないと修道院長の不興を買ってしまうよと小声で注意してくれました。

どうしてなのか説明してほしいとせっついたのですが、だめでした。かれは唇の上に一本指をあてて、それから謎めいた様子で立ち去りながら、次のように答えただけでした。

「よく分かっているだろう、君、私の言いたいことが」

私は自分がどんな罪をなしたのか考えてみましたが分かりませんでした。どんなにか綿密に検討してみても、叱責に値するような重大な過ちをやったとは思いつかなかったのです。何週間か、あるいは何カ月かが経ちました。誰も口に出さない激しい非難のようなものが私にのしかかっている状態はなくなりませんでした。心をこめて、熱意をもって、いっそう神に献身してみましたがだめでした。言葉づかいや考え方すべてにたえず心を配ってみましたがだめでした。礼拝や日常の作業にも、もっとも熱心に取り組んでみましたがだめでした。日々自分の周りに孤独の輪が広がってゆくのが見えたのです。友人たちはみな去ってしまいました。もう誰一人言葉をかけて来る者もありません。一番ふまじめで感心できない修練士でも、私を軽蔑する権利などありもしないのに、あるみたいに見えました。何人かは私のかたわらを通るとき、僧服のひだを身体にピッタリと引き寄せ、まるで癩患者に触れるのを恐れるかのようにさえしました。一つの間違いもなく読誦を唱えたとしても、聖歌を歌うのに大変上達したとしても、私のおずおずとした声が丸天井の下で響くのをやめたときに、深い沈黙が自習室の中を満たしたものです。博士たちや修練長たちは、私を励ますようなまなざしを、たった一つでも投げかけることはありませんでした。その一方ものぐさで無能な修練士たちは、ほめそやされては報償の山をもらっていたのです。大修道院長の前を通ると、まるで私を救うのを嫌がっているみたいに彼は顔をそむけました。

私は自分の心の動きを洗いざらい観察して、苦しみの大半となっているのは自尊心が傷つけられたことではないかと厳しく自問してみました。そして虚栄心ゆえのいかなる反抗とも、戦うのをいとわなかったと少なくとも自認できたのです。また私の心が孤立状態によって深い悲しみにおちいっているのをはっきりと感じました。私の心は楽しみを与えられたりお世辞を言ってもらえなかったからではなく、愛してもらえなかったゆえに抑えつけられていたのです。

そこで、私からの打ち明けを回避できない唯一の修道士、聴罪司祭を心の支えにしようと決心しました。彼の足元に身を投げ出しに行って、自分が苦しんでいること、そしてもう少し優しい扱いを受けられるよう努力していること、私の中で頭をもたげ始めている、相手を非難しようという苦々しい心と戦っていることを説明しました。でも冷たい調子で次のように言われたとき、何と落胆したことでしょう。

「あんたが心から真摯に、完璧に従順な気持ちで心を開いてくれなければ、拙僧としては何もできん」「ヘジェジッペ神父さま」と私は答えました。「あなたは私の心の奥にある真実をお読み取りになれるはずです。何一つ隠し立てなどしておりませんから」

すると彼は立ち上がって、恐ろしい調子で言いました。

「見下げ果てた罪人め！ 卑しい邪悪な魂め！ 恐るべき秘密を隠していると自分でもよく分かっているだろう。そして自分の良心が罪の深淵だということもな。だが神の目はごまかせんし、神の正義は逃れられないぞ。さあ、ここから引き下がってくれ。もうあんたの偽善的な訴えなぞ聞きたくもない。神に背いたのを心から悔むまで、真摯な悔悛によって精神の汚れを洗い流してしまうまで、告解室に近づくのを禁じる」

「ああ、神父さま！ 神父さま！ こんなふうに追い払わないでください。絶望におとしいれないでください。神様の善意についてもあなたのご判断の賢明さについても疑わしいと思わせないでください。私は主のみ前で潔白でございます。この苦しみをどうぞあわれんでください……」と私は叫びました。

すると彼は雷のように大きな声で言いました。「厚かましいヘビめ！ 偽りの誓いを鼻にかけるがよい、お前のうその誓約を援護しようと主の名に頼るがよい。だが拙僧のことはほっておいてくれ。この目の届かぬところに退いてくれ。お前のかたくなさにはぞっとするのだ！」

こう言いながら彼は、私が必死の思いでつかんでいたその僧服をふりほどきました。私は気が狂ったようにすがりついていたのです。力いっぱい押しのけられたので、うつ伏しざまに倒れました。彼は私たちがいた聖具室の扉をバタンと閉じて立ち去っていきました。私は闇の中に取り残されました。激しく倒れたためかそれとも悲しみが大きすぎたためか、喉の奥で血管が切れ、口から血が出ました。起き上がることができず、急に気が遠くなっていくのを感じました。ほどなく意識を失い、自分の血で汚れた床石の上に長々と横たわってしまったのです。

こうやってどのくらいの時が経ったのか分かりません。意識を回復し始めたとき、心地よいさわやかさを感じました。穏やかなそよ風が自分の周りでたわむれているように思えました。それは額の汗を乾かせ、髪の毛を吹き抜けてから、漠とした、あるかなきかの音を立てて遠ざかっていくように思えました。部屋の四隅でよく分からないかすかなメロディーを立てているように思えました。それからまた私に力を取り戻させ、起き上がらせようとするように、戻ってきたみたいでした。

しかしまだ私は心を決めかねていました。というのも、かつてない安らぎを感じながら一種穏やかな錯乱の中で、よろい戸のすき間から、ひそやかにしのび入ってくる夏のそよ風の音を聞いていたからです。そのとき聖具室の奥から、一つの声が響いてくるのが聞こえたように思えました。それはひどく小声だったので何を言っているのか分かりませんでした。私は身動き一つせず全神経を耳に集中してじっとしていました。声は、射禱《しゃとう》と呼ばれている、言葉を数語ずつ区切りながら唱える祈りの一つをしているように思えました。とうとう次のような言葉がはっきりと聞き取れました。「真実の聖霊よ、無知と欺瞞の犠牲者を立ち上がらせたまえ」「ヘジェジッペ神父さま！　戻ってきてくださったのですか？」私は弱々しい口調でたずねました。だが誰も答えません。両手と両膝《ひざ》をついて身を起こして、さらに耳をかたむけました。もう何一つ聞こえません。完全に立ち上がりました。そして自分の周りを見まわしました。この小さな部屋のただ一つしかないドアのごく近くに倒れていたのです。聴罪司祭が立ち去ったあと、身体をふみつけられなければ誰一人入ってこられるはずはありません。それにそのドアは古い形の掛け金によって内側に向かってしか開かないようになっていました。それに触ってみました。掛け金が閉まったままなのを確かめました。恐怖にとらえられました。しばらくのあいだ一歩も動けずにいました。ドアに背をもたせ、目をこらして部屋の奥の隅のほう、闇の中に何かないかと探しつづけました。うっすらとしたかすかな光が、目のつまった樫《かし》材の鎧戸にある明かり取りから落ちてきて、部屋の中央付近でちらちらしていました。あるかないかの風が鎧戸をきしませ、このかすかな光が差しこんでくるすき間を交互に広げたりせばめたりしていました。照らされたり照らされなかったりするその辺りにあるのは、どくろを上に乗せた祈禱台、床の上に散乱する何冊かの書物、壁にかかった白い祭服のアルバでした。それらは風が窓の背後でゆらしている葉叢の影と呼応してゆらめいているように見えました。私は自分一人しかいないのが分かったように思えたときには、おびえていたのが恥ずかしくなりました。十字を切ってから鎧戸を完全に開けはなしにいこうと身がまえました。だがそのとき祈禱台のところから深いため息がもれてきて、足が釘付けになりました。私にはこの祈禱台がはっきりと見えていましたし、そこに誰もいないことは確かだと分かっていたのです。だが次のことを、もっと早く思いつくべきだったと考えてほっとしました。誰かが窓の外側にもたれて、私がいるなどと思いもせずに祈りをあげていたかもしれないのです。でもいったい誰が、大胆にも私が聞いたような言葉を発し、祈りをあげることができたのでしょう？

好奇心が修道院生活で許されたただ一つの情熱であり気晴らしでしたが、それが私をとらえたのです。窓のほうに進んでいきました。ところが一歩踏み出したか出さなかったところで、見まちがえでなければ、祈禱台から黒い影が離れ、窓のほうに向って部屋を突っ切り、私の前をあっという間に通り過ぎていったのです。その動きはあまりに早く、誰かの体だと思ったものを避ける時間もありませんでした。私の恐怖感はあまりに大きく、またも気を失いかけました。だが私は何一つ特殊な感覚を覚えませんでした。まるでこの影に貫かれたようになって、ただ自分の左側のほうにその影が消えていくのが見えたのです。

私は窓のほうに走っていきました。あわただしく鎧戸を押し開けました。聖具室の中に視線を投げてみましたが完全に一人きりでした。眼差しを庭のいたるところに向けてみました。人気《ひとけ》はありません。真昼の風が花壇の上を吹いていました。勇気を取り戻し、部屋のすみずみまで調べてみました。祈禱台は大変大きなものだったので、そのうしろも眺めてみました。壁にかかっている司祭服すべてをゆり動かしてもみました。すべてが正常な状態のままでした。いま起きたことについて説明してくれるようなものは何もなかったのです。自分が流した血を見て、私は頭がこの出血によって弱くなり、幻覚におそわれたのだろうと信じることにしました。自分の小部屋に戻り、翌日まで閉じこもっていました。

その日は夜になっても涙にくれて過ごしました。何も食べずに体が弱ったうえ、失血していましたし、あの聖具室での血も凍るような恐怖から、身も心もずたずたになっていたのです。誰一人助けにも慰めにも来てくれませんでした。私がどうなっているか気づかう者などいませんでした。部屋の窓から一群の修練士が庭に散っていくのが見えました。修道院の番をしている大きな犬たちが、彼らのところまでしっぽを振りながらやって来て、さかんになでてもらっていました。私は胸が締めつけられる思いでした。あれらの犬を見て、私より百倍もよい扱いを受け百倍も幸せなのだと心が痛んだのです。

私は自分が神に招かれてこの道に入ったのだとあまりにも信じていましたから、反抗したり逃げだしたりすることなど、これっぽっちも思いつきませんでした。天によって送られた試練として、また徳を積む機会として、それらの屈辱、不正、うっちゃらかしを結局のところ受け入れたのです。私は祈りました。そして謙虚になりました。胸をたたきました。神の正義に私の事件をゆだね、あらゆる聖人に守護を求めました。朝方になってやっと安らかな眠りを味わえました。が、夢をみて、はっと目が覚めてしまったのです。アレクシ神父が目の前にいて激しく私をゆさぶっていました。彼はあの不思議な存在が聖具室で私に言った言葉を、ほとんどそのままくり返したのです。

「立ち上がりなさい。無知と欺瞞の犠牲者よ」

あの定かならぬ記憶とアレクシ神父とはどんな関係がありえたのでしょう？　私にはさっぱり分かりませんでした。私が眠りこんだときにあの聖具室の光景が心を大きく占めていて、そしてまさにその時、ちょうど月が沈むころ、日の出のほぼ一時間前、私が自分の粗末なベッドから、アレクシ神父が庭のほうから

私にはこの祈禱台がはっきりと見えていました

修道院の中に戻ってくる姿を見たというのでなかったなら。

アレクシ神父のこの朝の散歩は、とはいえ通常ならぬこととして私を驚かしたわけではありません。彼はわれわれ修道士の中で一番の学者でした。偉大な天文学者で、修道院の天文観測室に十分備えられている物理学と幾何学の器械を管理していました。夜の一部を実験や天体観測にあてて過ごしていました。彼はいつでも休みなしに行ったり来たりしていたので、ミサの時間にきちんと間に合わないこともありましたし、朝課や讃課（ともに修道者が神に対し礼拝を命じられている毎日の務め。朝課は真夜中すぎまで唱えられ、ひきつづいて「讃美」という詩篇の言葉ではじまる讃課が唱えられる）に加わるため教会堂まで降りて来なくてもいいとされてもいました。だが夢の中で私は勝手に彼のことを、いつも何かに没頭している奇妙な男で、しばしば言っていることが理解できないし、たえず修道院の中を悲嘆にくれた人のようにさまよっているのだと思いはじめていました。簡単に言えば、前夜聖具室の窓にもたれて祈りの文句をとなえていたのも、そして私がどんなにおびえたかにも気づくことなくたまたま壁に影を横切らせたのも、彼だったということは大いにありえたのです。私はそれを本人に尋ねてみようと思いました。どんなふうにしたら私の質問をまともに受けとめてもらえるだろうかと考え、思いきって次のような口実で彼と知り合うことにしました。思い出したのはこの陰気な老人ただ一人が、皆が陰に陽に示していた侮蔑の思いを私に向けなかったということ、つまりおぞましげに私を避けて通るということが一度もなかったということでした。彼はこの修道者の共同体で作られているあらゆる固い決意のようなものと完全に無縁だと見えました。本当のところ、彼から親しみのこもった言葉をかけられたことはありませんでしたし、私の名前を覚えてさえいないように見えました。だが他の修練士にも同じく注意を払っていなかったのです。一人離れて、学問的な思索に没頭して過ごしていたのです。信仰心に篤いのか宗教に無関心なのかも分かりませんでした。外的な目に見える世界のことしか話していませんでしたし、他のことはほとんど気にかけていないようでもありました。誰一人彼のことを悪く言わなかったし良くも言わなかったのです。修練士たちが彼についてあえて何かしゃべったり質問したりすると、修道士たちは厳しい調子で黙ってなさいと答えるのでした。

たぶん自分の苦しみを彼に打ち明けに行ったら、何かよい忠告を与えてくれるのではないかと思いました。たぶんたった一人であんなにもさみしげに日々を送っている彼なら、初めて一人の修練士が自分のところにやってきて、助力を求めるのを見て心動かされるのではないでしょうか。不幸なものたちはお互いを求めあい理解しあうのではないでしょうか。たぶん彼もまた不幸なのだ、たぶん私の苦悩に共感してくれるのではないか。私は立ち上がり、そして彼に会いに行く前に食堂を通りました。助修道士（修道院内の家事に従事する者）がパンを切っていました。それをくださいと頼んだところ、彼はうるさい犬にやるみたいに一切れを投げてよこしました。一言も言わず乱暴に示されたこの心づかいには、むしろ辱めを見出すべきだったでしょう。私のことを、声をかけるにも値しないと判断し、地面に食べ物をほうってやれば犬や猫みたいに汚辱の中ではいつくばって食べるだろうと思っていたのです。

この苦いパンを涙で浸しながら食べてから、私はアレクシ神父の個室に赴きました。それは他のすべての部屋から離れて建物の一番高い部分、物理室のとなりにありました。丸屋根の外に張り出した狭いバルコニーを通り抜けて行くのです。ドアをたたきました。返事はありません。が、中に入りました。アレクシ神父が肱《ひじ》掛け椅子で片手に本をもったまま、うつらうつらしているのが見えました。その顔は眠っていてさえ陰うつで考え深げで、私はあやうく気がくじけそうになりました。中背のがっちりとした肩幅の広い老人で、歳を重ねた以上に勉強によってでしょう、猫背になっていました。額ははげ上がっていましたが、後ろのほうには黒々と縮れた髪が残っていました。精悍な顔立ちでしたが繊細さを欠いてもいませんでした。しわをきざんだこの顔の上に、衰えと雄々しい力とのいわく言いがたい混在があったのです。私は物音をたてずに肱掛け椅子の背後を通りました。突然起こしてしまい機嫌をそこねるのを恐れたのです。この上なく用心したにもかかわらず、しかし彼は私の居ることに気づきました。背にもたせかけていた頭を持ち上げることもなく、落ちくぼんだ目を開くこともなく、不機嫌なのか驚いたのかも表わさないで、次のように言いました。「聞こえていたよ」

「アレクシ神父さま……」と私はおどおどと声をかけました。

「なぜ、お父さま（フランス語では、神父も父も共にペールという語になる）と呼ぶのかね？」と、神父は声の調子も姿勢も変えず答えました。「わしのことをそんな風に呼ぶ習慣はなかったろうに。わしは君の父ではないしね。むしろ年老いてはいても君の息子みたいなものだ。君のほうは、永遠に若く、永遠に美しいままでいるのだ！」

この奇妙な言葉で私の頭は混乱してしまいました。黙っていると修道士が言葉をつぎました。

「さあ、話しなさい。聞いてあげよう。わしが自分自身の子供のように君を愛しているのは分かっているだろう。生を与えてくれた父や、照らしてくれる太陽や、吸っている空気のように、いやそうしたものすべて以上に君を愛しているというのは」

「おお神父さま」と私はこんなにも愛情あふれた言葉があの厳格な口元から出てきたのを聞いて、驚くとともに心打たれて叫びました。「こんなにもやさしい心がさし向けられたのは、あわれな子供である私にではないでしょう。私はこのような愛に値しません。誰かに、こんなにも愛を抱いてもらえるほどの幸せ者ではないのです。あなたが幸せな夢をみていらした最中にふいに起こしてしまったものですから、親しいお友だちの思い出で心楽しくなっていらしたところなので、アレクシ神父さま、お目覚めになったとき私を好ましく思われたのでしょう。そして何一つ怒ることなく私のほうをながめてくださったのでしょう。どうぞ苦しみと償いの灰でおおわれ辱めを受けた私の頭を、お手で押しのけないでください」

こんなふうに話しながら、私は彼の前に膝を屈し、自分のほうにまなざしを向けてくれるのを待ちました。だが彼は私を見るや否や、怒りと恐怖に同時にとらわれたように立ち上がったのです。激怒で両目はらんらんと輝いていました。冷たい汗がはげあがったこめかみを流れていました。

「あんたは誰なのだ？　わしに何をしてほしいのだ？　何をしにここに来たのだ？　あんたのことなどわしは知らん！」と彼は叫びました。

恭順を表す姿勢と、訴えるようなまなざしで彼を落ち着かせようと試みましたがだめでした。

「あんたは修練士だ。わしは修練士とは話すことなんかない。霊的指導者でもないし、恩寵や恩恵の施し手でもない」と彼は言いました。「なんでわしが眠っているとき見張りしになど来たのかね？　わしの考えている秘密を看破しようたって、そうはいかない。あんたを送って来た者たちのところにかえりなさい。そしてその者たちに言うのだ。わしはもう長くはないだろうと、だからほっておいてもらいたがっていると。さあ出て行きなさい。わしには仕事があるのだから。この実験室に近づいてはならないという命令を、どうして破ったのかね？　あんたとわしの生命を危険にさらしているのですぞ。さあ立ち去りなさい！」

私は悲しい気持で従いました。がっかりし、苦しみで打ちひしがれながらゆっくりとした足取りで、さっき来た建物の外部の廊下を通って戻っていきました。彼は私が立ち去るのを確かめるかのように部屋の外までついてきました。私は階段に達したときふり返ってみると、彼はあいかわらず怒りで目をらんらんと輝かせ、警戒心で唇をひきつらせながら立っていたのです。そして高圧的な身振りで遠ざかるようにと命じました。従おうとしましたが、もう歩く力がありませんでした。生きる力ももうありませんでした。平衡を失いころがるように数歩行きました。そして手すりの上に倒れ、塔の上方部から下の床石へとあやうく落ちて身体をこなごなにくだいてしまいそうになりました。と、アレクシ神父は全速力で猫のような素早さでかけよってきてくれて、私をつかまえ両腕で支えてくれました。

「いったいどうしたんだ？」つっけんどんな、しかし気づかいあふれた調子で言いました。「病気なのか、絶望したのか、気でも狂ったのか？」

私はもごもごと何語かつぶやきながら、彼の胸に顔をうずめ泣き崩れました。彼はまるで幼な児のように私を自分の個室まで運んでいってくれました。部屋に入ると肱掛け椅子にすわらせ、アルコール度の高い酒でこめかみをこすってくれました。そして鼻の穴や冷たくなった唇をひたしてくれたのです。私が意識をはっきりと回復するのを見て、やさしく次のように尋ねてくれました。そこで私は彼に魂のすべてをさらけ出し、告解による救済が拒まれるほどまで、皆に見捨てられているという苦しみを語りました。自分の無実と善意を主張し忍耐を明言しました。力の限界を超えるこうした試練の中で、慰めてくれる友が、励ましてくれる友が一人もいないことを、苦々しい思いで訴えました。

最初のうち彼は恐れと不信をまだ拭いきれない様子で耳をかたむけていました。それから、その厳格な顔つきがしだいに明るくなってきました。私が自分のつらさを語り終えようとしたとき、その落ちくぼんだほほに大つぶの涙が流れ落ちるのが見えたのです。

「かわいそうな子よ。彼らがわしを苦しめたのとまったく同じだ。犠牲者なのだ。無知と欺瞞との犠牲者なのだ！」と言いました。

これらの言葉で、聖具室で聞いたあの声と同じだと分かったように思いました。不安もなくなったので、あの出来事を説明してくれるよう求めようとは考えませんでした。ただあの叫び声の意味に驚いただけだったのです。彼は物思いにふけっているように見えたので、どうかもう一度あんなにも優しく耳にひびいた親しみあふれたその声、悲嘆にくれた最中にあんなにも心に親しく思われたその声をきかせてくださいと頼みました。

「若い方」と彼は言いました。「この修道院に入ってきたとき、何をなしているのか理解していたかね？墓の闇の中に自分の青春を閉じこめ、死の腕に抱かれて生きるのを決意しようと、まさに自分に言いきかせていたのではないかね？」

「おお神父さま。そう理解していましたし決意していました。望んでもいました。いえ今でも望んでいます。でも、私が死ぬのに同意していたのは、世俗の生、この世の生、肉の生だったので……」

「ああ！　わが子よ、魂の生のほうは自分にゆだねられるだろうと信じていたのか！　自分を修道士たちにゆだねたのに、そんなふうに信じていられたとは！」

「私は自分の魂に生命を与えたかったのです。神によって神の霊の中で生きるために、精神を高め純化したかったのです。でも受け入れられ手助けされるかわりに、私は父の胸から乱暴に引き離され、疑いと絶望の闇の中にゆだねられてしまいました……」

「ワズカバカリノ蜜ヲカツテ味ワイ、イマモ味ワッテイルワタシニ、今ヤ死ガ待チカマエテイルトハ！」とベッドにすわりながら、陰うつな様子で神父は言いました。そして胸のところでやせた腕を組んで瞑想におちいってしまいました。

それから立ち上がると部屋の中を精力的に歩きながら、

「あんたの名前は？」と私に尋ねました。

「見習い修道士アンジェロです。神につかえ、あなたをあがめる者です」と答えました。しかし彼はこの返答を聞いていなかったのです。しばらく沈黙してから、

「あんたは間違えてしまったね」と言いました。「もし修道士になりたい、修道院に住みたいと願うなら、自分の考えをすべて改めなければなりませんぞ。さもなければ死ぬのです！」

「では恩寵の蜜をいただいてしまったので本当に死ななければならないのですね。信じ、希望し、『主よ、私を愛してくださいますか？』と言ってしまったので」

「そうだ。そのために君は死ぬだろう！」と大きな声で彼は答えました。たけだけしい目つきであたりを見まわしながら。それからまた夢想におちいり、もう私には注意を払いませんでした。彼のそばで居心

地が悪くなり始めました。切れ切れに発せられる言葉、荒々しく気むずかしげな様子、突然情味を示したと思うとすぐさままったく無関心になってしまう様子、彼におけるそうしたものすべてが気違いじみた性質をもっていたのです。ふいにまた同じ質問をほとんど横柄ともいえる調子でくり返してきました。

「ところで名前は？」

「アンジェロです」と私は静かに答えました。

「アンジェロ（イタリア語で天使の意）だって！」彼は、何か思い当たったといった様子で私を見つめながら叫びました。「次のような言葉を言われたことがある。『お前の生涯が終わるころ一人の天使が送られてくるだろう。お前は彼の心を刺し貫く矢でもって、それが天使だと見分けるだろう。彼はお前に会いに来て言うだろう。――私に死を与えるこの矢を引き抜いてください……と。そしてその矢を引き抜いたら、お前を貫く矢もすぐに落ち、傷もふさがり、お前は生きるだろう！』とね」

「神父さま、そのような断章は知りませんし、どこでも出会ったことがありません」と私は答えました。

「それはね、君が物をよく知らないからだよ」、神父は私の頭の上に親しげに手を置きながら答えました。

「それはね、自分の傷をいやしてくれるはずの手にまだ会ってないということなのだ。わしは〈霊〉《エスプリ》の言葉が理解できるし、君のことも知っている。君はわしのもとに来なければならなかった者なのだ。いまこのとき君が誰だか分かったよ。君の髪も、君を送ってよこした者の髪と同じようにブロンドだしね。わが子よ、加護がありますように、〈霊〉の力が君の中で実現されますように……君はわしの最愛の息子となるのだ。わしの愛情すべてを受けとめなさい」

彼は私を胸に強く抱きしめながら、天のほうを仰いでいました。崇高な姿に思えました。その顔には、修道院を飾っている申し分ない絵画の中の、聖人や使徒たちにしか見たことのないような表情が浮かんでいました。正気を失っていると思ったものは、いまや霊感のしるしのように私の目には映ったのです。大天使を見たのだと思いました。そして両膝を屈し彼の前にひれ伏してしまいました。

彼は私の頭に手を置いて按手《あんしゅ》をしながら言いました。

「苦しむのは止めなさい！　苦悩の鋭い矢が、君の胸を引き裂くのを止めるように。不正と迫害の毒槍が胸を刺し貫くのを止めるように。心臓の血が無情な大理石を潤すのを止めるように。慰められ、いやされ、強くなって神から幸せが与えられますように。さあ立ち上がりなさい！」

私は立ち上がりました。魂がこの上なく慰められたように感じましたし、精神はたいそう生き生きとした希望で鼓舞されていました。そこで叫んだのです。

「そうです、奇跡が私の中で起きました。あなたが主のみ前で、聖人でいらっしゃるといまや分かりました」

「力もなく不幸な人間についてそんなことを言うのではない」と彼は悲しげに言いました。「わしは無知で視野も狭い人間で、時おり〈霊〉が哀れんでくださるのだ。あんたをいやす力をわしに与えてくれたのだから、いまは霊が称えられんことを。さあ心安らかに行きなさい。用心深くするのだよ。人のいるところではわしに話しかけないようにな。わしに会いにくるときにはこっそりとやって来るのだよ」

「神父さま、いましばらくいさせてください」と私は言いました。「いつまたお目にかかりにやって来られるか誰に分かりましょう？　あなたの実験室に近づく者たちにはとても厳しい罰が待ちうけているでしょうから、またお話しできる喜びを味わえるのは、たぶんずっと先のことになってしまうでしょう」

「わしは一人になって自省の時間に入らねばならない」とアレクシ神父は答えました。「君はわしに示してくれる優しさゆえにいじめられるかもしれないが、〈霊〉はあらゆる障害に打ち勝つ力を与えてくれるだろう。というのも君が来ることは予定されていたのだからね。果たされねばならないことは決められているのだ」

彼はこう言って肱掛け椅子にまたすわりこみました。そして深い眠りに入ってしまったのです。私は長いことその顔を見つめていました。平静さと超自然的な美しさがしるされた顔です。このときは最初見たときの顔つきとはひどく異なっていました。その灰色の僧服の縁に愛をこめて口づけしてから、そっと外に出ました。

彼のいるところで感じた魔力のようなものがもうなくなったとき、二人のあいだで起きたことが夢のような印象になりました。私は研究においても心組みにおいてもすこぶる信心深く、正統的だったはずですから、たった一つの異端的な言葉でも恐れと嫌悪でふるえ上がったものです。いったいどんな言葉で魅了され、どんな警句によって自分の運命をあの未知の運命とひそかに結びつけてしまうようになったのでしょう？　アレクシ神父は修道院内の目上の者に対する反抗心を私に吹きこんでしまったのです。私が信頼しなければならず、つねに間違うことのないと思っていたあの人々に対してです。彼は深い侮蔑感をこめ、また鬱屈した憎しみをこめて彼らのことを語りました。その表情に、またその言葉の分かりにくさに私はびっくりするばかりでした。いまや私には、彼の信仰について疑わねばならなかったことすべてが記憶によみがえってきました。彼がたえず神の三位一体のうちの第三の位格をさすために使われる形容詞（「聖なる」）と結びつけることなく、〈霊〉という言葉を口にし、援用していたのを思い出しては恐怖を感じました。私に按手《あんしゅ》したのは、もしかしたら邪悪な霊の名においてだったのです。あの怪しい修道僧から親愛の身ぶりと慰めを受けとったことで、たぶん私は悪魔たちと結託してしまったのです。私は困惑し動揺しました。夜になっても目を閉じることができませんでした。前日のように、忘れられ見捨てられていたのです。前夜と同様、明るくなってから眠りに落ち、午後も遅くに目が覚めました。そのとき、ずっと前から信心の実践をやっていないのを恥じました。教会堂に赴き聖霊に対し熱心に祈りました。私を啓発し、誘惑者の罠から守りたまえと。

　教会堂を出るとき自分がひどく悲しく、またほとんど力づけられていないのを感じたので、滅びの道に入っているのだと思いました。告解をしに行こうと決意し、ヘジェジッペ神父に告解を聴いてくださるようにと、ことづてを書きました。だが彼は一番粗野な助修道士の一人をよこして、人をばかにしたような答を、明白な拒絶を口頭で伝えてきました。同時にこの助修道士は修道院長からの厳命だと言って、教会堂を去るように、そして夕べのミサが終わるまでは決してそこに足を踏み入れないようにと通告してきました。さらには、内陣で一人でも修道士が祈りを続けていたり、何か特別な礼拝行為をしようとしてそこに入って来たりしたら、その瞬間私は自分の穢れた息を神の家から取り除かねばならない、つまり神に仕える者に席をゆずらねばならないということでした。

　この不当な決定で傷つけられ思わず激しい怒りにかられました。気違いのように壁をこぶしでたたきながら教会堂の外に出ました。助修道士は私のことを、神を冒瀆する罰当たりだとののしりながら追い出したのです。

庭に面した内陣の奥のほうの敷居をまたごうとした瞬間、悲しみと憤りでもう一度意識を失いかけてよろめきました。目の前を雲のようなものが通りました。だが自尊心が不快感に打ち勝ったのです。私は庭をめざして突進しました。ところが戸口のところで突然、真正面に人が現れたので道をあけようとちょっとわきに飛びのきました。驚くほど美しい若者でした。が、奇妙な衣装をしていました。わが修道会の修道院長たちが着る黒い僧衣で身をつつんでいるのですが、その上にビロードクロス（表面を起毛した良質の毛織物）でできたやや短めのモーニング・コートをはおっていたのです。そして昔のドイツの学生ふうの銀の留め金のついた皮製のベルトをしめていました。わが修道士たちの使うサンダルのかわりに、彼らのように足にぴったりとあう半長靴をはいていました。そしてシャツの雪のように白い折襟の上に、私がそれまで見た中でも最高に美しいブロンドの髪を金色にゆったりと波打たせていました。背が高く、その優雅な態度は日頃指図している立場の人だということを明かしていると思えました。敬意の念を感じつつ、どうしてよいか戸惑いながら、私は会釈しかけました。相手は会釈を返してはくれませんでした。が、大変好意的な様子でほほえみかけてきましたし、同時に、峻厳な青色の美しい目がやわらぎ、優しい同情の思いをこめて私を見つめてくれたので、そのときの彼の表情は記憶から決して消え去ることはありません。話しかけてくれるのではないか、また威厳あるその様子から、私を守ってくれる力があると納得させてくれるのではないかと思って立ち止まりました。でも私の背後から歩いてきた助修道士は、まったく彼に注意を向けていないように見えました。そして乱暴に彼を壁のほうにさがらせたうえ、私をほとんど倒すくらいに押しのけました。この粗暴な男と下品な争いをしたくなかったので、急いで外に出ました。庭に三歩ほど踏み出してからふり返ると、かの見知らぬ人は同じところに立っていて、愛情あふれた心配そうな目つきで私を見守っていました。陽光を正面から浴びて金髪を輝かせていました。溜息をつくと、まるで私のほうに永遠の正義の救いを呼びよせ、正義の女神に私の不幸を証言してくれるよう要請するみたいに、天に向かってその美しい目を上げました。それからゆっくりと教会堂のほうに向きをかえ、内陣に入り、闇の中に消えてしまったのです。まぶしく明るい陽ざしのために教会内部はまっ暗に見えたのです。助修道士がいたにもかかわらず、私は引き返したい、あの見知らぬ高貴な方を追いかけたい、そして私の苦しみを話してみたいと思いました。だが私の苦しみを受けとめ無くしてくれるのに、彼はどれほどのことができるのか？それに彼に対し私の魂が共感を覚えたとしても、一種の恐れをも感じたのです。というのも彼の表情には優しさと同じくらい厳しさがあったからです。

アレクシ神父の部屋へ上がっていき、私に対しひどい仕打ちがまたもなされたことを話しました。「おお信仰少ない者、なぜあんたは疑ったのか？」と悲しげな様子で神父は言いました。「あんたは天使という名前ではないかね。自分の中で震えている命《いのち》の霊を認めるかわりに、無知な男の足元に身を投げ出そうとしたのだ。死体同然の者に生を求めようとしたのだ！　無学なあの霊的指導者はあんたを押しのけ辱めている。あんたは罪を犯した地点で罰せられているのだし、それにあんたの苦しみには高貴なものが何一つない。筆舌に尽くしがたいその苦痛はあんた自身に役立つことがまったくない。なぜならあんたは

敷居をまたごうとした瞬間、……

誤った考えか偏狭な考えのために、自分の知性の力を犠牲にしてしまっているからだ。それに、わしにはどんなことがあんたに起きるか分かっていたよ。あんたにはわしが怖いのだ。わしが天使たちに仕える者か悪魔たちの奴隷なのか分かっていないからだ。昨晩はわしの言葉すべてを解釈しながら過ごしただろう。そして今朝になって赦免を得るために、わしを敵に売り渡そうと決意したのだろう」

「おお！　そんなふうに思わないでください」と私は叫びました。「告解するにしても、すべて自分の個人的なことでしかしないでしょう。あなたのお名前を口にすることなく、あなたのおっしゃったことを一語なりとくり返すことなくするでしょう。ああ！　あなた御自身が私に対して不当な態度をおとりになるのですか。私はいたるところから追い払われてしまうのでしょうか？　神の家は私に閉ざされ、あなたの心も同じように閉ざされてしまわれるのですか？　ヘジェジッペ神父さまは不信心だといって私を責めます。そして神父さま、あなたは卑怯だといって私を非難なさるのですか？」

「それはあんたがそうだったからだよ」とアレクシ神父は答えました。「修道士たちの力があんたをおびえさせ、彼らの憎しみがあんたを恐れさせる。彼らが、自分たちの手に優しく落ちてくる無能な弟子たちに賛同し、彼らを猫かわいがりしているのが、あんたにはうらやましいのだ。あんたは一人きりで生きられないし苦しめないし愛せないのだ」

「仕方ありません！　神父さま、本当に愛情なしではいられないのです。私にはそうした弱点が、こう言ったほうがよければ意気地ないところがあります。たぶん性格が弱いのです。でも自分の中に優しい魂があるのを感じていますし、友人が必要なのです。神様は偉大ですから、その御前にいくと自分がおののくのを感じます。私の精神は臆病なので全能の神様を自分の中で抱きしめる力が見出せないのです。神様のおそるべき手から恩寵の贈り物を奪い取ってくる力がないのです。私には天と自分とのあいだに仲立ちしてくださる方が必要です。支えが、忠告が、とりなし人《びと》が必要なのです。救済のためには愛されることが、私のためにいっしょに働いてもらうことが必要なのです。いっしょに祈ってもらい、希望するようにと声をかけてもらい、そして永遠の報償を約束してもらうことが必要なのです。さもなければ、神の善意ではなく、自分の意志のほうを疑ってしまうでしょう。主が恐いのです。私自身が恐いからです。熱意がさめ、落胆し、自分が死ぬのを感じ、頭が混乱し、もはや天の声と地獄の声を識別できなくなるのです。私は支えてくれる方を探しています。たとえたえず私をこらしめる情け容赦ない師であろうと、私のことを忘れている寛大な父親よりも好ましいでしょう」

「地上で迷える哀れな天使よ！」とアレクシ神父は同情をこめて言いました。「師の後光から落ちてきて、悲惨な生の灰の下でくすぶるよう強いられた愛の火花だ！　あんたの苦悩を見ていると、わしの若い頃に生き生きと心の中で働いていた神性（イエス・キリストにおける神としての働き）をまた見出す気がする。わしの目が無感覚の闇で厚くおおわれてしまう前のことだ。燃えるような心の高なりが苦行衣の下で凍ってしまう前、〈霊〉との骨の折れる交流がまれなもの、苦しいもの、永遠に不完全なものとなってしまう前のことだ。彼らはわしにしたことをあんたにもするだろう。あんたの精神を、胸を刺すような疑いや子供のような悔恨やばかげた恐怖感で満たすだろう。彼らのためにあんたは病気になるだろうし、年齢よりふけてしまうだろう、精神もおかしくされてしまうかもしれん。無知と欺瞞のあらゆる束縛をふりほどいたり、十分啓発されたので迷信のあらゆる覆いを引き裂いたりできると感じるときには、もうそうしたことをする力がなくなっているだろう。感性は弱まり視力は混濁し、手の力は衰え、頭は働かなくなり調子が悪くなっているだろう。本を読もうとしても目の前を影のようなものがチラチラと舞うだろう。思い出そうとしても、涸れ尽くした記憶の中で定かならぬ無数の微光がたわむれることになろう。そして椅子にすわったまま眠りこんでしまうだろう。眠りの中で、もし〈霊〉が語りかけてきたとしても、曖昧模糊とした言葉によってだから目覚めたときに説明できないだろう。ああ！　犠牲者だ！　可哀そうに思うけど救ってあげられないのだよ」

こんなふうに話しながらまるで熱があるみたいに彼は打ち震えていました。その燃えるように熱い息が、部屋の空気を希薄にするように思えました。そのやつれ方を見ると、もうわずかしか生きられないみたいでした。

「アレクシ神父さま」と私は言いました。「私に対するあなたの優しさは、もう萎《な》えてしまわれたのですか？　本当に私は弱かったし臆病者でした。でもあなたはとても強くて生き生きとしてらしたようでしたので、あなたの中に私の過ちを許し、消し去り、私を再び強くしてくださる熱気を見出したいと思っていたのです。私の魂はあなたの魂といっしょに死の中に落ちこんでいくでしょう。あなたは、きのうのように、私たち二人を蘇らせてくれる奇跡をもう起こせないのでしょうか？」

「きょうは〈霊〉がわしのところに来ていないのだ」と彼は言いました。「わしは悲しい。あらゆることを、あんたのことさえ疑ってしまう。あしたまたいらっしゃい。たぶん啓示を受けているだろうから」

「そのときまで私はどうなるでしょう？」

「〈霊〉は強いし善なるものだ。おそらくあんたのことを直接助けてくれるだろう。それまでは、あんたのつらい立場を和らげられるようわしが助言をしてあげよう。修道士たちがあんたに対し意地悪を、かたくななまでシステマティックに行なうだろうが、それはなぜか、わしには分かるのだ。彼らは正義の精神と生まれつきの公正さをもっている人々を恐れて、そういう人々に対しそんなふうにふるまうのだ。あんたの中に心優しい人、侮辱に傷つきやすく苦痛への思いやりのある人、残忍さと卑怯な情念に敵対する人を感じ取ったのだ。そうした人の中に見出せるのは自分たちの共犯者ではなく裁き手なのだと考えたのだ。そして、美徳ゆえに彼らをおびえさせ、純真さゆえに困惑させるすべての者に対してやることを、あんたにもしようと願っているのだ。あんたをへとへとにさせ迫害することで、あんたの中で、正義、不正義の観念すべてを消し去り、無益な苦しみによって高潔な精神力すべてを衰えさせてしまおうと思っているのだ。得体の知れぬ下劣な陰謀、言いようのない謎、いわれのない罰によって、あんたを、自らへの愛と評価において手厳しく生きるよう習慣づけようとしているのだ。そして人への共感をもたないで、すべての信頼を失い、あらゆる友情をないがしろにして生きるよう習慣づけようとしているのだ。師の善意に絶望させ、祈りを嫌悪させ、告白においてもうそをつかせ、兄弟たちを裏切るようにさせようとしているのだ。つまりあんたを、ねたみ深く腹黒で人を中傷し密告するような人間にしよう、邪悪でおろかでおぞましい人間にしようとしているのだ。彼らが教えようとしているのは、一番良いことは暴飲暴食のような不節制にふけったり怠けたりすることであり、そうしたことに心安らかに身をゆだねるには、すべてを堕落させ犠牲にし、偉大さの思い出すべてを捨て去り、あらゆる高貴な本能を殺す必要があるということなのだ。そして偽善的な憎しみ、辛抱強い復讐、臆病なふるまい、残忍さを教えようとしているのだ。蜜によって養われたゆえに、やさしさと純真さを愛したゆえに、あんたの魂が死ぬことを望んでいるのだ。一言で言えばあんたを修道士にしようとしているのだ。わが息子よ、これが、彼らが試みたことだ。彼らが全員一致して終始やり続けていることなのだ。ある者たちは計算ずくで、他の者たちは本能的に、最良の者たちは弱さから、服従心と恐怖からそうしているのだ」

私は叫びました。「何ということをお聞きするのでしょう？　私のおののく魂を、何と不公平な世界にあなたは入れようとなさっているのか！　アレクシ神父さま！　アレクシ神父さま！　そういうことならば何という奈落に私は落ちてしまうでしょう！　おお天よ！　あなたは思い違いしてらっしゃるのではないですか？　個人がした何かの侮辱の記憶によって、分別を失われているのではないですか？　この修道院は職務にもとる行いの修道士たちしか住んでいないのでしょうか？　この呪われた建物から汚れた悪魔によって追放されてしまったように見える信仰と慈愛を、もっと誠実な人々の中に探し求めねばならないのでしょうか？」

「もっと汚れていない修道院やもっと良い修道士たちを探そうとしても無駄だろう。どこもこんなものだよ。地上で信仰は失われてしまった。そして悪徳は罰せられない。仕事と苦しみとを受け入れなさい。というのも生きるとは働くこと、そして苦しむことなのだからね」

「そうしたいのです、そうしたいのです！　でも成果を得るために種をまきたいのです。信仰と希望に包まれて働きたいのです。愛徳（信仰、希望と並んで三つの対神徳の一つとして重視される）に基づいて苦しみたいのです。このおぞましい罪の集積所からは逃れるでしょう。この白衣を、純潔な生活の偽りのシンボルを引き裂くでしょう。世俗の生活に戻るか、あるいは人類の過ちに涙するため、そしてわが身を汚染から守るため隠遁地にでも引っ込むかします……」

私は、両手を絶望の思いでねじまげていましたが、その手を握りしめながらアレクシ神父は言いました。

「よろしい。わしはこうした憤りの躍動や、勇気のきらめきが好きだ。わしもこうした苦悩を覚えたことがあったし、こうした決意をしたことがあったからだ。逃げ出そうともしたし、俗界の人々の中で暮らそうか、それとも人里離れた洞窟に閉じこもろうかと考えたりもした。だがそうした試練のときに、〈霊〉がわしに与えてくれた以下のような助言をききなさい。記憶の中に刻みこんでおくのだよ。

『言うのではないぞ。人々のあいだで生きたとしたら、自分は彼らの中で最良のものとなるだろうなぞと。なぜならあらゆる肉は弱いものであり、お前の精神《エスプリ》（＝霊）は肉の生の中で、彼らの精神と同じように失われていくだろうから。

また言うのではないぞ。自分が孤独の中に引きこもれば、精神的なものを糧に生きるだろうなぞと。なぜなら人間の精神は慢心へと傾きやすく、慢心は精神を腐敗させるからだ。

お前の周りにいる人々と共に生きなさい、彼らの悪意に気をつけなさい。彼らのあいだで孤独を探しなさい。彼らの不公平から目をそらし、自分自身を見つめ、彼らに倣うことも、また彼らを憎むことも同じようにしないのだ。彼らに対し心も手も閉ざすことなく、いまという時にあって彼らに良いことをなさい。

お前の精神を〈霊〉の光に開くことで、彼らの後の世代にあっても彼らに対し良いことをなさい。

俗界での生活は気力を衰えさせ、人気《ひとけ》ない場所での生活は心をいらだたせる。

楽器は季節ごとの悪天候にさらされると弦がゆるむ。外気の入らない容器の中に収められていると弦は切れる。

人間の言葉の意味に耳をかたむけていると、〈霊〉のことを忘れ、もはや理解できなくなるだろう。だがもしも人間の声の響きを遠ざけてしまえば、人間たちを忘れ、もはや彼らに教えられなくなるだろう』」

未知の『聖書』のこうした詩句を暗唱しながら、アレクシ神父は、彼が手にしているのを前に見たことのある本を開いたまま持っていました。そして参照するためページをめくっていました。まるで書かれたテクストに記憶の助けをしてもらっているかのように。だがその本のページはまっ白で、いかなる文字も一度として記されたことがないように見えました。


この奇妙な事実が私に不安を呼びおこしました。興味深く彼を観察し始めました。この時の彼の様子には錯乱も、あるいは単なる高揚感もまったく見られませんでした。静かに本を閉じると静かに語りだしました。

「だから世間に戻るのは控えなさい」と彼は自分の論題を注釈しながら言いました。「あんたは気の弱い子で、情熱の風が一吹きやってきたら知性の火を消されてしまうだろうからね。たぶん色欲と虚栄心とに十分には抵抗できないと思われて、その方面の刺激が与えられるだろう。わしはね、世間を逃れたのは自分が十分強かったからだし、情熱によって自分の力が激高へと変えられかねなかったからだよ。わしは慢心をのりこえただろうし、色欲を打ちのめしていただろう。しかし野心と憎悪の誘惑にさいなまれていただろう。厳しくて不寛容で執念深くて高慢な人間、つまりエゴイストになっていただろう。わしらはお互い修道院向きにできているのだよ。〈霊〉が自分を呼んでいるのを聞いたときには、ただ一回だけの弱々しいものであっても、そのあとに従っていくためにすべてを捨てなければならない。そして霊が導いてくれたところに、どんなに居心地が悪かろうと留まらねばならない。後もどりするというのは、もう自分の力ではありえないのだ。そしてただ一度でも精神（＝霊）のために肉を唾棄した者は、誰であれもはや肉の喜びには戻れない。というのは肉が反抗して復讐し、今度は精神を追いたてようとするからだ。そのとき人間の心は、肉と精神とが互いを食い合う恐ろしい闘いの舞台となる。人間は生きることなく押しつぶされ死んでしまう。精神の生は崇高な生ではあるが困難で痛ましいものなのだ。俗世の汚染と肉の支配のあいだに石の壁や城壁や堅固な格子《こうし》を置くのは、無意味な用心ではないのだよ。密閉された棺の中に生きながら入っても、無意味な物事への欲望を抑えつけるに十分ではない。だが自分の周囲に、たとえうわべだけにせよ、精神を敬愛しようと献身している人たちを見るのは良いことだ。宗教的共同体を創設するのは大いなる知恵の仕事だったのだ。人々が兄弟のようにいつくしみあい、手をたずさえて仕事をし、互いを思いやりながら助けあい、霊的なものに祈りつつそれを追求し、物質の卑俗なそそのかしに打ち勝とうと努めていた時代はどこにあるだろう？　あらゆる光、あらゆる進歩、あらゆる偉大さは修道院から出てきた。だがあらゆる光、進歩、偉大さは、もしもわしらのうちの何人かが、恐ろしい闘いを辛抱強く続けていかなければ、そこでほろんでしまうことになる。真実相手に無知と欺瞞が今後とも挑《いど》んでくるだろう恐ろしい闘いだよ。がむしゃらにこの闘いをやり続けよう。たとえ地獄の全軍を相手にすることになろうとも、わしらの企てを追求しようではないか。両腕を切り落とされても、歯でもって船をつかまえよう。〈霊〉はわしらと共にあるのだからね。そしてそれが住んでいるのはここ修道院なのだ。その聖堂を汚す者たちに不幸あれ！　霊への崇拝を堅持しよう。もしもわしらが役立たずの殉教者のようなものだとしても、少なくとも卑怯な脱走兵にはならないようにしよう」

「その通りです、神父さま」彼の言った言葉に心打たれて私は答えました。「あなたの教えは知恵の教えです。私はあなたの弟子になりたいのです。あなたのお決めになったことのみに従って行動したいのです。力を保ち、人々が私にしている迫害に囲まれながらも、自分の救霊の仕事を勇気をもって続けるために、何をなすべきかおっしゃってください」

「迫害には平然として耐えることだね」と彼は答えました。「修道士たちの評価などあまり意味がないと考え、わしらに対して彼らがやれる手立ては大したものではないと思えば、それは容易なことになるだろう。自分のような無実の犠牲者を、虐待されている犠牲者を見ていると、腹わたが煮えくりかえるような憤りを感じるということがしばしばあるだろう。しかしあんたの役割は、自分個人に関することでは笑っていることだよ。彼らの無意味な努力に対し、それがなすべき仕返しのすべてということになるだろう。おまけにあんたが無頓着にしていれば、彼らのとげとげしさをおさまらせることになるだろう。彼らが望んでいるのは、苦悩の力にあんたが平然としていられるようにすることなのだ。だから勇気と理性をもってそうなってしまいなさい。彼らの頭は粗雑だから勘違いしてくれるだろう。さあ涙をかわかし無表情な顔つきをしなさい。ぐっすり眠ったし食欲も大いにあるぞとよそおいなさい。もう告解も求めず教会堂にも姿を出さないことだ。あるいはそこにいっても暗く冷たいふりをしていなさい。そんな様子を見て、彼らはもうあんたのことを恐れなくなるだろう。すると不愉快なコメディを演ずるのをやめ、怠惰な先生が無能な生徒に対してやるように寛容になってくれるよ。わしが言ったことをしてみなさい。予告しておくけど、三日以内に修道院長があんたを呼び出し仲直りしようとするよ」

アレクシ神父のもとを立ち去る前に、私は教会堂を出るときに出会った人物の話をして、誰なのでしょうと尋ねました。神父は最初胸騒ぎを覚えたような様子で聞いていましたが、知らない、修道会の高位の人など知ろうとも思わないとでも言いたげに首を振りました。だがその未知の人の顔立ちや身なりについて詳しく話すにしたがい、彼の目は輝き出し、そしてほどなくせわしげに質問をあびせかけてきました。細心の注意を払って答えているうち、私の記憶の中で、もはや見ることがないだろうに、まだ目の前に見えているように思われるあの人の思い出が、彫り刻まれてしまったのです。

とうとうアレクシ神父は、優しくまた喜びにあふれた表情で私の両手を握ると、何回かくり返して叫びました。

「ありうるのだろうか？　ありうるのだろうか？　あんたは本当に見たのだね？　じゃ、あの方は戻っていらしたのか？　わしらといっしょに、いらっしゃるのか？　あんたのことを認めたかね？　あんたに声をかけたかね？　あの方は、あんたの心から憂いの矢を抜いてくださるだろう！　だってあんたが、わが子よ、あの方を見たのだから！」

「神父さま、あの方とはどなたなのですか？　私の心がまず初めに向かっていった、あの見知らぬ方はいったいどなたなのか教えてください。そしてあの方のところに連れて行ってください。私があなたを愛していらっしゃるように、そしてあなたも私を愛してくださっていらっしゃるようですが、そんなふうに私を愛するようあの方におっしゃってください。あの方を見たことで、あなたの魂をこれほどの喜びで満たす方に、私は何と感謝をこめて口づけすることでしょう！」

「彼のほうに行くというのはわしの能力を越えているよ」とアレクシ神父は答えました。「彼のほうからわしのところにやってくるのでな。待たなければならないのだ。おそらくきょうにも会えるかもしれない。そうしたらあんたに知らせなければならないことは知らせてあげよう。そのときまでは何も聞かないでほしい。彼のことを話すのは禁じられているからだ。いまわしに話したことも誰にも言ってはいかんよ」

私はあの見知らぬ人は、ふしぎなやり方でふるまっているようには見えなかったこと、助修道士もあの人を見たに違いないことを主張して反論しました。神父はほほえみながら首を振りました。

そして「生身の人々は彼のことは知らないよ」と言いました。

好奇心をかきたてられて私は、まさにその晩、アレクシ神父の個室にまで上がっていきました。しかし彼はドアを開くのを拒否しました。

「一人にしておいてくれ」とドア越しに声が聞こえました。「わし自身が悲しくて、あんたの悲しみを慰めてあげられないよ」

「で、あなたのお友だちは？」と私はおずおずと尋ねました。

「黙りなさい」と彼は有無を言わさぬ調子で答えました。「彼は来なかったよ。わしに会わずに行ってしまったのだ。たぶん戻ってくるだろう。心配しなさんな。彼は自分の話をされるのがきらいでな。さあ眠りに行きなさい、あしたはわしが言っておいたようにふるまうのですぞ」

私が立ち去ろうとしたとき、神父が呼び戻して言いました。

「アンジェロ、きょうは天気が良かったかな？」

「はい、神父さま、良い天気でした。午前中はかんかん照りでした」

「あの方の姿に出会ったとき、お日さまは照っていたかな？」

「はい、神父さま」

「あ、そう、じゃまたあしたな」と彼は答えました。

私はアレクシ神父の忠告に従い、翌日はずっとベッドに寝ていました。夕方、参事会員（盛式の典礼祭儀を行うことを任務とする司祭たち）が集まる時刻に食堂に下りていって、湯気の立つ肉料理にとびつきがつがつと食べました。それから、いつもは食卓に両肱《ひじ》をついて聖人伝が大声で読みあげられるのを祈りながら聞いているのですが、それに注意を払うかわりに、突然ひどい睡魔におそわれたふりをしました。他の修練士たちは、それまでは私が苦しげに恥じ入っているのを見て恐ろしそうに目をそむけていたのですが、そのときは私がぼうとしているのを面白がって急に笑い出しました。地位の高い僧たちが彼らのどうっという笑い声をあおっているのが聞こえました。私はこうしたまやかしを三日間続けました。と、アレクシ神父が予想していたように、三日目の晩、修道院長の部屋に呼びつけられたのです。おびえたような威厳を欠いた様子で彼の前に出ました。ぎこちないやり方をよそおって、鈍重でいかにも頭の悪い様子をしたのです。そうしたことは軽蔑し始めていたあれらの人々と和解するためにしたのではありません。そうではなくアレクシ神父が彼らを正しく判断していたかどうかを見るためにしたのです。そして修道院長が次のように告げるのを、つまり真実がついに分かった、一人の修練士がさっき告白したあやまりによって私への不当な非難が起きたと判明したというのを聞きながら、神父の言葉が正しかったことを納得しました。

修道院長は、罪を犯した者の痛悔を配慮し慈愛の精神をもって、その修練士の名前と、彼の過ちがどんなものだったかを話すわけにはいかないと言いました。そして私に教会で元の位置にもどるように、また修練士の勉強を再開するようにと勧めました。さらには誰に対しても不機嫌な気分や恨む気持を持ちつづけたりしないようにとも。それから私の目をじっとのぞきこみながら付け加えました。

「わが子よ、あなたは自分がこうむった過ちに対し、はっきりとした償いや心みたされるような埋め合わせを求める権利をもっていますぞ。非公式の報告によって、われわれを誤らせることになった修練士たちの陳謝を、皆のいる前で表明してもらってもよいし、あるいは一月間夜の聖務を免除されてもよい。どちらがよいか選びなさい」

私はこれまでの体験を続けてみたかったので後者を選びました。修道院長はすぐに愛想よく打ち解けた様子になって私にキスしました、と、その瞬間、会計係の神父が入ってきました。

「すべて解決したよ」と修道院長は彼に言いました。「この子は、われわれが無意識のうちに与えてしまった心の傷を償ってもらうのに、一月間のちょっとした休息以外何もいらないと言っている。この試練で健康が害されてしまったのでね。ともかくこの子は自分を非難していた者たちが、口には出さないが詫びているのをすなおに受け入れてくれたよ。大変な優しさと愛すべき大らかさで、ああしたことすべてを仕方ないとあきらめてくれているよ」

「そりゃいいね」と会計係は大きな笑い声を立てながら私のほほを、親しみをこめてたたきました。「こうやってわれわれはみんなを愛するのさ。こういった善良で穏やかな性格だからこそ、われわれにはみんなが必要なのだよ」

アレクシ神父は私にもう一つの助言を与えていました。それは私が学問に専念するのを許してもらい、彼の弟子となって、神父のやっている物理学と化学の実験助手になる許可をもらうようにということでした。「君がこの職務を受け入れてくれたのを見てみんな喜ぶだろう」と彼は私に言いました。「ここで皆が一番恐れているのは、熱情と禁欲主義なのだからね。自分の本当の目標から知性をそらし、知性を物質的な物事に適用しうるものが、修道院長によってことごとく奨励されるのだ。院長はわしに何度となく弟子をつけるように勧めたものだ。しかし紹介された者の中にスパイや裏切り者を見出すのがこわくて、色々の口実をもうけてはいつも拒んできたのだよ。一度はこの点でわしを強制しようともした。しかしわしは一人で好きなようにさせてくれるのでなければ、もう研究はやらない、天文台も放棄すると宣言したのだ。わしにかわる者が誰もいないということもあったし、また修道士たちは学者に見えることに、つまりやってきた旅人に自分たちの書斎や図書室を見せて回るのに大いなる虚栄を感じているということもあって、譲歩してくれたよ。他方、わしにエネルギーが欠けていないのも分かっていたので、わしの魂が決して屈しないような争いをわし相手に始めるより、学問的研究のためにそうしたエネルギーを取り除いておくほうがよいと思っていたからだよ。学問研究はここでは嫉妬を生み出さないからね。さあ、行きなさい。そしてわしから申し出を受け入れるという許可をもらったと言いなさい。まだ彼らがとまどっていたり不機嫌だったりしたら、暗い様子を見せつけるのだ。数日のあいだたえず教会堂に行ってひれ伏したままでいなさい。そして断食し、ためいきをつき、誰とも口をきかないで、一心不乱我を忘れて信じているように見せなさい。あんたが聖人になるのではないかと恐れて、彼らはあんたを学者になるようにしてくれるだろう」

アレクシ神父が期待させてくれた以上に、修道院長は私の要求を受け入れる気になっているように思えました。彼は私の感謝を受け入れながら、刺すような目つきで私を見つめていましたが、その視線の中にさえ、もみ手をする行為にも等しい、何かとげとげしく皮肉っぽいものがあったのです。彼の魂にはアレクシ神父や私などが察することのできないある考えがあったのです。

私はすぐさま宗教的実践の大きな部分を免除されました。その時間を研究にあてられるようにということです。ベッドでさえアレクシ神父の部屋に隣接した小部屋に移されました。彼とともに、夜、星の観察に専心できるようにと。

この時からアレクシ神父と固い友情を結ぶようになりました。毎日彼の魂から無尽蔵の宝を発見して友情はいや増していきました。地上にこれほど優しい心も、これほど寛大な心づかいも、天使のような我慢強さもかつて存在しなかったのです。彼は熱情と根気をかけて私に教えてくれましたが、そのことはどんなに感謝しても感謝しきれないことです。また彼の健康がますます悪化していくのを何と心配しながら見ていたことでしょう！　何と愛情をこめて昼夜彼の世話をし、どんよりとした彼のまなざしの中に、ほんのかすかな欲求をも読みとろうとしたことでしょう！　長い間人間的愛情を欠いていた、いや彼の言葉によれば、愛情にうえていた彼の心に、私が居ることでまた生命が戻ってきたように見えたのです。彼の心は、孤独によって疲れていた自らの知性と対抗していたのです。その知性は自分自身を前にたえず苦しむことにうんざりしていたのです。ところが彼の精神が力強さと活発さをとり戻すのと同時に、彼の身体は日に日に衰弱していきました。もうほとんど眠れなくなっていました。胃はもはや流動食しか受けつけなかったし、手足はかわるがわる丸々何日間もどれかが不随になっていました。彼は死が近づいていることを、平静に、恐れもせず、いらだちもせず感じとっていたのです。私のほうは、彼が弱ってゆくのを絶望的な気分で見ていました。というのも彼は私に未知の世界を開いてくれていたからです。愛にかつえた私の心は、彼が啓示してくれたばかりの感情と信頼と感動との生活の中を、のびのびと泳いでいたのです。

もしかしたら彼の頭がおかしいのではないかという最初起きた考えは、すべて消え失せました。そのあとは、彼の不思議な高ぶりは天才のほとばしりなのだと思えてきました。難解なその言葉もだんだんと理解できるようになってきました。彼の言うことがよく分からないときには、私の無知のせいだと思うようになりました。彼の考えをいつか完璧に見抜けるようになろうと期待しつつ暮らしました。

しかしながら至福の状態にかげりがないわけではありませんでした。小心翼々とした私の意識の奥底に、何か心をむしばむ不安のようなものがあったのです。アレクシ神父はキリスト教会の掟どおりには神を信頼しているように見えなかったし、それ以上に、ときおり私と同じ神に仕えているように見えないことがあったからです。私たちはいかなる点においても、決してあからさまな反抗的姿勢はとっていませんでした。私たちの科学的研究のテーマと、教義による教えとのあいだに、いかなる関連も起きぬよう彼は注意深くふるまっていました。だが、彼は教義を攻撃しないし私は教義を擁護しないようにするという、譲歩のようなものをお互いにしあっていたと思います。たまたま良心の問題や難しい神学上の問題で相談したときなど、彼は次のように言って自分の意見を表明するのを拒否したものです。

「それはわしの管轄には属さないのでな。そうした問題には精通した博士たちがいるだろう。彼らに相談に行きなさい。わしは祭式のことでは、スコラ学的迷路の中で立ち往生するようなことはない。自分の師に言われたように仕えているし、指導者に対し、認めるべきことか排斥すべきことかを尋ねることもない。わしの良心は自分と仲良くやっているし、もう年をとりすぎているから改めて講義を聞きにも行けないしね」

彼が好んだ主題は肉と精神についての話でした。しかし、決して信仰から離れてしまったと表明することはなかったものの、この問題を彼はローマ・カトリック教会の熱心な奉仕者としてよりも、はるかに形而上学的哲学者として扱っていたのです。

私はさらに一つのことに気づいて、大いに考えさせられました。彼は私の自然科学教育に心をくだいているといった様子をしばしば見せましたが、それなのに私にやらせようとした化学の実験は、すでに彼からさずかった教育のおかげで、私自身無意味で大ざっぱなものだと見抜いていたものでした。それからほどなく、実験をしている最中に中断させられ、未知の本の中にある説明が貴重なものだからと、それを探しに行かせられました。私は指示されたページから出発して大声で読んでいきました。数時間かけ全ページを読みました。彼はそのあいだ、あっちこっち歩きまわり、喜びのまなざしを天に向けたり、ゆっくりと片手をはげ上がった額に置いたりしながら、時おり「よし！　よし！」と叫んでいました。私にはそれが無味乾燥で正確な科学の項目ではなく、大胆な哲学と未知のモラルに満ちたページだとすぐに分かりました。彼への敬意からいましばらく読み続けました。もういいと言ってくれるのを期待しながら。だが、いつまでも続けさせるのが分かって、自分の信仰のことが気にかかり始めました。そこで不意に本を置いて言いました。

「神父さま、今読んでいるのは異端の説ではないでしょうか。あまりに美しすぎるとも言えるこれらのページの中に、私たちの聖なる宗教に反するものは何もないと信じていらっしゃるのですか？」

この質問をきいて、彼はがっかりしたような様子になり、突如歩き回るのをやめました。そして私の手から本を取り上げ、それをテーブルの上に投げ出して次のように言いました。

「わしには分からん！　わしには分からないのだ、わが子よ。わしは病んだ視野の狭い人間だ。そうしたことを判断できないのだ。それらを読んで良いも悪いも言えないのだ。分からんのだ！　分からんのだ！　さあ仕事をしよう！」

私たちは二人とも黙ったまま作業を再開しました。私は自分の思いに沈潜していて、あえて彼の考えを私に伝えるよう頼みませんでした。

私を一番いらだたせたのは、彼が全能の〈霊〉からの啓示をたえず口にして引用するのに、それが何かを一度としてはっきりと示さないことでした。彼はこの霊という名称に、最高に漠然とした広がりを与えていました。あるときには創造神を、万物のモデルとなるものを形容するのに使っているようにも見えましたし、あるときには、この宇宙的な本質の一部分を縮小し自分と親しい精霊の一種にしてしまっていたのです。そしてその精霊と、ソクラテスがしたように、秘教的な意思疎通をしているようでした。そういった瞬間、私はある種わけのわからぬ恐怖にとらえられて眠れなくなってしまうのでした。そこで自分の守護天使に加護を求めました。重くなったまぶたの前を夢の幻影が通りすぎるたびに、悪魔ばらいの決まり文句をつぶやきました。そんなとき心はひどく弱くなり、ヘジェジッペ神父にまた告解しに行こうかという気になったりしました。そうしなかったのはアレクシ神父への優しい気持が変らなかったので、いかに控えめに慎重になしうるとしても、他の神父へ告白することで彼から信頼を失うのではないかと恐れたからです。とはいえ私を一番不安にさせていた二つのことはもう起きませんでした。私の師は手に本をもったまま、頭を傾けていかにも読書しているといった姿勢をとって、眠りこんでしまうときがありましたが、目が覚めると、読んでいたことにもはや確信がもてなくなり、その本の中に見出したと主張していた想像上の金言を、私に教えることはもうありませんでした。おまけにまっ白なページの上には、もはや覚え書きのようなものが書かれているとも見えませんでしたが、彼は、まるで本物の本であるかのように言い直しをしたりページをめくったりしながら、すらすらと読んでいたのです。私はそんな奇妙なふるまいを彼の精神能力の一時的弱まりのせいにしていました。病気の痛ましい一面であって、そこから脱したあとも、そのことをもはや覚えていないものとしたのです。そこで彼にはそのことを話さないように注意しました。

悲しませるのを恐れてです。彼の体調は悪くなっていたとしても、少なくとも頭脳のほうはしっかりと立ち直ったように見えました。彼は考えていました。もう夢想していたのではありません。

彼は自分の健康については何も気にしていなかったので、どんな食養生も行おうとはしませんでした。元気を回復するのはほとんど無理だろうと私は思っていました。どんなに切願しても聞き入れてくれませんでした。運命の定めは回避できないと言うのです。そして運命の力について完全にキリスト教的なあきらめの調子で話しました。運命というものをイスラム教徒のような形で（宇宙のあらゆる物質的法則を超越しているものとして）理解しているみたいでした。とうとうある日、彼の足にすがって、当時この地方に来ていた高名な医師に見てもらうよう涙ながらに懇願しました。喜んでではないにせよ私への心づかいから、彼はその願いに従うように見えました。

「あんたが望むなら」と言いました。「でも何の役に立つのかね？　一人の人間がもう一人の人間に何ができるのかね？　物質的な力をほんの少し回復させ、数日間よけいに動物的な息吹を維持させるということではないかね？　精神は〈霊〉の息吹にしか決して従わないものだ。私を支配する〈霊〉は医師の言葉には従わないだろう、肉と骨からできた人間の言葉には！　決められた時刻が告げられるとき、わしに割り当てられたわが魂の火花を元の炉に返さなくてはならないだろう。もうろくした人間を、痴呆になった老人を、魂の抜けた肉体を、あんたはどうしようというのだね？」

とはいえ医師の訪問を受け入れることに同意しました。医師は彼を診て、まだこんなにも若い人（アレクシ神父は六十歳は越えていなかった）だと分かり、またこんなにも衰弱した状態でありながら、たくましい骨格をしているので驚いていました。そして身体をあまりにほったらかして知的作業にたずさわったので衰弱したと判断しました。初めて聞いた次のような諺《ことわざ》風の言葉を、医師が言ったのを覚えています。

「神父さま、刃が鞘《さや》を擦り切れさせたのです」

「余計になるか不足するかという哀れな鞘とはなんですかな？」とわが師は笑いながら答えていました。

「刃は不滅のものですかな？」

「そうです」と医師は言いました。「しかし鞘が擦り切れて保護できないようになると、刃は錆びるかもしれません」

「刃こぼれした刃が錆びたっていいじゃありませんか？」とアレクシ神父は答えました。「もう役には立たぬものですからな。もう一度かまどの中に入れ直して、鉄をきたえ直し、新たに使うようにすべきでしょう」

医師は私がただ一人アレクシ神父のことを真剣に思っているのをみて、離れた所に私を連れてゆき、神父の生活ぶりについて細かく質問してきました。わが師が過度の仕事に没頭していて頭脳が興奮状態になっているのを知ると、医師は、自分自身に話しかけるようにして言いました。

「かまどが熱せられ過ぎているのは明らかだな。余力がほとんどなくなっているのだ。崇高な炎がすべてを焼いてしまった。少しは消すように試みなければならないだろうな」

彼は処方箋を書いてくれました。私はそれを忠実に実行することを約束しました。そのあと医師は患者に向かいキスしていいかと頼みました。神父のそばでほんのわずかの間すごしただけで、心がとらえられてしまったのです。わが師に対するこの好意の印が私の心を打ち、そして深く悲しませました。このキスは永遠の別れに似ていたからです。医者は、いま始まったばかりのこの季節が終わるころ、またこの地方に立ち寄ることになっていました。

処方してもらった薬は、最初目ざましい効果をもたらしました。わが師の手足は楽々と活発に動くようになりました。胃はいっそう丈夫になり、幾晩もぐっすりと眠れるようになりました。だが、さほどたたないうちに喜んではいられなくなりました。というのも、体が元気になるにしたがい、精神のほうがメランコリーに沈んでいったからです。メランコリーのあとには悲しみがやってきました。悲しみのあとには無気力が、無気力のあとには不調状態がやってきました。ついでこうした局面すべてが、一日のうちに交互にくり返されるようになりました。彼のすべての機能はバランスを失っていきました。半睡状態が再び現れ始めるようになりました。そうした状態のとき、彼の頭脳はあてもない夢を痛々しいくらいに思いめぐらしつづけたのです。私をあんなにも不快にさせたいまわしいあのまっ白な本が、また現れるのが見えました。彼はそれを単に読むだけでなく、毎日、ペンでもって想像上の文字を書き記すのです。ペンをインクに浸すことも考えないで。深い倦怠とひそかな不安が、彼の魂の跳躍力をゆるめ弱らせてしまったように見えました。とはいえ私に対しては、いつもと変らぬ善意と優しさを示し続けてくれました。私の意に反して授業を続けようともしました。だがちょっとすると、まどろみ始めてしまうのです。そしてはっと飛び起き、私の腕をつかんで次のように言ったものです。

「君は、それにしても見ただろう？　はっきりと見ただろう？　一度しか見なかったのか？」

「おお、先生」と私は答えました。「あなたにとってとても親しいあの方を、どうしておそばまで連れてこられましょう！　あの方がいらっしゃればご病気もよくなるでしょうし、お心も元気になられるでしょうに」

そのとき彼は完全に目覚めていて次のように言いました。

「黙りなさい、おっちょこちょいめ。黙るのです。いったい何の話をしているのだ？　困ったものだ。ようするにあの人にはもう戻ってきて欲しくない、あの人と再会せずにわしに死んでほしいというのかね？」

私はあえて一言も答えられませんでした。すべての好奇心が私の中で死んでしまいました。心にはもはや苦しみしかありませんでした。何となく恐いといった感情だけが唯一、時おりやってきては苦しみとまじりあったのです。

ある晩、疲れていたのでいつもより早く、通常よりも深く眠りこんでしまいました。そして夢を見ました。その人がいないことでわが師がひどく悲しんでいるあの見知らぬ美しい人に、また会っている夢でした。その人は私のベッドに近づいてきて、私のほうにかがみこみ、耳もとに話しかけたのです。「わたしがいることを言ってはだめですよ。あの頑固なご老人は躍起になってわたしに会おうとするでしょうからね。彼の死のときにしか訪ねたくはないのです」私はその人に師のところに行ってくださいと懇願しました。来て欲しいと切望しているのだし、わが師の魂の苦悩は同情に値するとも言いました。とそのとき目が覚め、上半身を起こしました。この夢で強いショックを受けていたからです。目を大きく開き、眠りによって作られた幻影だというのを納得するために、両腕をのばしてみる必要がありました。三回にわたってあの若い男は、輝くばかりの優しさと美しさにつつまれて私のところに現れました。彼の声は、遠くひびく竪琴の音のように私の耳で鳴っていました。そして彼が来ると、あかつきのユリの花のような香りが広がるのでした。三回にわたって私は師のところに行ってくれと頼みました。そして三回にわたって目が覚め、それが夢であるのを納得しました。だが三回目には、隣りの部屋からアレクシ神父が私を激しく呼びつけるのが聞こえました。駆けつけると、テーブルの上で燃えている常夜灯のうす明りに、彼がベッドの上にすわって目をらんらんと輝かせ、ひげを逆立て、われを忘れたようになっているのが見えました。

「あんたは彼を見たろう！」と彼は荒々しく大きな声で言いました。いつもの響きとは似ても似つかぬ声でした。「彼を見たのに、わしに知らせなかったのか！　彼はあんたに話しかけた。あんたはわしを呼ばなかった！　彼はあんたのところを立ち去った、あんたは彼をわしのところに来させなかった！　ろくでなしめ！　恩知らずを育てていたのか！　あんたはわしから友人を奪い去ってしまったのだ。わが客人はあんたの客人となったのか。マムシのような奴め！　あんたはわしを裏切り、宝物を奪いとったのだ、わしに死を与えようというのか！」

それから枕の上にのけぞりざまに倒れかかり、数分間、気を失っていました。死んでしまったのかと思いました。冷たくなったそのこめかみを、彼が気を失いそうになったときいつも使っている油で盛んにこすりました。私の僧服でその足をあたためました。息を吹きかけてその手をあたためました。息づかいは感じとれませんでした。指は死んだように冷たく固まっていました。私は絶望しはじめました。とそのとき、息をふきかえしたのです。そっと起き上がると、私の肩に頭をもたせかけました。

「アンジェロ、いまこのとき、わしのそばで何をしていたのかい？」彼はえも言われぬ優しい調子で尋ねました。「わしはいつもより調子が悪くなっていたのかな？　わが子よ、君が心配そうで疲れきっているのはわしのためなのか」

何が起きたのか言いたくはありませんでした。ましてや彼の見た幻と私の見たそれとが信じがたいほど偶然の一致を見せたことについて、彼に説明を求めようとも思いませんでした。彼はそのことについてまったく覚えていないように見えました。私にベッドに戻るようにと要求しました。私は言われた通りにしましたが、彼の動作すべてに注意を払い続けていました。彼は眠ったように思えましたが、その息づかいは苦しそうでした。息苦しい様子が海の遠鳴りのように、高なったり遠ざかったりしていました。とうとう静かになったように思えました。私は眠気に負けてしまいました。だがしばらくしたとき、彼の声とは思われない力強い声が聞こえて、またも起こされてしまったのです。

「いいや、君はわたしのことを決して知りはしなかったぞ。決して理解はしなかったぞ」とその厳《いかめ》しげな声は言っていました。「わたしは君のところに百回もやってきたが、君はただ一度としてわたしに仕えようとはしなかったね。修道士からためらいと臆病と詭弁以外、何が期待できるというのかね？」

「いえ、わしはあなたを愛していました！」とアレクシ神父の切々としたか細い声が答えていました。「あなたはそれを知ってらっしゃる。わしはあなたに嘆願し、あなたのあとを追いかけました。全身全霊、力を尽くしてあなたの寓話の意味を見抜こうとしました。ひざまずいてあなたの加護を祈りました。ヘブライ人の信仰を見限りました。ユダヤ人と異教徒の神を、血まみれのさらし台の上で痛ましく身をよじらさせておきました。そうした神のためには一滴の涙も見せず、一つの祈りもしませんでした」

「いったい誰がそんなふうにしろと言ったのかね？」と、かの声がまた響きました。「無知な修道士よ、血も涙もない哲学者よ！　情熱と信仰を欠く犠牲者よ！　わたしはかつてナザレ人（イエス・キリストのこと）を軽蔑せよと君に命じたかね？」

「いいえ、あなたはいかなることについても決して意見を述べてくださいませんでした。あなたはご自分に対するすべての熱愛を体験したかもしれない人に、光を見させようとはなさいませんでした。分かってらっしゃいますね！　分かってらっしゃいますとも！　あなたが望まれたなら、わしは修道服を破りすて剣を身につけたでしょう。自分の言葉を鳴り響かせ、あなたの福音を地上のいたるところで述べ伝えたでしょう。放火殺戮もしたでしょう。諸国民の様相を一変させ、南方から北方まで、西方から東方まで、人々にあなたへの信仰を抱かせたでしょう。そういう意思も力ももっていました。あなたはおっしゃるだけでよかったのです。歩めと！　わしの手に松明《たいまつ》をもたせ、その前を導きの星のように歩むだけでよかったのです。わしは、あなたの名で、海をも服従させ、山をも動かしたでしょう。どうしてそう望まれなかったのです！　あなたは祭壇をもち、わしは生きたでしょう！　あなたは神となり、わしはあなたの預言者となったでしょう！」

「そうが、そうか」と誰とも分からぬその声は言いました。「君は誇りと野心を天から授けられていた。もしわたしが鼓舞していたら、君は自らが神となることに同意しただろう」

「おお先生！　わしのことを軽蔑しないでください、揶揄しないでください！　そういった性向はありましたが、自分の中で押し殺したのです。あなたはわしの向こう見ずな願望を非難し、とんでもない大胆さを責めたてましたが、わしはあなたのために自分の夢をことごとく犠牲にしたのです。暴力はこの世を支配しなかった、〈霊〉は血けむりの中にも軍隊の喧噪の中にも宿らなかったとおっしゃいました。霊なるものは、目立つことなく孤独の中で、沈黙と瞑想の中で、探し求めねばならないともおっしゃいました。研究し、禁欲し、つつましくひっそりと生きる中で、夜も寝ずに、黙想し、たえず魂をあこがれさせる中で見出せるだろうともおっしゃいました。地の奥底に、書物のちりの中に、墳墓のうじ虫の中に探すようにともおっしゃいました。わしはあなたが言われた所でさがしました。しかし発見できませんでした。そして疑念におびえ、虚無に恐怖しながら死のうとしているのです！……」

「黙りなさい。臆病な不敬の徒め！」と雷のような声がまた始まりました。「君が残念に思うのは栄光を欲しがるからなのだ。絶望に追いやられるのはプライドゆえだ。傲慢な虫けらがいて、君を、神の全能の秘密を見抜けなければ墓の中に降りられないといった具合にしているのだ。もろもろの存在の免れがたい過去や、数えきれない未来にとって、一人の修道士以上だか以下だかの者が、ぺてんの中で生きるか、あるいは無知の中で死んだかなぞどうでもいいことではなのか？　普遍的知性は、一人のベネディクト会修道士が、自らに反対して屁理屈をこねたからといって滅びるだろうか？　無限の力は、天文学をやる修道士がコンパスと望遠鏡を使っても計測できなかったといって、退位させられるだろうか？」

情け容赦ない笑い声がアレクシ神父の部屋をゆるがせました。そしてわが師の声がいたましい泣き声となって、それに答えていました。私はこの対話をひどい不安にかられながら聞いていました。半ば開いた扉のそばに立って、床のタイルをはだしで踏みしめ、息を殺し、この眠れない不気味な夜の見知らぬ訪問者を見ようと努めたのです。けれどもランプは消えていて、私の目は、恐怖に曇らせられ、闇の中を見通すことができませんでした。わが師の苦悩に勇気をかきたてられました。師の小部屋に入っていきました。燐《りん》を使ってランプをつけ、ベッドに近づいていきました。部屋には彼と私以外誰もいませんでした。対話していた相手があわただしく立ち去ったと思わせるような音もしませんでしたし、空気の乱れもありませんでした。師の絶望ぶりに心ひきさかれ、彼のことで気もそぞろでしたから恐怖を感じませんでした。長枕の上にすわって、まるで恐るべき手によって腰をくだかれたみたいに身体を二つ折りにして、彼は両膝のあいだに顔を埋めていました。その膝はぶるぶるとふるえ、口の中で歯がカチカチと鳴っていました。そして灰色のひげの上を涙が滝のように流れていました。私は彼のそばにひざまずき、いっしょに泣いてしまいました。そして子どものように一生懸命彼をなでてやりました。しばらく彼はこの共感の吐露に身をゆだねていましたが、何度となく私の胸の中に飛びこんできては叫ぶのでした。

「死ぬのだ！　絶望的に死ぬのだ！　生きたということもなく。そして復活するために死ぬのかどうも分からないまま死ぬのだ！」

「神父さま、私の愛する先生」と私は言いました。「何だか分からないいやな幻があなたの眠りと私の眠りを乱しているのです。何だか分からない亡霊が今晩ここに入ってきて、私たちをためし、おびやかしているのです。しかし生きた神のしもべが、私たちを救済するために恐怖を与えにやってきたのであるにせよ、あるいは闇の霊が神の善意について私たちを絶望させ地獄に落とそうとしているのにせよ、こうした超自然的なものごとは、聖なる教会の懐に戻ることで終わりにしてください。あなたにつきまとっている悪魔たちを追い払ってくださいあるいは秘蹟を受けられてあなたを訪れる天使たちに好意をもってもらってください。そして私たちの聖なる典礼の祈りを、あなたのために唱えるのを許してください……」

「ほっといてくれ、ほっといてくれ、アンジェロ君」とそっと私を押し返しながら彼は言いました。「そんな大人気ない話でわしの頭を疲れさせないでくれ。一人にしといてくれ。君とわしの眠りを、くだらぬ恐怖でもうさまたげないでくれ。これはみんな夢なのだ。いまはもうすっかり気分もいいから。泣いたので気分が楽になったよ、涙は嵐のあとの慈雨なのだ。わしが眠っているあいだに言ったかもしれないことで驚かんようにね。死が近くなると、魂は、物質とのきずなを断ち切ろうと努力して、奇妙な悲しみにおちいるものだよ。だが厳粛な瞬間には〈霊〉は魂を立ち上がらせ助けてくれると言われておる」

午前中に修道院長のところに赴くようにという命令を受け、彼の部屋に下りていきました。修道院長は手がふさがっているので、隣接する参事会員室で待つようにと言われました。その部屋に入っていって、中を一周しました。そこに入ったのは二回目だったと思います。そこの造りをまざまざと見るひまは、それまではありませんでした。それは大きくていかめしい部屋でした。しかもこの時でさえ、わずかな注意しか払うことはできませんでした。前夜の心の高ぶりで打ちのめされていましたし、何よりもわが愛する師の肉体的精神的苦しみを思うと、つらくて心が動転し、とても不安になっていたのです。それに修道院長が私を呼んで何を話そうというのか、不安にならずにおれませんでした。というのもアレクシ神父の弟子となって以来、私は宗教上の義務をはなはだしくさぼっていたからです。それについては自分でもまこと非難に値すると思っていました。

とはいえ、そうした暗い気分をまぎらわし、不安をのりこえようと自分の周囲をものうげに見回していると、この古くさい部屋の美しい作りに心打たれてしまいました。近代の建築家たちにはなじみのない力強さと大胆さで、丸天井のアーチが作られていました。壁に隣接した穹隅《きゅうぐう》は、湾曲して丸天井に交わっている石の唐草模様を生み出しており、それぞれの穹隅の下には修道会の高位の人やら有名人やらの肖像画がつるしてありました。みんな美しい絵で見事な額縁に収められており、黒衣を着た重々しい人物たちのこの長い行列は、何か堂々たる葬式みたいなものを思わせました。秋も終わりのころの晴れた日でした。太陽は高い窓から差しこんでいて、うっすらとした金色のあふれんばかりの光線を、これら死者たちの立派ないかめしい顔立ちの上に投げかけていました。そして時をへてすっかり黒くなった額縁の厚ぼったい金箔に照り返していました。深い静寂が建物の中庭や外の庭園をおおっていました。丸天井に私の足音が反響していました。

突如背後に別の足音を聞いたような気がしました。非常にしっかりした重々しい足音だったので、私はてっきり修道院長がみえたのだろうと思いました。あいさつしようと振り向くと、だが誰も見えません。自分が思いちがいしたのだろうと考えました。また歩き始めました。と例の足音が聞こえたのです。二度目でした。そして三度目も。でもその部屋ではまったく一人きりだったのです。さいなまれていた恐怖が、そのときまた息を吹き返しました。逃げ出そうかと思いました。だが修道院長を待たざるをえないのだから、自分の弱さに打ち勝とうとし、こうした幻想を体と精神とが疲れきっているせいにしようとしました。そうした状態を脱しようとして長椅子に腰を下ろしました。ま向かいには、全体の中央に位置する絵がありました。それは私たちの保護者、偉大なる聖ベネディクトゥス（四八〇頃—五四七頃。イタリアのモンテ・カシーノに修道院を置き、ベネディクト会を創始した）の肖像でした。この美しい絵を見つめることで、とりつかれている幻を追い払いたいと願いました。そのとき痛ましくも法悦にひたっている聖者の青ざめたその顔に、ある朝教会堂の戸口のところで出会った見知らぬ人の特徴を認めたように思いました。私は立ち上がりました。またすわり直しました。近づいていき、遠ざかりました。見つめていればいるほど、同じ顔立ちで同じ表情をしていると確信したのです。ただ聖者の髪の毛は頭のうしろの方に乱雑にとかされ、額は少々はげ上がり、年齢以上にふけ顔に見えました。黒い僧服だけをまとっていて下から裸足の足がのぞいていました。こうした類似を発見して、私は感激しました。われらが聖なる保護者が私の前に現れたのだ、彼の霊が私を見守ってくれているのだと思って、一瞬誇らかな気分になったのです。同時にアレクシ神父が正しい道を歩んでいるのだ、彼自身聖人なのだと考え、幸せになりました。なぜなら、かの福者（その生涯が聖性に特徴づけられるものであったと、教会によって宣言された者）は彼と通じあっているのであり、あるときは有益な苦言を呈するために、あるときはおそらく優しくはげまそうと、彼を助けにやってきているからです。

私はこの聖なる姿の前にひざまずこうと進み出ました。だがまたも誰かが一歩一歩あとを追いかけてくるような気がしました。もう一度ふり返ってみましたが誰一人いませんでした。この瞬間、目が聖ベネディクトゥスの真正面にかけられている絵に行きあたりました。なんと驚いたことか、おだやかで謹厳な表情の、じっさいに私が見たと思ったあの波打つ美しい髪の人と、同じ顔を見つけたのです！　この人物は聖ベネディクトゥスより、私が心の目で見たあの姿の人と、はるかに似ていました。立った姿で描かれていて、私のところに現れたときの格好をしていました。正確に同じ服装で、同じマントをはおり、同じベルトをし、同じ半長靴をはいていました。大きな青い目は、ととのった弓形の眉毛の下、少し奥目になっていて、物思いにふけりつつも人を見すかすような表情で、やさしく見おろしていました。その絵はたいそう美しく、聖ベネディクトゥスを描いたのと同じ画家によるものと思えました。描かれた人物自身すこぶる美しい人だったので、その点からして私のすべての疑念は、たとえそれが肖像であれ、彼を見るという感激にとってかわってしまっていました。彼は片手に本をもった姿で描かれていました。その足許には多くの本がちらばっていて、平然と意に介することなく本を踏みつけているように見えました。一方の手で別の本をもちあげ、その表紙にじっさい書かれている言葉、「此処ニ、真理、アリ」を告げ知らせているように見えました。

　彼の姿がこの部屋を飾っているのだから尊敬すべき人に違いないと思いつつ、狂喜して見入っていたとき、奥の扉が開きました。そして人の良いおしゃべり好きの宝物庫管理役の神父が、修道院長がいらっしゃるから待っているようにと話しにきました。

「あなたはこれらの絵にすっかり魅せられたようですね」と彼は言いました。「皆が断言するには、われらが聖ベネディクトゥスはすばらしい作品です。何人かの愛好家はファン・ダイク（一五五九—一六四一。フランドルの画家）が描いたものだと思いました。しかしこの絵が描かれたときには、ファン・ダイクは死んでいましたね。彼の弟子の一人が描いたものなのです。彼の技法を見事に継承しています。日付についてはまちがえるわけがありません。といいますのは、ピエール・ヘブロニウスがここにきたのは一六九〇年ごろ、もうファン・

ダイクがこの世を去っていた時です。あなたも気づかれたにちがいないように、これは三十歳を少しこえたころのピエール・ヘブロニウスの顔ですね。聖ベネディクトゥスを描いたあの画家のモデルになったのですよ」

「でもいったいピエール・ヘブロニウスとは誰なのですか？」と私は尋ねました。「おやおや！」と修道僧は私に、わが未知の友の肖像を指し示しながらつづけました。「これがスピリディオン大修道院長という名で知られていらっしゃる方ですよ。われらが修道院を創設された尊敬すべきお方だ。お分かりのように、当代きって最高に美しい方の一人でした。画家は、聖人の顔で、これ以上美しい顔を見出せなかったのです」

「彼は亡くなったのですか」と何を言っているのかも考えず、私は大声で言いました。

「一六九八年ごろね」と宝物庫管理役は答えました。「かれこれ一世紀前ですよ。見ての通り、画家は彼に一冊の本をもたせ、他の何冊かを足許で踏みつけるようにして描いたのです。彼のもっているのはプロテスタントに反対して書かれたボシュエ（一六二七―一七〇四。フランスの聖職者、説教家）の四番目の書だと言われています。他のものはルターおよびその信奉者たちのおぞましい書物なのです。この仕草はピエール・ヘブロニウスの直前の回心をほのめかしており、彼が真の信仰へと移ったことを示しています。彼は真の信仰を見出して以降、輝くばかりのやり方で宗教生活に尽力し、自分の財産をこの聖なる家の建設にささげたのですからね」

「この創設者は大変にりっぱな方だったと、じっさい聞いたことがあります」と私は言葉をつづけました。「聖性のかおりを放って生き、死んだ方だといいますね」

宝物庫管理役は、ほほえみながら首をふりました。

「りっぱに生きるというのは、りっぱに死ぬというよりも易しいことです！」と彼は言いました。「僧院の中で学問に一心に打ちこむのは良いことではないですね。精神は興奮し、もっとも優れた頭脳でもしばしば慢心で満たされ、倦怠ゆえ、つねに同じである真理を信じるのにあきてしまうことにもなる。新しいことを発見しようと望み、道に迷ってしまうのです。悪魔がそれにつけこみ、見事な哲学の形をとったり、天上からのインスピレーションの外観をとったりして、時おり、とんでもない誤りを引き起こさせるのですね。釈明すべき折が不意にやってきたとき、捨てさるのがとても難しい誤りをですね。ほんとにこっそりとだが事情によく通じた人々が言っていたのを聞いたことがありますよ。スピリディオン大修道院長は最晩年に近づくと、克己的で敬虔な生活を送りながらも、悪書を山ほど読み、誤りの毒に知らぬまに少しずつ汚染されてしまったということです。あの方はつねに良き宗教者という外観を保っていました。しかし若い頃よりもさらに恐ろしい異端の中にひそかにおちいっていったように見えるのです。ユダヤ人スピノザ（一六三二―七七。キリスト教に改宗したユダヤ人の子孫で、オランダ国籍の哲学者。『エティカ』で一種の汎神論をとなえる）のおぞましい書物や、あの学派の哲学者たちの極悪非道な学説が彼を汎神論者に、つまり無神論者にしてしまったのです。わが子よ、おお！ 空虚な好奇心でしかない学問への愛から、そういった堕落へと決して導いていかれないようにね！ 最晩年には、ヘブロニウスは数知れぬ忌まわしい書を書いたと言われています。が、幸いにも死の床で悔い改め、自らの手でそれらを焼き捨てたということです。後になって単純な精神の者がそれらを読んで、毒に染まってはならないようにとね。そして見たところ主と和解して死んだといいます。しかし彼の外的生活しか見ていないで、彼を聖人のようにみなしていた者には、彼の墓の上で彼らのために何も奇跡が起きなかったのが驚きだったようですよ。まっとうな人々は、何よりもしっかりと判断するすべを学んでいたので、来世での彼の運命に関して危惧していることを口にしないようにしていました。何人かの者は、彼が妖術を実行するまでになっていたとさえ思ったのだがね。そして彼が息をひきとったとき、かたわらに悪魔が現れたともね。だがそうしたことは十全には確かめられないことだ。そうした話をするのは、たぶん軽はずみで危険なことでしょう。だから彼の思い出はそっとしておきましょう！　彼の肖像がここにかかっているのは、その偉大な寄進とこの修道院の創設とを斟酌《しんしゃく》し、神が彼のすべてをお許しになるだろうということを示すためなのです」

このとき修道院長がやってきたので、この話は中断されました。宝物庫管理役は胸の前で両腕を組んで地面につかんばかりに深々とおじぎをすると、私と修道院長を残して立ち去っていきました。

修道院長は頭のてっぺんからつま先まで私をじろじろと眺めながら、素っ気ない調子で話しかけてきました。アレクシ神父が長いことよく眠れずに過ごしていることと、その部屋から毎晩聞こえてくる声について報告するようにとのことでした。私はそれらをわが師の病気の状態によって説明しようとしました。だが修道院長が言うには、信頼できるある人物が、夜明け前、教会堂の大時計のぜんまいを巻きに行ったとき、私たちの部屋から大きな声がひびいて、脅迫、叫び、呪詛を聞いたというのです。

「まじめに、簡潔に答えてもらいたいと願っている」と修道院長はつけ加えました。「というのもね、罪人は告解し悔い改めれば、すべての過ちを許してもらえるのだからね。しかしもしもあなたが私の疑念を

修道院長は頭のてっぺんからつま先まで私をじろじろと眺めながら、……

納得できるよう晴らしてくれなければ、もっとも厳しい罰を受けることになるのですぞ」

「神父さま、こうした場合どんな嫌疑が私にかかるのでしょう」と私は尋ねました。「たしかにアレクシ神父は一晩中大声で、かなり激しい調子でお話しになっていました。錯乱状態におちいっていらしたのです。私はといいますと泣いていました。それほどあの方の苦しみをつらく感じたからです。われに返られたとき、あの方はつぶやくようにですが熱烈な祈りを神様にささげました。私も声を合わせました。心も彼の心にあわせました」

「その説明はうまくできておるな」と修道院長はさげすむような調子で答えました。「しかし突然あなたたちの部屋と丸天井全体を一面に照らしだしたあの微光は、どう説明するのかね。それから天井のてっぺんから出てきて、ひどい硫黄臭を放ちながら空中に広がっていったあの炎のことは？」

「神父さま、夜中に病人を看病したり、そのベッドの傍で祈ったりするために、ランプが欠かせないと思いました。そのランプをつけるために燐と硫黄を使ったのが悪いことだったとは理解に苦しみます」と私は答えました。「あれらの成分を不用意に使って、しかも急いでいたので小びんのふたを閉め忘れ、不快な臭いを建物中に広めてしまったということはあります。しかしあえて言わせていただければ、あの匂いには何の危険もありませんし、どんな場合にも燐が火事を起こすことはありません。私に慎重さが欠けていたとしても、どうぞ尊師が私を許してくださいますよう、そして過ちが私一人のものだと認めてくださいますようお願いいたします」

修道院長は探るような目つきで長いこと私を見つめていました。まるで私の無思慮なふるまいが、どんなどころにまで及んでいるのか知りたいと思っているみたいに。それから憤慨にたえないといったように天を仰ぎながら、一言も言わずに出て行ってしまいました。

一人残され激しい不安にかられました。私自身のことではなく、アレクシ神父の頭上に激しい非難が集まってくるのが見えたからです。思わずヘブロニウスの肖像のほうに目を向け両手をあわせました。彼に頼り、希望しようという思いにどうしようもなく突き動かされたからです。その瞬間、日光がこの創設者の顔のところに差しこんでいました。彼の顔が奥のほうから飛び出してくるように思われました。それから彼の手と体全体が額縁を離れ、前のほうに身を乗り出してくるように思われました。その動きでかすかに髪の毛が波打ち、両目が輝きだし、生き生きとしたまなざしで私を見つめていたのです。その時私は、血がざわめき立ち、耳鳴りがするくらい激しい動悸にみまわれました。目もはっきりと見えなくなりました。勇気が萎《な》えそうになって大あわてで遠ざかったのです。

ひどく暗い不安な気持ちで引き下がりました。私には謎の状態としてとどまっていた事実を憎しみと誹謗が悪化させてしまったにせよ、あるいは、アレクシ神父と同様私もまたいじわるな人の攻撃の的にされたにせよ、真実を見た人の目には私が気づいたこと以上の何かが起きたにせよ、わが不幸な師は迫害にさいなまれるだろうし、すでにひどく辛くなっている彼の最晩年が、苦い思いでいっぱいにされてしまうだろうと予想しました。修道院長とのあいだであったことは、彼には隠しておきたかったのです。ただ、おそらく用意されている懲罰を回避させる唯一の方法は、彼を教会の精神と和解させるよう勧めることでした。

彼は私の話を、また哀願を、無関心な様子で聞いていました。話し終えたとき次のように言いました。

「心安らかにしていなさい。〈霊〉はわしらとともにおる。肉の人間たちにはわしらをどうすることもできないのだ。〈霊〉は手ごわく厳しいものだし怒りやすいものだ。しかしわしらに味方しておる。罰をくらうことになろうとも、君のきゃしゃな体が水ぜめにあい、わしの老体が土牢のじめついた闇の中で死に瀕することになっても、〈霊〉は地の底からわしらのほうに昇ってくるだろう。いまこのとき太陽の金色の光をわしらの上に降りそそいでくれているようにな。わが子よ、恐れることはない。〈霊〉がいるところ光もまたある。熱も生命もある」

彼にはもっと話をしたいと思いました。が、彼は自分をわずらわせないようにと静かに合図し、そして肱掛け椅子に腰を下ろすと、深い瞑想におちいってしまいました。その瞑想のあいだ、はげ上がった額を傾け視線を地面のほうに落としている姿は、このうえなく穏やかな威厳に包まれていました。彼の中にはまちがいなく、私のあらゆる嫌悪感を沈黙させ、あらゆる恐怖感を抑制してしまう未知の力がありました。かつていかなる息子でさえ父を愛したことがなかったくらいに私は彼を愛しました。彼の不幸は私の不幸でしたし、もし彼が地獄に落とされるなら、真剣に神を喜ばせたいと願ってはいましたが、それでもこの地獄落ちを共にしようと思ったでしょう。そのときまで私は疑念にさいなまれていました。だがそれ以降は、彼の危機を意識することが、私の愛情に大きな力を与えてくれたので、もはやためらいを持ちませんでした。私の良心の声と彼の苦悶の叫びのあいだで選択はなされたのです。私の気づかいは、すこぶる人間的な性格をおびていたと認めます。彼がもしあの世で救われないというなら、少なくともこの世の生は平穏のうちに終えて欲しいと思ったのです。この願望によって永遠に罰せられねばならないとしたら、神のみ心にまかせましょう！……

夕方、アレクシ神父が静かにまどろみ、そのベッドのかたわらで私が祈りを終えようとしていたとき、いきなりドアが開いて、ぞっとするような人物が私の真向いにやって来ました。私は恐怖のあまり一言も発することができず、身動き一つすることもできませんでした。髪の毛が逆立つのを感じました。ヘビににらまれた小鳥のように両目はこの恐ろしい出現者の上に釘付けになりました。わが師は目覚めませんでした。おぞましいものは彼のベッドの足もとで動きません。もう見まいとして私は目を閉じました。そして理性と気力を自分の内奥から探しだそうとしました。目を開けてみると、やつはあいかわらずそこにいました。私は大いに努力して叫ぼうとしました。だが声にならないあえぎが肺から出てきただけです。わが師は目覚めました。自分の前にいるやつを見て恐れおののくかわりに、ちょっと驚いたといった調子で次のように言っただけです。

「ああ！　ああ！」

「やって来たよ、あんたがわたしを呼んだからね」とその亡霊は言いました。

わが師は肩をすくめ、私のほうをふり返りました。

そして「君、恐いかね？」と言いました。「これを精霊あるいは悪魔だと思っているのだろう？　いやいや聖霊はこういった形は呈さないし、それにこんなにばかみたいに醜いとしたら人間の前に姿を現す力もなくなるだろう。人間の理性は知恵の精霊に監視されている。これは幻影ではない」それから立ち上がると亡霊のほうに近づき、「これは生身の人間だ。さあマスクを取れ」と言い、やつの喉もとをつかまえました。「この下卑た仮装でわしをたじろがせられると思うな」

そうしてこの亡霊を鉄のような腕でゆすり、相手をひざまずかせてしまいました。それからアレクシ神父はやつのマスクを引きはがしました。そこには私を教会堂から追い出した助修道士がいたのです。ドメニコという名前の助修道士でした。

「ランプを取って！」とアレクシ神父は力強い声で私に言いました。皮肉な喜びで目を輝かせていました。「わしの前を歩け。この忌まわしい行為に打ち勝たねばならない。ささ、急げ！　言われた通りにするのだ！　君はノウサギほどの力も勇気もないのか？」

私はまだ気が動転していて手がふるえ、ランプを支えることができませんでした。

「ドアをあけなさい」とわが師は高圧的な口調で言いました。

言われる通りにしました。だが見下げ果てたドメニコが、石畳の上にぼろきれのようにまだ横たわっているのを見て恐怖に捉えられました。というのもアレクシ神父が怒りにまかせて瞬間的にとてつもない暴力をふるい、この似非《えせ》悪魔を丸屋根のスロープから突き落としてしまうのではないかと思ったからです。

「神父さま、許してやってください！」と私は彼の前に立って言いました。「あなたの手を血で汚さないでください」

アレクシ神父は肩をすくめ、そして言いました。

「君どうかしとるぞ！　先に行こうとしないのだからね。さあわしのあとをついて来なさい！」助修道士はたくましい男でしたが、人間わざとは思われない力によって打ち倒されたみたいに見えました。神父

ぞっとするような人物が……

は彼をあいかわらず引っぱりながら階段を足早に下りていきました。私も気をとり直してあとに従いました。この音をききつけて、何人もが姿を現しました。彼らはたぶん階段下で、にせ悪魔がわが師から引き出そうとしていた告白の結末を知ろうと待機していたのです。ところが期待していたのとあまりにも違う場面になったのを見て、フードつきマントの中に身をかくし闇の中に逃げていったのです。彼らの僧服から、助修道士や修練士たちだと気づくだけの時間がありました。神父は誰一人この冒瀆的な茶番劇に入りこんではいませんでした。だがあとで分かったように、これは上部の命令で指揮された劇だったのです。

アレクシ神父は捕虜を引っぱりながらあいかわらず大股で歩いていきました。捕虜のほうは時おり、彼の恐るべき手から身を引き離そうとしました。だが神父は立ち止まると、まるで首を絞めるぞといった動作をしながら、彼を階段の上を転がすようにしていったのです。アレクシ神父の爪は血でにじんできました。ドメニコの目は眼窩から飛び出しそうになりました。ずっと二人のあとをついていくうち、回廊に通じる大階段の一番下のところに着きました。そこには大きな鐘がつり下げてありました。その鐘は修道士の死の時にしか鳴らさないもので、死ヲツゲルモノと呼ばれていました。あいかわらず片手で例の悪魔を地面に押し倒しながら、アレクシ神父はもう一方の手でその鐘を鳴らし始めました。修道院全体が揺れるくらいの勢いでした。まもなく個室の扉があわただしく開く音が聞こえ、あらゆる階段がさわがしくなりました。修道士、修練士、奉公人、そこに住んでいた者全員が駆けつけてきたのです。ほどなく回廊は人々であふれかえりました。すべての顔が、私のもっていたランプのゆれる光だけで照らしだされ、ことごとく怯えどぎまぎしていました。最後の審判のラッパの音で死の眠りから覚めたヨシャファトの谷（イスラエル東部に

あいかわらず片手で例の悪魔を地面に押し倒しながら、……

あり、キドロンの谷とも呼ばれる。イエスがゲッセマネへ行くときに渡った。また伝統的に最後の審判がここで行なわれると言われている）の住民のような様子でした。神父はいぜんとして鐘を鳴らしていました。どうしてなのかと質問攻めされても止めません。その手から、ろくでなしのドメニコを引き離そうとしてもだめでした。神父は現実のものとは思えないような力で活気づけられていたのです。集まってきた人々と向き合い、自らの打ち鳴らす鐘の音と雷のような声とで圧倒しながら言いました。

「誰かが欠けておるぞ。その者がここに来たら、わしは話そう。言われる通りにしよう。だが彼が他のもののように降りてこない限り鐘を鳴らし続けるぞ」

やっと最後に修道院長が現れました。アレクシ神父は鐘を打つのを止めました。その瞬間、彼はまことに力強く美しい姿で立っていました。目をきらめかせ勝ち誇った様子で、自分の足の下にあの人でなしを踏みつけながら。まるで悪魔を大地に投げつけた大天使ミカエル（神の軍隊を率いる大天使。悪魔と戦い、信じる者を特に死に際して敵から守り、神の民を守護するとされる）かと見まがうばかりでした。そこにいたもの全員、身じろぎもせず見つめていました。回廊の奥深い丸天井の下、息づかい一つ聞こえませんでした。このとき老人は、死を思わせるような静寂のまっただ中、声を高めて院長に向かって話しかけたのです。

「神父、何が起きたかお分かりだろう！　わしがベッドで死にそうになっているあいだ、この聖なる家の人々はわが兄弟《フレール》（＝修道士）と呼ばれているのに、卑劣な好奇心とおぞましいぺてんをもって、わしの最期の時を悩まそうとやってきたのだ。この連中は、わしの部屋に、こいつを、このドメニコを送りこんできたのだ！」（こう言いながら、助修道士の顔を上のほうに向かせて、そこに集まっていた全員に分かるようにしました。）「この連中は、おぞましい仮装をまとわせてこの男をわしの枕もとにいくように送り出し、わしの耳もとですさまじい声で叫ばせたのだ。わしを眠りから、おそらくは最後の眠りからはっと目覚めさせようとして！　何を望んでなのだ？　わしをおびえ上がらせ、恐ろしい亡霊の出現によってわしの精神を凍りつかせ打ちのめそうと思い、さらにはわしの精神を錯乱させ、恥ずべき言葉と恐るべき秘密を引き出そうとするためなのか？　この新手のとてつもない迫害は何なのだ、神父？　いつから罪人が臨終の時を静かに穏やかに過ごすことが、もはや許されなくなったのか？　この連中が精神の弱いものを相手にしたとしたら、わしを、自分を取りもどさせ〈主〉の加護を祈る余裕も与えずこの地獄の幻で殺してしまったとしたら、いったいわしの地獄落ちの責任は誰に負ってもらえるのか？　おお、あなた方みんな、ここにいる善意の人々よ、わしがしゃべっているのは、いずれ死ぬことになる自分のためではないのですぞ。まだ生きていかれる皆さんのためなのですぞ。あなた方が自らの死の苦しみを心おだやかに忍べるように、わしといっしょに全員、わしらの前におられるわしらの精神上の父に、そして必要ならば、わしらの上方にいらっしゃるもう一人の父に、次のように頼んでほしいと言っているのですぞ。つまり裁きをしてくだされとな。神父よ！　わしは待っていますぞ。裁きがなされるのを！」

そこにいた善意の人々は口を合わせて叫びました。「裁きを！　裁きを！」そして回廊を動かすようにこだまがくり返しました。「裁きを！」と。

院長はこの場面に平然とした顔つきで立ち会っていました。ただいつもよりも青ざめているように見えました。しばらくのあいだ何も答えずにいました。眉をかすかに引きつらせて。とうとう声を高めて言いました。

「わが子アレクシよ、この男を許しなさい」

「神父、あなたがこやつを罰してくださるという条件で許しましょう」とアレクシ神父は答えました。

「わが子アレクシよ」と院長は言葉をつぎました。「それが神の裁きの場に出る用意があると言っている人間の気持かね？　頼むからこの男を許してやってくれ。そして君の手を彼の上から引っ込めてくれ」

アレクシ神父は一瞬ちゅうちょしました。だが自分の怒りを抑えなければ、敵たちのほうが勝ってしまうだろうと感じたのです。二歩ほど歩み出ると、自分の獲物を放すことなく修道院長の足元につき出しました。

そして「神父さま」と身をかがめながら言いました。「許します。そうしなければならないからですし、あなたが望んでいらっしゃるからです。しかし侮辱されたのはわしではなく天なのですから、辱められたのはあなたの徳、あなたの知恵、あなたの権威なのですから、わしはこの犯罪者をあなたの膝下に連れてきました。こやつといっしょにわしもここにひれ伏して、神父さまがこの者を許してくださるよう、そして永遠の裁きもまた彼を許すようにと祈ってくださるようお願い申し上げる」

わが師の敵たちは、彼が自ら行動、その歯向う姿勢によって大義を失うだろうと期待していたのです。だがこの服従の態度が、彼らの悪いもくろみに肩すかしをくらわせました。そして彼の側に立っていた者たちが、彼の行為に対し称賛のあかしを示したものですから、院長は少なくとも表面的には、それに同意せざるをえなくなりました。

「わが子アレクシよ」とわが師を立ち上がらせ抱きしめながら言いました。「君の恭順ぶりと哀れみの心には感動したよ。だが君がこの男を許すようには、わたしは許せないのだ。君の務めは彼のためにとりなすことだったが、わたしの義務は彼を厳しく罰することだし、じっさい天の裁きとわれらが修道会の定めが望むように、そうされるだろう」

この厳しい裁定を聞いて、恐怖のおののきが少しずつ広がっていきました。というのも瀆神者に対する罰はあらゆるものの中で最も厳しいもので、いかなる修道士もそれに服する前には、どれくらいの大きさの罰になるか分からなかったからです。そのうえその罰を明かすことは禁じられていて、もし破れば同じ罰を受ける定めになっていました。断罪された者は、独房から恐ろしく苦しんだ状態でしか出てこなかったし、何人もの者が、赦免をえてほどなく息絶えてしまっていました。たぶんわが師は修道院長の厳しさにだまされてはいませんでした。彼の唇に奇妙な笑いがただようのが見られたからです。とはいえ彼の誇りは満足させられました。で、やっと自分の獲物を放しました。敵の首すじをぎゅっと握りしめていた手が硬直してしまったものですから、もう一方の手を使ってその手を引きはがさねばなりませんでした。ドメニコは院長の足元に気を失って倒れていました。院長が合図するとすぐさま四人の助修道士が、驚愕している会衆の見ている前で彼を運んでいきました。その後二度と彼は修道院に姿を見せませんでした。その名を言うことも、その奇妙な過ちについて何かしゃべることも、決してあってはならないと禁じられました。彼がどうなったかと尋ねるのも許されないまま、死者のための祈りの中でその名前が唱えられました。だがその後、私は外部でやつを見かけたことがあります。太っていて元気で明るかったです。この出来事を思い出させられると腹に一物ありそうな様子で笑っていたものです。

ところでわが師は私によりかかりながら、ふらふらと青ざめていましたが、突然それまで支えられていた奇跡的な力を失い、やっとのこと這うようにして自分のベッドにまで行きました。私は気付け薬を何滴か呑ませました。と、彼は、

「アンジェロ、わしは院長がやつを守らなかったら、やつを殺してしまったと思うよ」と言いました。

そしてそれ以外何も言わずに寝入ってしまいました。

翌朝かなり遅くになって神父は目覚めました。おだやかでしたが大変弱っていました。私にすがらなければ肱掛け椅子にも行けませんでした。そこに行くと、すわるというよりも倒れかかり、そしてため息をつきました。こんなにも虚弱な体が、前日、あれほどエネルギッシュにがんばれたとは、思いもつかないことでした。

「神父さま」と私は不安げに見つめながら言いました。「具合が悪くなったのではありませんか、もっと苦しくなったのではありませんか？」

「いいや、元気だよ」と彼は答えました。

「何かにひどく気を取られてらっしゃるように見えるのですが」

「考えているのだよ」

「神父さま、起きたことすべてを熟考なさっておいでなのですね。よく分かります。よく考えられて当然です。でももっと心静かであるべきだとも思うのですが。と申しますのも、喜ぶべき理由もあるからです。この深淵の底がとうとうはっきりと見えたわけですし、あなたが悪い霊に本当につきまとわれているので

はないということが、いまや分かったのですから」

アレクシ神父は頭を振りながら、かすかに皮肉っぽい様子でほほえみ始めました。

「それじゃ、まだ悪霊を信じているのかね。アンジェロ君？」と言いました。「間違いだよ！　間違いだよ！　昔の物理学者のように、自然は真空を嫌うと君は信じているだろう？　真空と同様悪い霊も存在しないのだ。人間、この知的被造物、この精神の子は、もし悪い情熱や肉の卑しい本能が、ぞっとするようなグロテスクな形で眠られぬ夜に襲いかかり、眠りを悩ましにやって来うるとしたら、いったいどうなるというのか？　いいや、無知な者やぺてん師たちが毎日話しているそういった悪魔すべてが、地獄の創造すべてが、ある者たちが他の者たちの想像力を驚かそうとして想像し作りだした空虚な幻影なのだ。強い人間は自ら自身の尊厳を感じているから、他人が自分の勇気をためそうとして作ったみじめな発明品を心の中で笑いとばす。そうした人々の無力を確信し、不安なく眠り、恐怖なく目覚める」

「でも、まさしくここで、逆を思わせることが起きたのですが」と、私は驚いて答えました。「先日の夜、お分かりでしょうが、私は、あなたの声よりももっと大きな別の声とあなたが話しあっていらっしゃるのを聞きました。その声はあなたを厳しくとがめているように思えました。あなたはおそるおそる苦しそうな調子で答えていらっしゃいました。私はそのことにすっかり恐くなり、あなたをお助けしようと部屋までやって来ました。するとお一人きりで、打ちのめされたように、つらそうに泣いていらっしゃったではありませんか。いったいどういうことだったのです？」

「あの人だったのだよ」

「あの人って！　誰なのです？」

「君もよく知っているよ。いっしょにいたこともある方だから。君を三回も呼んだ方だから。まるで主の霊が、神殿で眠りこんでいた若きサムエル（前十一世紀。古代イスラエルの祭司、預言者）を真夜中に呼んだようにね」

「どうしてご存知なのですか、神父さま？」

アレクシ神父は私の質問を聞いていないようでした。しばらくのあいだ物思いに沈んでいました。こうべを深々とたれて。それから姿勢をかえず、身動き一つしないで話しはじめました。

「ねえ、アンジェロ、君があの方を見たときは、まっ昼間だったろう？」

「はい、神父さま、お昼ごろでした。もうこのことはお尋ねになられましたが」

「で、お日さまは照っていたかね？」

「あの方の顔の上にさしていました」

「そのときだけ、あの方を見たのか？」

私は答えるのをためらいました。幻影にだまされていたのではないか、自分自身の錯乱によって、アレクシ神父の錯乱を、揺るぎないものにしてしまうのではないかと恐れたからです。

「別のときにも、あの方を見たんだろう！」と彼はいらだって叫びました。「そしてそのことをわしに言わなかったのだ！」

「先生、もしかしたら、たまたま似通ったもの、あるいは単なる光のたわむれかもしれないものの出現を、どうしてそんなに重要視するのですか？」

「アンジェロ、いったい何を言いたいのだね？　わしに隠そうとしているものは、君がためらっていること自体で明らかなんだよ。さあ話しなさい。そうしなければならない。わしが死を迎えようとする日々の安らぎにかかわることだ！」

そのしつこさに負け、彼を満足させようと、自分がたった一人でいると信じ、ほとんど完全に気を失った状態から脱した日に、聖具室で感じたあの恐怖について話しました。そのとき誰かがしゃべる言葉が聞こえ、一つの影が通りすぎるのが見えたと。そのあと、それらを自然なこととして納得しようとしても、できなかったと。

「どんな言葉をしゃべっていたのかね？」とアレクシ神父は言いました。

「無知と欺瞞の犠牲者のために神に助けを求めるものでした」

「それは、自分が祈っている相手をどう呼んでいたかね？　おお、〈霊〉よ！だったかね、それとも、おおエホバよ！と言っていたかね」

「彼は、おお知恵の〈霊〉よ！と言っていました」

「その人影はどんなふうだったかな？」

「まったく分かりません。闇の中から出てきましたし、窓から落ちていた光線の中で姿が見えなくなりましたから。私が勇気をふるって確かめようとする前に、あっという間にです。でも先生、私は先生が窓にもたれて御自身に話しかけていらしたのだとずっと思っていました……」

アレクシ神父はまさかといった身ぶりをしました。

「先生は逆のことを覚えていらっしゃったのですか？　あの時は庭の中をたえず歩き回り、いまもそうであるようにひどく気もそぞろだったと」

「まだほかの時にも見たことがあるだろう？」とアレクシ神父は一種乱暴にさえぎりました。「わしに全部言おうとしてないな。友人に秘密を伝えることなくわしに死んでほしいのか！　さあ少なくともこの質問には答えなさい。庭から離れた小道にそって明るい陽ざしの中を一人散歩していて、悲痛な思いに襲われてしまい、人間の味方である摂理に助けを求めたときに、君は自分の足音の背後に砂をきしませる別の足音を聞かなかったか？」

私はおののきました。まさにその前日参事会室の中で、足音が私を追いかけてきたと彼に言いました。

「で、何も君のところには現れなかったのかな？」

私は創設者の肖像画の上に日の光が驚くべき効果を表していたと認めました。彼は夢中になって両手を握りあわせ、何回も何回もくり返しました。

「あの方だ、あの方なのだ！……あの方が君を選んだのだ。君を送ってよこしたのだ。あの方はわしが君に話すのを望んでらっしゃる。そうだとも！　話すことにしよう！　思いを凝らしてくれ。そして空虚な好奇心で魂を混乱させないようにな。わしがする打ち明け話を、朝の花が天の甘露を静かに受け取るように受け取りなさい。君はこれまでにサムエル・ヘブロニウスの話を聞いたことがあるかな？」

「はい神父さま、その方がスピリディオン大修道院長とたしかに同じ方だとしたら」

そして宝物庫管理役が話してくれたことを報告しました。

アレクシ神父は肩をすぼめ軽蔑の気持を表わしました。そして次のような話をしてくれました。

《肉によってうけつがれる家族の遺産、物質的富といったものとは別の遺産もある。もっと高貴な別種の類縁関係が、もっと清らかな遺産を、しばしばもたらしてくれる。ある人が、あらゆる手立てを用い、自分の力をすべて尽くして真理を求め、一生を送り、心をこめた研究のおかげで広大な精神世界でいくつかの発見をするにいたったときには、なんとしてでも自分の見出した宝を地中に埋めるがままにしないようにと、また垣間見た光を闇の中にもどしてしまわないようにと願い、自分の死期の近いのを感じたとたん、もっと若い者たちの中から、自分の知性に共鳴する知性を選びだそうと、そしてその若い知性を、死ぬ前に自分の思想と学問の保管者にしておこうと急ぐものなのだ。この聖なる仕事が、最初になした者の死にもかかわらず中断せずに進むように、拡大するように、また同様の継承によって世代から世代へと永続していくように、そしてこの世の時間が終わるときに、完全なる完成に至るようにと念じてね。わが子よ、こうした仕事を企て継続するには、またこうした遺贈をなしたり受けとったりするには、豊かな知性と大変な犠牲的精神が必要だということを、しっかりと分かっておくれ。なにしろ、あらかじめ大いなる謎の答えは分かっていないと知っていて、しかもその謎を理解するのに生涯をささげねばならないということになるのだから。わが子よ、わしがこんなふうに誇るのを大目に見てくれ。働きづめだったこの人生全体からわしが引き出せる、たぶん唯一の褒美だろうからね。額に汗を流して耕してきた荒地から取り入れる、おそらく唯一の穂となるだろうよ。わしはフルジェンチェ神父の後継者なのだ。君がわしの後継者となるのと同様にね、アンジェロ君。フルジェンチェ神父はこの修道院の修道士だった。彼は若いころ、ここの創設者を知っていた。われらが尊敬すべきヘブロニウス師、あるいはここでの呼び方にならえばスピリディオン大修道院長をな。彼はかの神父にとって、わが子よ、ちょうど君がわしにとってそうであるような存在だったのだ。彼は若くて善良で、君と同じように経験が浅く恥ずかしがり屋だった。彼の師は彼のことをわしが君を愛するように愛していた。そして彼に自分の秘密の一部とともに自分の生涯の歴史を教えた。したがってかの師の継承者自身から、わしが君に語ろうとするものをわしは受け継いだのだ。

ピエール・ヘブロニウスは、最初はそう呼ばれていなかった。彼の本当の名前はサムエルだった。ユダヤ人だったのだよ。インスブルック（オーストリア西部の町）近郊の小さな村でうまれたのだ。家族はかなりの財産を所有しており、若いころ彼を完全に好きなようにさせておいた。子供時代から彼はまじめな性向を示していた。一人でいるのを好み、昼間あるいは時には夜も、自分の故郷の険しい山や深い谷を歩き回って過ごしていた。急流のふちや湖の岸辺にしばしばたたずみに行って、長いこと波の音に耳をかたむけ、自然がそうした物音の中に隠している意味を見抜こうとした。年齢が進むにつれ、その知性はいっそう好奇心旺盛でかつまじめなものになった。そこで、しっかりとした教育をさせようと考えねばならなくなった。両親はドイツの大学に勉強させに彼を送り出した。ルター（一四八三―一五四六）が死んでから百年たつかたたぬかの頃だった。だからルターの思い出とその言葉がまだ弟子たちの熱情の中で生き続けていたのだ。新しい信仰は自らのなした征服を強固なものにし、勝利のうちに花開いているように見えた。改革者たちのあいだには、最初の日々と同じ熱意があったが、たださらに賢明な、さらに節度あるものとなっていた。改宗への勧誘熱は熱い信仰心の中でさらに強くなっていて、毎日新しい賛同者を生み出していた。ルター派の教義がカトリックの教義から汲みとったモラルが説かれ、そして教義が述べられるのを聞き、サムエルは讃嘆の思いに満たされてしまった。まじめで物おじしない人だったから、すぐさま自分がその中で育てられてきた教義と、いま提示されている教義とを比較してみた。これによって目を養われ、彼はユダヤ教の教義が劣っていることをまず認めた。他のすべての民を排除してただ一つの民のために作られた宗教は、知性に対し、現在における満足も未来における確信も与えることはないだろうと思ったのだ。そうした宗教は人間の心の中に存在する愛への高貴な欲求を見抜けないし、行動の規範として野蛮な正義しか提供しないのだ。また彼は思った。この宗教は美しい魂と偉大な精神の宗教とはなりえないと。雷鳴によってのみ自らの変りやすい意志を示唆し、自らの狭隘な思想の実行を、ばかげた恐怖感をもつ奴隷にしか呼びかけないのは、真実の神ではないと。つねに自分自身を貫いたサムエルは、自分の思いに従ってものを言った。そのあとでは自分の言った通りに行動したから、ドイツに着いてから一年後にはユダヤ教の教義を正式に捨て去り、改革派教会のふところに入ってしまった。ことはまだ半分しかなせていなかったから、自分の中にあるだけの古い人間を脱皮させ、まったく新しい人生を作ろうと望んだ。そしてそのとき、自分の名前もサムエルからピエールに変えたのだ。自分の新しい宗教の中でさらにいっそう学んで、心ゆるがぬようになっていったあいだに、なにほどかの時が過ぎた。ほどなくその新しい宗教のために反論すべき反対意見や、打ち破るべき敵対者を探し求めるまでになった。彼は大胆で果敢だったからまず最も手ごわい相手に向った。ボシュエが、読み始めた最初のカトリックの著述家だった。それを始めたのは一種見下すような形でだった。自分が抱いたばかりの信仰の中に汚れない真理が存していると信じていたから、それに対して試みられるだろうあらゆる攻撃を物ともせず、モーの鷲（ボシュエのあだ名）の反駁しようもない論拠をも、あらかじめ少々軽視していたのだ。だが彼の皮肉っぽい不信感は、ほどなく驚愕に、ついで讃嘆の思いに取ってかわった。いかに力強い論理と壮大な詩情とともに、このフランスの高位聖職者がローマ教会を擁護しているかを見たとき、こういった弁護者によって弁護される大義は、少なくともそれだけで尊重されねばならないと思った。そして自然の成り行きとして、偉大な精神は偉大な物事にしか身をささげられないと考えるようになった。そこで彼はルターの教義のためになしたのと同じ熱意と公平さでもって、カトリシズムの研究をした。対象の前に身を置いて、セクトの考えにこり固まった人が通常論争し誹謗しようという観点でするようにではなく、探究と比較の観点から研究したのだ。彼はフランスに行って母なる宗教に関し、博士たちのかたわらでよく知っておこうとした。改革派についてドイツでしたように。大アルノー（一六一二―九四。神学者、パスカルの親友）、第二のナジアンゾスのグレゴリオス（三二六頃―三八九頃。カッパドキアの三教父の一人）であるフェヌロン（一六五一―一七一五。フランスの聖職者、思想家）、そしてほかならぬあのボシュエにも会った。彼らの美徳ゆえにその知性をも愛するようになった、これらの師に導かれ、彼はあっというまにカトリックのモラルと教義の玄義を、根底まで把握するようになった。そこに、彼にとってプロテスタンティズムの偉大さと美をなしていたものすべてが、再発見できたのだ。神の単一性と永遠性という教義は、二つの宗教ともユダヤ教から借りてきたものだった。自然にそこから由来したように思えるのに、ユダヤ教が認めていなかった教義、魂の不滅、この世の生における自由意志、およびあの世の生における善き者への褒賞と悪しき者への懲罰も、そこに見出せた。彼はそこに、おそらくもっと汚れなく、もっと高尚なモラル、人間たちに自分たちの間での平等を説く崇高なモラルをも再発見した。友愛、愛、慈愛、他者への献身、自己自身の放棄といったモラルを再発見した。カトリシズムにはそのうえ、ルターの教義に欠けていた、より幅広い方式と力強い統一という優位性があるように思えた。ルターの教えはそのかわり、検討の自由をわがものとしていたのは本当だ。この自由検討は人間の本性の欲求でもあり、個々人の理性の権威を宣言したものなのだ。だがそれは、そのこと自体によって無謬性の原理を放棄したのだ。無謬性が、あらゆる啓示宗教に必要な基盤であり根本の条件であるのに。というのも、あるものを生かしうるのは、その誕生を支配していた法則の力によってのみだからで、したがって天の啓示を確認し継続しうるのは、もう一つの啓示によってのみということになる。ところで無謬性は、神そのものによる継続的啓示またはその代理人の位格（具体的な現実存在のこと）における〈御言葉〉（本来は神が人間に述べる言葉のこと。さらにはキリストという姿をとった神そのものを指すこともある）以外のものではありえない。ルターの教義は、カトリシズムと起源を共有し、同じ啓示に依存していると言い張っているが、キリスト教全体をこの同じ啓示に結びつける伝統的なきずなを断ち切ることで、自らの手で、この体系の基盤を掘り崩してしまった。自由検討に啓示宗教の継続をゆだねること、まさにそのことにより、それはこの宗教の始まりをも討議にゆだね、対抗する宗派と共有していたこの起源の不可侵性を自ら侵犯してしまった。ヘブロニウスの精神はそのとき批判するより信じるほうに傾いていたから、そして検討するより確信する必要を感じていたから、自然にカトリシズムの確かさと権威のほうを、プロテスタンティズムの自由と不確かさより好まざるを得なくなった。この感情は、母なる宗教の額に時間が刻印した古代の聖なる性格を見て、さらに強められた。ついでローマ教会の祭式がまとっている壮麗さと華々しさが、この詩的精神には、栄光と全能の神によって啓示された宗教にふさわしい不可欠な表現と思われてきた。最後に熟考を重ねたあと、自分が心から完全に確信したと認め、ボシュエの手からもう一度洗礼を受けたのだ。そして洗礼盤の上に、スピリディオンという名をピエールという名につけ加えた。霊なるものによって二度啓発されたことを記念して。そして自分を自らのほうに呼びよせ、教義の深化へと呼びよせてくれた新しい神を崇拝するため、全人生を捧げようと、そのときからすぐに決意してイタリアにやって来た。この地で、彼と同様カトリック信者だった伯父の一人が残してくれた莫大な財産を使って、いまわれわれのいる修道院を建設したのだ。戒律がいくつもの修道団体を創設してきたのだが、その戒律の精神を守り、彼は自分の周りに知性と徳の点で最も評判の良かった修道士たちを集めた。彼らとともにあらゆる真理の探究に専念し、学問によって信仰の拡大と強化に努めるためにね。最初その企ては成功するように見えた。彼が示した手本に刺激されて、仲間たちは数年のあいだ、研究と祈りと瞑想に熱心に従事した。聖ベネディクトゥスの守護下に身を置き、その修道会の戒律を採り入れた。精神的最高責任者を自分たちに与えねばならないときになると、彼らは一致してヘブロニウスを選択、教皇によってそれが認証された。新しい修道院長は、自分が選んだ修道士たちの信頼をえて幸いだったが、そのいっときに、かつてなかったくらい熱意と希望をこめて仕事を再開した。だが彼の錯覚は長くは続かなかった。自分の企てを共有するために呼び寄せた人々について、ひどい思い違いをしていたのに程なく気づいたからだ。イタリアのもっとも貧しい修道士たちの中から選んでいたので、最初の何年間かは、苦労せずに彼らから熱心な心づかいを得ていた。彼らはきびしく活動的な生活に慣れていたので、自分たちに与えられた生活様式を容易に採用し、彼の希望に喜んで従っていた。だが豊かさに慣れるにつれ、あまり働かなくなり、以前もっと金持ちだった同僚たちのところで目撃したような悪癖や悪徳に、少しずつ染まるようになった。おそらく彼ら自身のうちに、そういったものの芽が温存されていたのだろう。粗食が暴飲暴食に、活発さが怠惰に、慈愛がエゴイズムに席をゆずった。昼間はもう祈りをしなくなったし、夜は徹夜の刻苦勉励をしなくなった。悪口と大食が二つの汚れた王妃のように修道院に君臨した。つぎに無知と無作法が侵入してきた。そして禁欲的な美徳と気高い勉強のための神殿を、恥ずべき快楽と、たるみきった怠惰の集積所にしてしまった。

ヘブロニウスは信頼感の中でまどろみ、深い思弁に没頭しきっていたので、自分の周りで物質的な見下げた本能が作りだす荒廃に気づかなかった。目を覚ましたときには遅すぎた。ああした卑俗な魂すべてが善から悪へと推移してゆくのが分からなかったし、自らの本性の偉大さにより彼らからあまりに遠くへだたっていたので、彼らの弱さを理解できず、彼はそうした魂に対し、とてつもない侮蔑感を抱くことになった。寛大な心で罪人たちのほうへ身を低め、彼らを元々もっていた美徳のほうへ連れ戻そうと努めるかわりに、嫌悪感をもってそこから顔をそむけてしまった。そしてそれ以降、孤独となった自らの頭を天のほうに上げた。だが翼にヘビの毒を受けて太陽に上っていく傷ついたワシのように、孤高の中で、自らの目を驚かせた胸くそわるくなるような心象を追い払うことができなかった。腐敗と低俗という考えが、彼のすべての神学的瞑想に混入し、そして恥ずべき癩のように、その宗教的思想に付着しに来たのだ。抽象化する力を持っていたにもかかわらず、彼はほどなくカトリシズムとカトリック教徒を、もはや区別することができなくなった。こうして、それと気づくことなくカトリシズムを、かつてそれの最も強力な面で眺めていたのと同様、最も弱い面で考えるようになった。そして心ならずも、それの持つ悪い可能性を探索するようになった。自分が持っていた探求者としての才能と力強い分析能力で、そうした可能性を見出すのにさほど手間取らなかった。しかし軽率な魔法使いが亡霊を呼び出して、その出現にふるえてしまうように、彼は自らの発見に自分でたじろいでしまった。つねに前へ前へと押しやっていたごく若い頃のあの熱を、もはや持っていなかったのだ。ひとたびこの第三の宗教が破壊されたら、その下に避難できるいかなる宗教も持てないだろうと考えていた。そこで、ゆるぎ始めていた自らの信仰をより強固にするよう努めた。そのためローマ教会を擁護していた同時代人の最高にすばらしい著作を読み返し始めた。おのずからボシュエに戻った。だがすでに別に観点に立っていて、かつて反論の余地ない決定的なものと見えていたものが、いまでは多くの点で疑わしく否定できるように思えたのだ。カトリックの博士の議論はプロテスタントの反論を思い起こさせた。かつて軽蔑した自由検討が、彼の知性の中に勝ち誇って戻ってきた。不謬の教義に対し一人で戦わざるをえなくなり、彼は個人の理性の権威を否定することを止めた。ほどなく、それを声高に唱えたすべての者たちよりももっと大胆に、個人の理性を使うようにさえなった。最初は戸惑っていた。しかし一度はずみがついてしまうと、もう止まらなかった。問題がもたらした結論から結論へとさかのぼっていって、啓示そのものにまで到達してしまった。彼は他のことに対するのと同じ論理でもって啓示を攻撃した。自らの頭を天の中に隠したがるこの宗教を、強いて地上に再び降ろそうとした。信仰とのこの決定的戦いを交わそうとしたとき、ほとんど必然的に自らの歩みをそのまま続け、勝利を追い求めることとなったのだ。不吉な勝利であり、多くの涙と眠れぬ夜をもたらしたものだ。キリスト教の創始者からその神性をはぎ取ったあと、創始者およびその継承者たちに、彼らがなした人間的仕事について説明を求めることを恐れなかった。説明は厳格なものとなった。ヘブロニウスはすべてのものごとの根底にまで行った。多くの悪が多くの善に、大きな過ちが偉大なる真理にまじっているのを見出した。カトリックの広い領域は毒麦と混じりけない小麦とを、たぶん同じだけもたらしていたのだ。ヘブロニウスの精神的資質において純粋精神という神の概念は、自分自身から物質界を引き出し、それを自らの創造と似通った無化によって自らの中に再び入りこませることもできるのであり、なんらかの神学を生み出すようせかされた病的想像力の産物のように彼には思われた。彼がしばしば考えていたのは次のようなことだ。いまあるように組織形成された人間は、だが自らの知覚によってのみ判断すべきだし信じるべきだから、無から何かを作り何かから無を作りだすということを理解できるだろうか？　この基盤の上に、どんな建物が建てられるのか？　人間は、純粋精神が自分自身の中から引き出した物質界に何をしにやってきているのか？　人間は物質から引き出され物質によって形成され、ついで未来を知る神によってその上に位置づけられ、この神が思いのままに準備し、しかも、あらかじめその結果を知っている試練に従わせられることになる。一語でいえば、人間は必然的に抗しきれないはずの危険と戦い、ついで犯さずにはいられなかった過ちを贖《あがな》うこととなる。

人間は自ら同意した覚えもないまま危険と苦悩に運命づけられ、そのあと大多数は、さけがたい永遠の苦しみを味わうことになるというこの考えは、ヘブロニウスのまっとうな魂に苦痛と憤激を呼び起こした。

そうだ、と彼は叫んだ。そうだ、キリスト教徒よ、君たちは征服した都市で人間の子供やヒツジの子供まで虐殺していたあの冷酷無慈悲なユダヤ人たちの、まさしく後裔だ。君たちの神は、自らの崇拝者に向い怒りと復讐についてしか絶対に語らなかったあの情け容赦ないエホバの、大きくなった息子なのだ！

こうやって彼はキリスト教を決定的に捨ててしまった。だがそれにかわって信じるべき新しい宗教をもはやもっておらず、またいっそう慎重にかつ心穏やかになっていたし、移り気や変節ということでいたずらに非難されたくもなかったので、心の中では放棄してしまったこの信仰の外的実践はすべて行ない続けた。だが誤りから離れたというのに、それは十分ではなかった。さらに真理を発見する必要があったろう。ヘブロニウスは自分の周囲に目を向けたが無駄だった。真理に似通ったものは何も見えなかった。そのとき、今まで知らなかった恐るべき一連の苦悩が始まったのだ。疑念と真正面から相対しながら、このまじめで宗教的な魂は自分が孤立していることにたじろぎ、キリストが自らの残酷な苦しみを見て橄欖《オリーブ》山でしたように、血と汗を流しはじめた。彼は真理以外の目的や欲求をもたず、真理を別としてこの世では何一つ興味をもたなかったから、辛い瞑想に没頭して暮らした。そのまなざしは、果てしない大海のように自分を取り巻いている空虚な広がりを、たえずさまよっていた。地平線が、捉えようとするにつれ自分の前からたえず遠ざかっていくのが見えた。この広大な不確実さに迷いこみ、少しずつ目まいにとらわれるように感じ、自分自身の上を旋回しはじめた。自らの空しい研究と希望のない企てに疲れ、すっかり参って、陰うつで、混乱した状態に再びおちいってしまった。そして理解できないままに感じていた鈍い痛みを通してしか、もはや生きていなかったのだ。

とはいえ、まだ十分な力を保っていたから、自分の内的悲惨以外には何も見せないようにすることはできた。顔つきが青ざめていたり、足取りがのろのろとしたもの悲しげなものだったり、時おりやせこけたほほの上にかすかな涙がいくつぶか流れたりしているのを見て、人々は彼の魂が大いに苦しんでいると十分に推測したが、しかし何でそうなのか分からなかった。その悲しみの装いは、苦しみの秘密をすべての人の目から隠していた。誰にも苦しみの原因を打ち明けていなかったから、それが絶望的な不信仰から来ているのか、あるいは地上においては何ものも満足させられない、あまりにも生き生きとした信仰によって起きているのか、誰一人言うことができなかったろう。この点に関しては、疑念はほとんど不可能でさえあった。スピリディオン大修道院長は、まことに非の打ちどころのない正確さで、信仰の外的実践すべてと、完璧なカトリック信者としての目に見える務めとを果たしていたので、敵に捉えられることも、なるほどと思われる非難の口実を与えることもなかった。修道士はみな厳格な美徳の中に悪徳をもち、その禁欲的な勤勉が無気力な怠惰を物語るような具合になっていたが、自分たちのエゴイズムと虚栄とを同時に傷つけられ、彼に対し執拗な憎しみをはぐくむことにもなった。そして彼を破滅させる方法をむさぼるように探した。が、彼の行動に一点の過ちも見つけられなかったから黙って歯ぎしりしているほかなかったので、彼が一人で苦しんでいるのを見て満足していた。ヘブロニウスは彼らが本当のところどう思っているのかを知っていた。だが修道士たちには何にもできないと気にもかけなかったものの、彼らの悪意には憤っていた。それゆえ時おり内面の気がかりを忘れて現実生活に目を投じたとき、容赦なく彼らにその悪意の負担をになわせるようにした。善人に対して優しかっただけ、悪人に対しては手厳しかった。あらゆる弱さに同情し、あらゆる苦しみに共感の念を覚えたけれど、あらゆる悪徳には手厳しく、あらゆるまやかしには情け容赦なかった。彼はこの正義の完璧な実行の中で、自らの苦悩に対する何らかの軽減を見出したとさえ見えた。その偉大な魂は、善をなすという思いで、さらに高揚した。もはや確かな戒律も絶対的な律法も持っていなかった。しかし何ものも消し去ることも逸脱させることもできない一種本能的な理性が、彼のすべての活動を正しいものへと導いていた。彼が生につながれていたのはこの面によってだったということはありうる。寛大な感情がわき立つのを感じながら、聖なる火花が自分の中で燃えやまなかったが、ただ輝くことは止めてしまったと思った。厚いヴェールによって知性には隠されていたものの、心の中で神がまだ見守ってくれていた火花だった。こうした考えや他の考えがいかに彼を活気づけたにせよ、いずれにせよ少しずつ表情が明るくなり、涙でくもっていた目が昔の輝きを取り戻すのが見られた。かつてなかったような熱をこめて、放棄していた仕事にとりかかり始めた。そして以前よりもさらに隠遁した生活を送り始めた。敵たちは病気が彼を孤独に追いやっているのだろうと思って最初喜んでいたが、そうした思い違いは長くは続かなかった。大修道院長は弱ってゆくどころか、日々新しい力を取り戻し、自分に強いられているつねにいや増す疲労の中で、鍛え直されているように見えた。夜、何時でも彼の窓辺を眺めてみると、間違いなくそこに光が見えた。彼が時間をどんなふうに使っているのか知りたくてそのドアに近づいた人々は、ほとんどいつも彼の部屋で、ページをすばやくめくる音や紙の上を走るペンのきしみ、それからしばしば瞑想している人が立てるような規則正しく静かな足音を聞いたものだ。ときおり立ち聞きしている者の耳に、理解不可能な言葉さえ届いた。また怒りにみちているのか歓喜にみちているのか分からないような叫びが、彼らを驚かせてその場に釘づけにしたり、あるいは恐くなって立ち去らせたりした。修道士たちは、大修道院長の意気消沈についてさっぱり理解できず、その高揚についても何一つ分からなかった。彼らは彼の幸福感の理由とその勉強の目的を探し始めた。そしておろかな彼らの頭脳では、魔術以上に説明してくれるものを何一つ想像できなかったのだ。魔術なのだ！　偉大な人間たちが自らの不滅の知性を魔法使いの仕事におとしめることができ、おびえた子供たちにイヌのしっぽと雄ヤギの足をした悪魔を見させようとして、自らの全人生をかまどの中に空気を吹きこむことにささげられるとでもいうみたいに！　無知な物質は精神の歩みについて何一つ分からない。そしてミミズクはワシが太陽に向かって行く道すじを知らない。

とはいえ修道士どもは自分たちの考えをあえて声高には言わなかった。中傷はあえて師を真正面から攻撃することなく、恥ずべきことにその周辺をこっそりと経巡っていた。彼が悪いことをたくらんでいると愚かな敵たちは勝手に想像し恐怖を感じていたが、ヘブロニウスは彼らのその恐怖の中に、自分の天分と美徳に対する敬意の中には見出せなかったような安心感を見出したのだ。彼を取りまく深い謎から、あの連中は猛火から暗い煙が出てくるように何か恐るべき不思議が出現すると予期していた。こういうことで、ヘブロニウスは静かに最期の時を迎えることができた。死期が近づいてくるのを見たとき、フルジェンチェを呼びよせた。フルジェンチェに対しては父のような愛情を抱いていたのだ。他のすべての仲間の中で、心のまじめさと、善と真理への燃えるような愛ゆえに、彼をひときわ高く評価していたこと、ずっと以前から自分の精神的後継者として選んでいたことを告げ、自分の思いを明かすべき時が来たと伝えた。それから自分の生の内的な歩みの経緯を物語った。最後の時期のところに来て、最高かつ決定的な言葉を発する前に、一瞬話をやめて瞑想するように見えた。それから次のように語りだした。「わが子よ、わが人生のあらゆる闘い、迷い、信仰について教えました。わたしがくぐり抜けて来たあらゆる宗教における真理と誤謬についても、また善と悪について見出したすべてのことも話しました。判断は君にゆだねるし、決める役割も君の良心にまかせます。わたしが間違っていると思ったら、そして君が子供のときから生きてきたカトリシズムが、君の精神をも心をも満たしてくれると思ったら、わたしを手本にすることはありません。君の信仰を持ち続けなさい。居心地よいところに留まるべきです。一つの信仰から別の信仰に行くには、深い淵を渡らなければなりません。意に反してそこに向かう道が、どんなに困難なものか知りすぎるほど知っています。知恵は植物で土壌と風を計ります。バラには平野と微風を、ヒマラヤスギには山と暴風雨を与えます。何よりもまず真理を欲し探究するような大胆かつ好奇心あふれた精神もありますし、休息しか求めないもっと遠慮がちでつつましい精神もあります。君がわたしと似ていて、生まれついての第一の欲求が知ることであるなら、わたしの考えのすべてを、ためらうことなく開陳しましょう。わたしの涙で満たした真理の盃を君に飲ませてあげましょう。君を酔わせてしまうかもしれないがね。しかし、なんということか！　状況はそんなものではないのです。君は知ることよりもはるかに愛することに向いている。君の心は君の精神よりもずっと強いのです。感情のきずなによってカトリシズムに愛着しています。少なくともわたしはそう思います。そのきずなは痛みなくしては破れないでしょう。もしそうしたとしても、この真理のために君の共感すべてを犠牲にしたとしても、それは君の犠牲に報いてくれるものとはならないでしょう。君の心を高めてくれるかわりに、おそらくは君を打ちのめしてしまうでしょう。繊細な肺には強烈過ぎる糧なのです。活気づけてくれないときには、息苦しくさせてしまうのです。だからわたしは、わが人生の勝利であり最後の時の慰めとなっているこの教義を、君に明かそうとは思いません。たぶん君を悲しませ絶望的な気持にさせてしまうでしょうからね。魂について何が分かっているでしょう？とはいえ、まさに君の愛を思いますと、美への崇拝が君をして真理を必要とする方向へ導いていくことはありえます。君のまじめな精神が、絶対的なものに餓え渇く時が告げられることはありえます。そのとき君がむなしく天に向かって叫ぶのも、治しようのない無知の上にかなえられない涙をこぼすのも、わたしは望みません。わたしは自分のあとに自分の真髄を、わが知性の最良の部分を残しておきます。瞑想と研究にあけくれた全生涯の成果である何ページかをね。長期にわたって徹夜して産み出したすべての作品の中で、火にくべてしまわなかった唯一のものです。それだけが完璧だったからです。そこにはわたしが丸ごと存在しています。そこには真理があります。ところで賢者は井戸の底に宝を隠してしまわないようにと命じました。この書き物は、だからあの修道士たちの粗暴な愚行の餌食にならないようにせねばなりません。触れるのにふさわしい手にのみ渡され、理解できる目にのみ開かれるべきですから、一つの条件をつけるつもりですが、それは同時に一つの試練ともなるでしょう。それを墓の中にもってゆくつもりなのです。いつか読みたいと望む者が無意味な恐怖感など物ともせず、墳墓のほこりの中から引き出してこられるだけの、十分な勇気をもってもらうためです。だからわたしの最後の意志を受け入れてもらいたい。わたしが両目をとじたらすぐ、この書き物を胸の上に置くのです。わたしはそれを自分自身で羊皮紙の容器の中に入れておきました。この特別な準備で、何世紀にもわたって腐敗から護られるでしょう。わたしの屍《しかばね》は誰にも触らせてはいけません。それこそ悲しいかもしれないが、ほとんど議論の余地ない心づかいというものです。君にその心づかいを喜んでゆだねましょう。だから君自身で、痩せさらばえたわたしの手足を屍衣で包み、わが宝とともに地中深く降ろされるまで、油断なくなきがらを見張りつづけてください。というのも君自身でその宝を利用できるような時は来なかったからです。君はわたしの述べた信仰にもとづいてしか、その書き物のもつ精神を採りいれられないでしょう。この信仰は、カトリック教から君に対し日々新たになされる戦いの試練には、十分対応できないでしょう。人類の各世代と同様、各個人もそれぞれの知的欲求をもっていますが、欲求の限界は各人の探求と、それによって獲得したものとの限界を示します。わたしが墓の沈黙にゆだねるあれら何行かの文章を、成果の上がるかたちで読むためには、君の精神もわたしと同じように、完全に変化せねばならない段階に達していることが必要となるでしょう。そうなって初めて、恐れることも思い残すこともなく古い衣服をはぎ取り、良心に一点の曇りもなく確信をもって新しい衣服をまとえるのです。その日が君のために輝くとき、懸念をもたずに石と金具をこわし、わたしの棺を開き、わがかわききった胎内に敬意に満ちた手を断固としてつっこみなさい。ああ、そのときが来たなら、わたしの生気を失った心臓は、春に太陽がもどってきたときに凍りついた草が震えるように、震えるだろうと思いますよ。果てしない変化の中心から、わたしの精神は君の精神と直接通じあうことになるでしょう。精神は永久に生きるのだからね。精神は精神の永遠の産み出し手であり糧なのです。自らを産み出すものを養うのです。物質の次元ではそれぞれの破壊が新しい生産を助長するが、そのように、それぞれの知的息吹きは、目に見えない交感を通し、知性の新しい聖域の中に自らが目覚めさせた別の息吹を養うことになるのです」

この長い話を聞いてもフルジェンチェの心には、師が予感したような、いっそう大きな熱意といったものは目覚めなかった。スピリディオンが、知るべき時はフルジェンチェのために告げられていないと話したのは、正しい判断だった。おそらくフルジェンチェよりももっと大胆な精神と、もっと理解力のある頭脳をもったものたちが、スピリディオン大修道院長の秘密を受託する者として、指定されえたかもしれない。あの時期、修道院にはまだそうした者がいた。しかしそうした者たちはまじめさと無私という点で、十分安心できるようなものを彼に与えられなかったのだろう。彼は、自分の宝が野心家たちの手の中で、地上での権力手段や世俗的栄光の一手段となるのを恐れたにちがいない。おそらく乾ききった魂や愛を欠いた知性によって解釈されれば、不信心の源泉の一つや無神論の一理由になるだろうとも恐れたのだ。彼はフルジェンチェが聖書の言うようにまじり気一つない金であるのを知っていた。そしてもし勇気が欠けていて、神聖な遺贈品をたまたま利用しないことになっても、少なくともそれに害を及ぼすような使い方はしないだろうとも知っていた。この最愛の弟子が何とつつましく忍従した様子で、自分の打ち明け話に耳をかたむけてくれたかを見たとき、自分をフルジェンチェの自由意志に託したことに満足し、自らが遺贈する品を、所有するにふさわしい者の手に渡すことなく死ぬようなことはしないと、誓わせるだけにしたのだ。フルジェンチェは誓った。

「でも、先生！」と彼は叫んだ。「その汚れていない手というのは、何によって知ることができるでしょう？　もしもあなたの遺産を手渡すのに十分なほど信頼感をもてるものが見つからない場合には、墓の中からわたしのほうに声を上げて、わたしの無分別や臆病さを叱責してくださいますか？　光が消えたときに、闇の中で一人進むべき道が歩めるでしょうか？」

「どんな光も消えはしません」と大修道院長は答えた。「それに知性の闇は度量が広く、まじめな精神にとっては引き裂くのが容易なヴェールのようなものです。何一つ失われないし、形相そのものも死ぬことはありません。わたしの姿は、君の記憶の最も内奥にある聖なる場所にきざみこまれて留まるでしょうから、それがこの世から消え去ったとか、うじ虫がわたしの形象を破壊したとか言えるでしょうか？　死はわたしたちの友情のきずなを断ち切るでしょうか？　友の心の中に保たれているものは、存在するのをやめたことになるでしょうか？　魂は自分の愛するものを見つめるために、肉体の目を必要としているでしょうか？　魂はそこから何一つ消え去ることのない鏡ではないでしょうか？　そうですね、愛されたものの姿が再び虚無の中におちいる前に、海は空の青さを映しだすのをやめるでしょうか？　そして画布や、あるいは大理石の上に似姿を写しだす芸術家もまた、物質に対し一種の不死を与えているのではないでしょうか？」

これが、スピリディオンがかの友と交わした最後の会話だった。こうしてフルジェンチェには、わしが君の注意を全面的に喚起した、あの一連の個人的出来事がはじまったのだ。彼からわしに、最高に気配りした正確さで何回にもわたって伝えられたのは、以下のような話だった。

フルジェンチェは友にして師なる人の死を見るという考えに、なじむことができなかった。大修道院長はもう数日しか生きられない、病は希望がもてないような、あらゆる手だてが尽きた最終段階をすでに越えてしまっていると医者たちは言ったが、フルジェンチェには無意味だった。その人が、まだ精神面も気骨の面も大変しっかりしているので、もう解体の直前に来ているなど考えられなかったのだ。その人は、これまで見た以上に言葉も明晰で雄弁になっていた。洞察力もいっそう鋭くなり、視野もいっそう広くなっていた。あの世の生への入り口に立っているのに、これから去ろうとするこの生の細々《こまごま》とした面を気づかうほど、いまだエネルギーと活力を保っていた。修道士たちへの心づかいにあふれ、それぞれに対し、それぞれにふさわしい教示を与えていた。悪い者には熱い説教を。善い者には父のような励ましを。フルジェンチェの苦しみに対しては、自分自身の肉体的苦しみのこと以上に、心配し心動かされていた。この若者に対する優しい気持は、彼が越えようとしている一歩がもっている荘厳で恐ろしい性質を忘れさせた。

——ここでアレクシ神父は私の目が涙でいっぱいになったのを見て言葉を止めました。私は彼の氷のように冷たい手の上に頭を傾けました。彼が話してくれた状況と、いま私たちが互いにおちいっている状況が、きわめて親密な近しいものに思えたからです。彼は私の心を理解し、力強く手を握ってくれると、また話しだしました——

スピリディオンは、自分への愛情においてやさしく情熱的なこの魂が、自分の生命の糸といっしょに壊れてしまいそうなのを見て、フルジェンチェの恐怖感をやわらげようと努めたのだ。何しろカトリックの教えが、死という考えの周りを恐怖の思いで包んでいるからね。かりそめの存在が無限の存在へと移行する様子を、彼は心安らぐ慰めにみちた色彩で描き出した。

「あなたが死なれるのを嘆いているのではありません」とフルジェンチェは答えた。「わたしが嘆くのは、あなたがわたしのもとを去られるからです。あなたの来世のことで心配などいたしません。わたしの腕から、あなたが愛していらっしゃる神様の腕の中に移っていかれるのを知っていますから。でもわたしは、決してあなたのかわりにならない人々のあいだで、乾いた大地の上でうめきながら、見捨てられた生活をずるずると送っていくことになるのです！」

「おお、わが子よ！　そんなふうに話すのではありません」と大修道院長は答えた。「良い人々に対し、愛する心に対し、神の配慮があります。もしも神のはからいで一人の友が君のもとから取り上げられたとしても、それは友の使命が君のもとで果たされたということで、神はそのかわりに君が年老いたとき、忠実な友、献身的な息子、君を信頼してくれる弟子を与えてくださるでしょう。その者は君の最後の日々を、こんにち君がわたしにもたらしてくれているような慰めで包んでくれるでしょう」

「誰一人わたしがあなたを愛しているようには、わたしを愛することなどできないでしょう」とフルジェンチェは応じた。「というのもあなたが生じさせてくださった愛に似通う愛になど、わたしは決して値しないからです。そうした愛が起きねばならないときにも、わたしはまだ若すぎるでしょう！　自分を導き支えてくださる方を奪われ、わたしがどんなに苦しまねばならないか思いみてください。人生の中で、あなたの助言と保護が一番必要となるだろう年月のあいだなのです！」

「いいかな」とある日神父が彼に言った。「君にある考えを話しておきたい。何度となく、私の心の中を横切った考えだが、注意しないでいました。修道士たちが自分たちの信奉者をおびえさせようとして使っているお粗末なぺてんに対し、わたし以上の敵対者はいないのは知っているでしょう。さらにわたしは、無知な幻視者たちや悪質なぺてん師たちが自分たちの財のため、あるいはあわれな虚栄心を満足させるため役立たせてきた、忘我といったものの支持者でもありません。しかしながら、まじめで信心深い情熱的な精神に、ときおりためになるような恐れを引き起こし、また生き生きとした希望をもたらす超自然的存在の出現とか夢といったものは信じています。奇跡は、最高に冷静で見識ある理性にとって認めがたいものとは思われません。わたしの精神に嫌悪を生じさせるどころか、甘美な夢であり、何かしらの信仰となっている超自然的なものごとの中で、親しかった死者たちに関し、わたしたちの内面とか周辺とかに残ったものと、わたしたちの感覚が直接交流するのは、ありうることとして受け入れるでしょう。死体が墓の石を壊したり、生命機能をいっときのあいだ取り戻せるとは信じませんが、われわれの存在の諸要素はすぐさまには分裂せず、溶解してしまう前に、自分自身の反映がわれわれの周りに映しだされるのではないかと時おり想像します。太陽スペクトルが、地平線の下に太陽自身が沈んでしまったあと数分間、そのまったき輝きでわたしたちの視線をあいかわらず引きつけるのと同じように。その点に関し、わたしの中で起きていることすべてを打ち明けねばならないとしたら、告白するけれど、わたしの家には一つの伝承があって、それを作り話として拒絶する力はまったくなかったのです。つまり次のような話でした。わたしの先祖の血の中で、生命は、彼らの魂が肉体を去る瞬間に奇妙な未知の発作の苦しみを感じるほどにまで、強烈だったというのです。彼らはそのとき自分たち自身の像が、自分たちから離れていくのを見たのです。それも時おり二重や三重になって現れたのです。わたしの母は父が息を引き取る最後の瞬間、自分にそっくりの亡霊がベッドの両側に見えると父が言っていたと断言していました。父はユダヤ教の司祭だったので、その亡霊は、祭りの日にシナゴーグ（ユダヤ教徒の礼拝所）に行くのに着ていた服を着ていたといいます。尊大な理性には、この伝説を拒否することなどいとも簡単かもしれませんが、わたしは決してそうはしませんでした。その伝説はわたしの想像力を喜ばせました。それを判断上の誤りである無価値なものと断じてしまえば、深く悲しむことになったでしょう。こうした話で君が何か驚きのようなものを感じているのはよく分かります。わたしがわれわれ仲間の幻視者たちの試みを極めて厳しく拒絶し、情け容赦ないやり方で彼らの幻覚を揶揄するのを君は見たから、たぶんいまの瞬間わたしの頭脳が衰弱したのだろうと思っているでしょう。ところがわたしは逆に、ヴェールが取り除かれたのを感じています。かつてこれほどの明晰さで新しい次元の考えについて、未知なる認識に入りこんだことはなかったと思います。尊大な理性の行使を放棄するとき、まじめな人は、もはや自分が死の恐怖から身を守る必要はないと感じ、盾を投げすて、自分があきらめた戦場をおだやかなまなざしで見わたすでしょう。そのとき彼には分かるのです。無知やまやかしと同様、理性や学問にも偏見や無分別があり、無鉄砲にただ否定したり、偏狭な頑迷さに固執したりすることがあるのを。それどころではないでしょう。彼には、人間の理性や知識は一時的な洞察や新しく発見された地平でしかなく、そうしたものの彼方に、無限の、いまだ知られざる地平が開かれているということも分かるのです。そして自分の人生の短さと力の限界から、もっと先まで旅を拡大することはできないゆえ、その地平を捉えることはできないと判断するのです。じつを言うと、理性や知識はもう一つの世紀と比較しての、ある世紀の優越でしかないということが分かるのです。そして身ぶるいしながら思うのです。自分の生きている時代では笑われてしまうような過ちも、自分たちに先行する人々にとっては人類の知恵の極みであったと。また自分の生涯をかけた業績も、ある季節に果実をもたらしたあとは、必ずや木の古い幹のように刈りこまれ捨て去られるだろうと。それゆえ身を低くして、静かに達観して自分に先行した世代の列と、あとに続くだろう世代の列とを眺めてほしいのです。自分がつつましい原子として細々と生きた無限の鎖の、その微小な輪の中間点なのだと知って、ほほえんでもらいたいのです！　わたしは先祖たちよりは遠くに行った、彼らが勝ち取った宝をふやし純化したと言ってほしいのです。しかし次のように言ってもらいたくはない。わたしのしなかったことはすることのできないことであり、わたしが理解しなかったことは理解不能の謎なのであり、そして人間はわたしを押しとどめた障害を決して乗り越えることはないだろう、と。そんな言い方は冒瀆となるでしょうから。こうした停滞に賛成すれば、異端審問が改革者たちの書物を投げ入れた焚書台に、また火をつけねばならないことになるでしょうから」

その日スピリディオンは両手で頭をかかえ、それ以上は自分の考えを説明しなかった。翌日、また話のつづきをしたが、それは彼を喜ばせ、苦しみを忘れさせてくれるもののように見えた。

「フルジェンチェ！」と彼は言った。「この過ぎ去ったという言葉は何を意味しうるかね？　このもはやないという動詞はどんな行為を示そうというのかね？　それこそがわれわれの感覚の錯誤と、理性の無力によって作り上げられた観念ではないだろうか？　かつて存在したものは存在することを止めうるし、いま存在するものは、いつの時代にも存在しなかったということなどありうるだろうか？」

「先生」と単純なフルジェンチェは反論した。「それは、あなたは死なないだろうということですか。それともあなたがもはやいらっしゃらなくなっても、まだお会いできるだろうということですか？」

「わたしはもはやいなくなっても、まだいることになるでしょう」と師は答えた。「もし君がわたしを愛すのをやめたとしても、君はわたしを見るだろうし感じるだろうし、いたるところでわたしの声を聞くことでしょう。わたしの姿も、定かではないながら君の目の前に現れるでしょう。君の精神に刻みつけられたままでいるからです。わたしの声も君の耳もとで響くでしょう。君の心の記憶装置に残っているからです。わたしの精神はあいかわらず君の精神に示されるでしょう。君の魂がわたしを理解し、わたしから離れないからです。そしてたぶん」と彼は一種熱をおびた調子で、まるで新しい考えにとらえられたようにして付け加えた。「たぶんわたしが死んだあとも、わたしはお互い無知だったゆえに、いっしょに見出したり伝えあったりできなかったことを、君に言うことになるでしょう。おそらく君の思索はわたしの思いを豊かにするでしょう。そしてわたしが君の魂の中に残した種は、君の息吹きに温められて実を結ぶことでしょう。祈ってください、祈ってください！　そして泣かないで。若い預言者エリシャが全恩寵のかわりに、自分の師である預言者エリヤ（共に前九世紀のイスラエルの預言者で、バアル宗教と対決、ヤハウェ（＝エホバ）宗教の復興に尽くした）の霊の二つの分を、自らの上に置いてくれるよう主に求めた（『旧約聖書』の「列王記下」第二章九節に、死を前にしたエリヤに対しエリシャが「あなたの霊の二つの分をわたしに受け継がせてください」と言った故事をふまえている）のを思い出しなさい。わが子よ、わたしたちは皆、現代の預言者なのです。わたしたちは皆、生命の言葉と真理の精神を探しているのです」

最後の日に、神父はまったき平静さと威厳とをもって秘跡を受けた。外的な信仰行為を果たし、それを尊重すべき信仰表明のように受け入れた人の姿だった。彼は修道士全員から別れのあいさつを受け、最後の祝福を彼らに授け、それからフルジェンチェのほうをふり向き低い声でつぶやいた。とても力強く落ち着いて見えたものだから、突発的に好ましい変化が起きて、大切な人がよみがえるのではないかとフルジェンチェが思った瞬間だった。

「フルジェンチェ、皆を去らせてくれ。君と二人きりになりたい。急いで。わたしはもう死ぬのだから」

フルジェンチェは悲痛な思いにかられながら言われた通りにした。二人きりになり、大修道院長が大変おだやかに見えたとき、もうすぐ死ぬだろうという考えがどこからやってくるのかと、震えながら泣き声で尋ねた。

「じっさいには、いつになく調子が良いと感じているよ」とスピリディオンは答えた。「自分の体と魂で感じている心地よさを信用したら、かってなかったくらい力強く体調がよいと思いたくなるかもしれない。しかし死ぬのはたしかなのだ。というのもついさっき、わたし自身の亡霊を見たからだよ。やつはわたしに砂時計を示して、役に立たなかったり悪意をもったりする連中を全員追い出すように合図したのだ。砂はどのくらいのところに達しているかね」

「おお、先生！　半分以上が下のほうに落ちてしまっています」

「そうかい、わが子よ……あの文書をおくれ……それをわたしの胸の上に置いて、すぐ腰の回りを屍衣でおおっておくれ」

フルジェンチェは、額に冷たい汗をぐっしょりと浮かべながら言われた通りにした。大修道院長は彼の両手をとり、さらに言った。

「わたしは行ってしまうわけではない……わたしの存在の全要素は神のところに戻るけれど、わたしの一部は君の中に移行する」

それから彼は目を閉じ瞑想した。半時間たったとき、目を開いて言った。

「この瞬間は、えも言われぬものだ。こんなにも幸福だったことはない……フルジェンチェ、砂は残っていますか？」

フルジェンチェは涙でうるんだ目を砂時計のほうに向けた。上部の容器にはもう数粒しか残っていなかった。言い表しようのない苦しさに我を忘れて、組み合わせられている師の両手をひきつったように握りしめた。師の両手は急速に冷たくなっているように感じられた。師は彼の手を力強く握り返した。そして「時が来た！」と言ってほほえみかけた。

その瞬間、フルジェンチェは温かさにあふれた片手が、彼の頭上に置かれるのを感じた。あわてて振り向いてみると、自分の背後に大修道院長とそっくりの人が立っているのが見えた。その人は彼のことを父のような厳粛な様子で見つめていた。フルジェンチェは死にゆく人のほうに、またまなざしを向けた。死者の両手はだらりとのばされ、両眼は閉じられていた。人間としての生を終えていた。

フルジェンチェはもう一度ふり返る勇気がなかった。恐怖と絶望感のあいだで引き裂かれ、ベッドのふちに顔を押しあて、しばらく気を失っていた。だがまもなく、なすべき務めがあるのを思い出して勇気をとりもどし、最愛の師を屍衣でおおう仕事をすませた。特に師の手書き文書には最大の注意を払った。慣例に従いその上にキリストの十字架像を置き、死者の腕を胸の上で組ませた。腕はそうされたとたん、鋼《はがね》のように固くなってしまった。人間のいかなる力をもってしても、生命を奪われたこの体から、くだんの文書を奪い取ることはできないとフルジェンチェは思った。

彼は師のかたわらを寸時も離れなかった。三人の修練士とともに自分自身でなきがらを教会堂にまで運んでいった。そこの遺体安置壇のわきにぬかずき、何も食べず一睡もせずにそこにいた。それから自らの手で棺をしっかりと閉め、自らの目で地下埋葬室の石が密封されるのを見た。こうしたことが終わると、敷石の上にひれ伏し、苦い涙で床をぬらした。そのとき耳もとでささやく声が聞こえた。「君と別れることになったのかな？」かたわらを見る勇気がなかった。何も見まいとして目を閉じた。だが聞こえた声は、あの親しき師のものにまちがいなかった。聖堂の丸天井の下ではまだ死者を悼む歌が鳴り響き、修道士たちの行列がゆっくりと行進していた。

——「これで」とアレクシ神父は少し休んだあとまた語り続けました——わしに対しフルジェンチェが親しく打ち明けてくれた話は終わるのだよ。そうしたことを話してくれたとき、彼は自らの師の生と死に関し、わしには何一つ隠すべきではないと信じていたのだ。だが、キリスト教徒としての気配りなのか、スピリディオンの思い出が混乱していたのか、思い出に対して悔いるところがあったのか、そのあと熱心に訪ねてきた亡霊とのあいだで起きたことを、彼はまったく話そうとはしてくれなかった。最初の頃は何回となく現れただろうとわしは内々確信していた。しかし亡霊の出現が彼に引き起こした恐怖や、恐怖から脱するためになした努力によって、亡霊の出現はしだいにまれとなり、現れても不明瞭になっていったのだ。フルジェンチェは優柔不断な性格の小心翼々とした人だった。師を失い、いつもいるその存在がもはや自分に働きかけなくなったとき、自分が聞いたすべてのことに、もしかしたらあの書き物を埋葬したということにも、おびえてしまったのだ。魔術に関する非難は、大修道院長の深遠な知恵と力強い理性にとって、どんなにふさわしくないかを彼以上に知っている者はいなかった。しかしながら大修道院長が死んだあと、いとうべき術にふけり悪魔たちと交信していたと言われるのをずいぶんと聞いたので、フルジェンチェは、自分の見た超自然的なものごとに、そしてたぶん彼自身の中でいまだ起きつづけていたものごとに恐れを感じ、キリスト教徒としての義務をきちんと守る中で、自分の弱い視力をめくらませる光から避難する場所を探したのだ。心が広くまっすぐだったこの人に関して感嘆すべきなのは、自分の精神に欠けていた力を心の中に見出し、告解の場で、脅かすようなあるいは油断のならない調査がなされた最中でさえ、師のいかなる秘密をも決して明かさなかった点だ。あの文書の存在は知られることなくすんだ。そしてフルジェンチェ自身が死を迎えたとき、いま君に話したばかりの話をわしに打ちあけて、スピリディオンの遺志を忠実に実行したのだ。

スピリディオンはわしらの修道院の特殊な決まりとして、重病にかかった修道士はすべて、ふつうの看護人の世話だけでなく、自分が選んだ修練士か修道士に世話してもらうよう要求する権利があると定めておいた。大修道院長は死のほんの数日前にこの規則を制定した。自分の苦しみをフルジェンチェが慰めてくれたのに感謝し、このフルジェンチェ自身や他の修道士たちが、最後の試練のとき、友愛のこもった援助と慰めを持てるためにそうしたのだ。あのような友愛にかわりうるものは何もないからだ。で、フルジェンチェの体が動かなくなったとき、わしがそのそばに呼ばれた。こんな際に選ばれたので、びっくりしたのは当然だろう。というのも彼のことはほとんど知らなかったし、彼のほうでわしを特別扱いするとは絶対に思えなかったからだ。彼はたえず熱心な弟子と親切な友人に取り囲まれていたしね。大修道院長の死んだあと何年も、修道会の迫害と警戒の対象となっていた彼は、とうとう優しさと善意のおかげで、皆と和解できたのだ。戦う気力を失くし、人々はヘブロニウスのペンから生まれたと疑っていた異端くさい書き物に関し、彼に釈明を求めるのを止めてしまっていた。そして彼がそれらを燃やしてしまったのだと信じこんだ。十八世紀の精神が、わしらの修道院の壁の中まで入りこんできて以来、偉大な著作に関する憶測は流行おくれになっていた。少なくともこっそりとヴォルテールやルソーを読んでいた哲学者神父は、ゆうに十人はいたからね。彼らは強い精神（＝独自の考え、自由思想）を押し進めて、断食を破ったり、結婚を渇望したりするところまでいった。八十四歳の老人でフルジェンチェ神父と同年輩だった修道院の門番しか、もはや過去の迷信に現在の慢心をまじえる者はいなかった。彼は昔の時代のことを賛嘆の想いをこめて話した。スピリディオン大修道院長のことはなぞめいた笑みとともに、フルジェンチェ自身のことは物を知らないなまけものの話をするみたいに、一種軽蔑をこめて話していた。というのもフルジェンチェは、自分の秘密を人に打ち明けることも、修道院を豊かにすることもできたろうに、悪魔を恐れて、自らの救済を愚かしくも果たしたといった体たらくだったからだ。とはいえまだわしの時代には、ヘブロニウスの生と死を一つの問題として頭をなやます若者たちが、何人かいた。わしもそうした者の一人だった。だが言っておかねばならないが、かの偉大な魂があの世の生においてどんな運命になっているか、いくらか懸念を感じていたにせよ、あの魂のためにあえて祈ろうとしない連中が抱くような愚かしい恐怖、霊が現れるのではないかといった恐怖などとは、わしはまったく無縁だったよ。修道院が存在する限りなくならない迷信があるが、それによると彼の亡霊は、煉獄の扉が彼の悔い改めか人々の懇願を受けて突如閉まってしまうまでは、地上をさまよい続けねばならないという。だが修道士たちによると、亡霊は自分に十分関心をもってくれる生者に襲いかかる性質だという。つまりそうした生者から、さらに多くのミサと祈りを、日常的に得てくるためにそうするのだという。そこで各人、特殊な記念唱（ミサで典文をとなえる間に、死者に対して祈る箇所）の中で、スピリディオンの名を発しないよう十分気をつけていた。

　わしとしては、見習いの入る修練所で語られていた、スピリディオン大修道院長の亡霊がかつて現れたという奇妙な話についてしばしば検討してみたが、わしの時代の修練士で〈霊〉を見たりその声を聞いたと断言できたものは、一人もいなかったのだ。しかし通常修道院の教育でよくみられることだが、無知と恐怖による論評の付いたいくつかの伝承が、この種の学校には生き続けていた。年長者たちは、ものがよく分かっていると自慢していて、そうした伝承を笑いとばしていたが、自分たちも若いころはそうした話を信じていたとは認めなかった。わしとしては貪欲にその類の話に耳をかたむけた。そうした奇跡談のもつ詩情が想像力には好ましかったし、理性のほうは、何も論評しようとも思わなかった。とりわけ好きだったのは次の一挿話で、君にも話してあげよう。

　スピリディオン大修道院長は晩年に、正午から一時にかけて教会参事会の長細い部屋を大またで歩くのを習慣にしていた。自分に許しているレクリエーションとしてはそれしかなく、そのときも最高に厳粛でかつ暗い思考を続けながらだった。というのも、もし誰かがその散歩を途中でさまたげにやってきたら、我を忘れて激しい怒りを爆発させたからだ。そこで何らかの厚意を彼に求めていた修練士たちは、教会参事会室に隣接した回廊のところにいて、震えながら一時が鳴るのを待ちうけたものだ。大修道院長は一日の時間配分がきちょうめんなくらい規則正しく、散歩も一度として一分の狂いも起こさずやっていた。死後数日たったとき、彼のあとを継いだデオダトゥス大修道院長が正午少しすぎに参事会室に入り、しばらくしてから、死んだように青ざめて出てきて、回廊にいた何人かの修道士の腕の中に気を失って倒れたことがある。彼は恐怖の理由をどうしてもしゃべろうとしなかったし、参事会室で見たことを話そうとしなかった。その時刻にはどの修道者もあえてそこに入ってみようとしなかった。恐怖がすべての修練士をとらえていたので、夜は共同大寝室で祈って過ごしたし、若い者の何人かは病気になってしまったくらいだ。とはいえ好奇心は恐怖心よりもさらに強かったので、大胆な何人かが、あの運命的な時刻に回廊へと再び行ってみた。あの回廊は、君も知っているように、参事会室の床よりも数ピエ（長さの旧単位。一ピエはほぼ三十二センチ）低くなっている。参事会室の尖頭アーチ型の大きな五つの窓が回廊のほうに開いていて、あの時期も、きょうのように赤いサージの大きなカーテンがそなわっていた。そのカーテンは建物のあの方面にいつも下げられていた。修練士たちがそのカーテンの上をスピリディオン大修道院長の大きな影が横切るのを見たとき、その驚きと恐怖はどんなものだったろう。美しい髪形のシルエットではっきりと見分けられたのだ！　この影が何度も行ったり来たりするのが見えたのと同時に、規則正しくせかせかとしたその足音も聞こえた。修道院全体がこの奇跡の目撃者になろうとしていた。ただし独自な考えをもつ人たちがあの時代から何人かはいたから、フルジェンチェかあるいは大修道院長のお気に入りだった誰かほかの者が、あんなふうに歩き回っているのだと主張した。だがそうは思わない者たちは、修道院の成員全員が一人の例外もなく、修練士や従僕も含めて、回廊に集まっているのを確認し、一方亡霊があいかわらず歩いていて部屋の床がいつものように足元できしんでいるのを知ったとき、それこそ大変な驚愕を覚えたのだ。

　そんなことが一年以上続いた。ミサと祈りを大いにして、この苦しんでいる魂を満足させることができたと言われている。ヘブロニウスが死んで一年たったとき、この超常現象は止んだ。だがその翌年も、呪われたあの時刻に誰一人参事会室に入ろうとはしないまま過ぎた。修道院では、ひとつひとつの物に通称をつけることになっているので、その時刻は「ミゼレレ」（詩篇五十一篇の冒頭句、憐れみ給えの意）と名づけられた。幽霊の散歩が続いていた年月のあいだ、何人もの修練士が上の者から順番に指名され、義務として回廊まで「ミゼレレ」を唱えに行かされることになっていたからだ。あの亡霊が出るのを止め、あの場所に人々が再び慣れ親しむようになったとき、正午に、陽ざしがヘブロニウスの肖像画の上にさす瞬間、その目が活気づき、生きた人間の目そっくりになってくるのが見られると言われた。

　この伝説を、わしは決して冷笑しなかったし、すばらしいとも思わなかった。その話を聞いて奇妙な楽しさを覚えた。フルジェンチェを親しく知るよりずっと前から、わしはこの学者大修道院長に関心を抱いていた。彼の不安な魂はおそらく、いまだ天上の安らぎに入ることができないでいたのだ。自分の恩恵を求めたり獲得したりできる、勇気ある友や熱烈なキリスト教徒を見つけられないでいたからだ。まったく純粋な信仰の中で、わしは毎晩神の裁きの場にスピリディオンの弁護者として立って、眠る前にしみじみとした調子で彼のために「デ・プロフンディス」（詩篇百三十の冒頭句、深き淵よりの意）を朗唱していた。スピリディオンはわし

修練士たちがそのカーテンの上をスピリディオン大修道院長の大きな影が横切るのを見たとき、……

の生まれる四十年も前に死んでいたのだが、その注目すべき数多くの特徴を聞いて彼の性格の偉大さを愛していたにせよ、わしの中に彼の後継者となるようあらかじめ運命づけられた何かがあったにせよ、彼のことを思うと激しい共感や、一種敬虔な愛といったものを感じて心動かされた。わしは異端をおぞましいと思っていたから、わしには耐えきれないような過ちの中に彼が最晩年におちいったと皆が話しているのを耳にして、ひどく嘆かわしかった。

とはいえこうした共感を表明するのは、慎重にさけていた。上位者によってたえず異端審問が行われており、わしの純粋な心情は罪あるものとされかねなかったからだ。フルジェンチェが自らの友とし、また慰め手としてわしを選んだことは、わしを驚かすと同様他の人々を驚かすに十分だった。何人かの者はそれによって傷ついた。が誰一人そのことでわしを責めようとは思わなかった。わしがそれを求めたのではないし、その点に疑念はまったく抱かれなかったからだ。当時わしはこの上なく熱心なカトリック信徒でもあったし、その信心ぶりは強固な正当性を示してさえいた。だから上のほうからは歓迎とまではいかなくとも、少なくとも敬意はまちがいなく払われていた。すでに四年前に誓願を立てていたし、あの修練士的熱情は、諺風の用語ともなっていたが、いまだ弱まってはいなかったのだ。わしは一種熱狂状態にあるカトリック教が好きだった。それは自分の情熱の波や嵐から、わしの全生命をかくまい安全に眠らせてくれる聖なる櫃《ひつ》のように思えた。というのも自分の中に、知恵による論証をすべてガラスのように打ちくだいてしまえる一つの力が沸きたっているのを感じたからだ。神秘という言葉が内蔵している観念が、魅了させられた唯一のものだった。なぜならその観念だけがわしの想像力を支配でき、少なくとも眠らせることができたからだ。わしはこの神の啓示力を賞揚するのが好きだった。この力によってあらゆる論争は終止符を打たれ、かわりに霊なるものの服従と、魂の永遠の喜びが約束されたのだ。その啓示が、かりそめの世界におけるむなしい幸せを探求する世俗的哲学よりも、どんなにか好ましく思えたことか。世俗的哲学は物質の本能なるものを野放しにしたあと、論理的思考によって、それらに対する最小の持続的支配力をとりもどすということもできないのだ！　わしにはスコラ学的教育がほとんど全部そなわっていた。それで熱狂的布教者として教えていたし、わしの中にあった論争し検討する精神全体が、どちらをも排除する信仰の卓越性を証明するのに役立っていた。

それゆえヘブロニウスの友から打ち明け話を受けるには、一番適さない人間のように思えた。だがわが生涯における唯一の行為が、その少し前、老フルジェンチェの目に、わしの頑固な性格をどれほど当てにできるかを明らかにしていたのだ。一人の修練士がわしから打ち明けるよう進められて、ある誤りを告白してくれたことがある。彼は皆の前で告白していたわけではない。その後わしが受けた打ち明け話の通りに過ちが発見されたものだから、人々はわしが黙っていたのをほとんど共犯にも等しいとした。わしを許すためには、わしがもっと詳細を明らかにし、召還されて、この若者を非難すべきだと皆は望んだ。だがわしは彼を非難するより自分が非難されるほうがよかった。彼は真実をすべて告白したし、わしは潔白だった。だがわしの抵抗ぶりに非がありと責められ、修道院長から皆の前でおしかりの言葉を受けた。わしの胸の中でくすぶっていた短気なプライドに対し、最高に侮辱的な言葉で、だ。院長はつらい改悛の行をわしに課した。それからこの厳しい裁きが、周囲にいた修練士たちの表情に驚きと落胆を引き起こすのを見てつけ加えた。

「今日までみなと同様に品行も正しくお勤めをもきちんとやっていた者を、厳しい裁きでもって罰せねばならないのを残念に思います。この過ちはできれば許してやりたい。われわれに奉げられたあなたの信仰生活の中で、深刻さの点で一番のことだからね。喜んでそうしたいのだよ、もしもあなたがわれわれを十分に信頼して、温情あふれた権威の前に謙虚になってくれればね。そしてもしも自分の過ちを認めて、世俗的誠実という非宗教的行動基準のために、あんなふうに歯向かうことなど、二度としないと公式に約束してくれるならね」

「神父さま」とわしは答えた。「おそらくわたしは大きな過ちを犯したのでしょう。あなたがわたしのふるまいを断罪していらっしゃるのだから。しかし神は軽はずみな誓いなど撥ねつけます。神に二度と背くまいとしっかりと決意するなら、大げさな誓約によってではなく、つつましい誓いと熱烈な祈りによって、将来とも神の助けを得ることができるでしょう。神の炯眼《けいがん》をあざむくことはできないでしょう。神はわたしらの弱さと思い上がりを問題にもなさらないでしょう。だから、あなたが求められることを誓うことはできません」

こうした言葉使いはカトリック教会のものではなかった。われ知らず憤激した一瞬、信仰の権威と、この権威を人間たちの手の中で適用することとのあいだに、一つの境界線が心の中で引かれてしまっていたのだ。院長にはわしと議論を交わすだけの力がなかった。で、偽善的な同情をよそおって、ひどく悲しんだ調子でものを言ったが、そこにはいまいましい気持が見えすいていた。

「わたしは自らの裁定を確認せざるをえん。というのもこの種の過ちを未来にわたってくり返さないと、わたしらを安心させてくれるだけの力を、あなたは自分でも感じていないからね」

「神父さま」とわしは答えた。「ですから改悛の行を二倍いたします」

じっさいわしはそうした。苦行をずっとやり続けたので、強制的に止めさせられたほどだ。そうなることは予期していなかったし、少なくとも予想していなかったのだが、わしは深い恨みをかってしまった。上の者たちの精神に深刻な不安を呼び起こしたのだ。彼らはそれ以降、わしを外的処罰によって傷つけられない者と宣告してしまった。フルジェンチェは、こうしたわしの側のふるまいが、他の者やわし自身に明らかにした思いもかけない気骨に、ひどく心打たれたのだ。思わず次のようにもらした。スピリディオン院長の時代にはこうしたことは起こらなかっただろうと。

その言葉にわしのほうもびっくりしてしまい、二人きりになったある日、どういうことかと説明を求めた。「この言葉には二重の意味があるのだ」とフルジェンチェは答えた。「まず、スピリディオン院長はある友人の秘密をもう一人の友人の口から引き出そうとは、決してなさらなかっただろうということ。それから、もしも誰かが、そうしたことをやろうとしたら、その試みのほうを罰し、それにあらがったほうに褒美をやったろうということ、この二つだよ」

わしはこの打ちとけた調子にひどく驚いてしまった。ずっと以前からを顧みても、フルジェンチェが唯一打ち解けてくれた瞬間だったのだ。その直後彼は無気力な様子になり、わしを自分のそばに呼び寄せた。最初はわしといるのがひどく鬱陶《うっとう》しいように見えた。いくら待っていても、どんな偶然でわしを選んだのか説明してくれなかった。だが、そう分かっていても、尋ねるのは不躾《ぶしつけ》になるだろうと感じて、わしは彼が与えてくれた選択を感謝し名誉に思っていると示そうとした。彼は、いっさい説明しなくてよいというので有難がってくれた。わしらの関係は優しいむつまじさと、息子としての献身の上に成り立っていた。とはいえ信頼は、二人して打ち解けた様子で大いに話をしても、なかなか訪れなかった。その老人は、自分の若い時代のことを話さなければならないと、また、最愛の師スピリディオンに対して抱いていた熱狂を、他の者にも分かち持たせねばならないと、思っているようにも見えた。喜んで彼の話を聞いていたが、わしは、自分の信仰に関してはまったく不安を抱かなかった。まもなくその問題にたいそう興味をもったので、彼がそのテーマから離れそうになったら、自分のほうでそこに彼を連れもどしたりした。わしは、もしも大修道院長の生涯の細かい部分が、フルジェンチェほどは品行正しくないカトリック教徒によって伝えられたとしたら、スピリディオンが最後の年月をささげていた知られざる仕事ゆえに、彼に対し一種の不信感をもってしまったかもしれない。フルジェンチェについては、何一つ怪しいと思うところがなかった。彼を通してスピリディオンのことを知るに従い、奇妙な抗しがたい共感に身をゆだねていった。神学者の最終的意見におびえることなく、人間としての性格が産み出させた共感だった。彼が生涯にわたるすべての行為にもちこんでいた、あのまじめな力強さと厳格な正義感が、それまで黙していたわしの心の琴線を震わせたのだ。とうとうこの有名な死者が、生きている友のように愛しくなった。フルジェンチェは彼のことを、また六十年前から過ぎ去ったものごとを、まるできのうのことのように話した。その描写の魅力と真実味は、とうとう師の現存を、あるいは師がわしらのうちに間もなく戻ってくることを、信じさせてしまうほどのものだった。わしはそうした幻想に時おり長いこと支配された。幻想が消え去り、現実の感覚にまいもどったとき、まぎれもない悲しみにとらえられるのを感じた。そして無邪気にも過ちを正されたことでひどく悲しんだので、善良なフルジェンチェは、それを見て笑いながら泣いてくれた。

この尊敬すべき修道士は、だんだん体が不自由になっていくのを我慢強くあきらめて耐えていたにもかかわらず、またわしが居ることで明るさと心情吐露の機会がもたらされたにもかかわらず、ある種の悲しみがゆっくりと深く沈潜して、生命全体がむしばまれていくのが容易に見てとれた。墓のほうに近づけば近づくほど、この不思議な悲しみが彼にのしかかってくるように思えた。死が真近になると、ついに彼は自分の魂を完全にわしに開いて見せた。そしてわしが唯一、ひどく重要なある秘密を受け取ることのできる者だと判断したと言った。それはわしの道徳的心情が堅固であり、性格もしっかりしているためだという。彼によると、一つの面はわしが異端の深淵に迷いこむのを妨げてくれるにちがいないし、もう一つの面は、かの書き物の秘密を決して明かさないようにしてくれるだろうというのだ。彼はその書き物を、わしに精査してほしいとは思っていなかった。だが、もしもわしが信仰を失い無神論におちいってしまったりしたら、異端に汚されているかもしれないにせよその書き物は、まちがいなくわしを神と真の宗教との根本地点の信仰につれ戻してくれるにちがいないということを、師としての気持でつけ加えた。この点から考えると、それは決して埋めるがままにしてはならない宝だったのだ。そこでフルジェンチェは、もしもそれに助けを求める必要がまったくないような場合には、この秘密を墓の中にもっていくことなく、死ぬ前に誰か信頼できる友に打ち明けていくようわしに誓わせた。この良き修道士の告白の中には、困惑させるようなことや矛盾することが多々あった。彼の中には二つの良心があって、一つは友情にもとづく義務と約束によって苦しめられ、もう一つは地獄への恐怖によって悩まされているように見えた。彼の困惑ぶりは、わしに優しい同情心を呼び起こした。で、こんなにも厳粛で痛ましい瞬間に、彼のふるまいに関し、厳しい判断をしようなどとは考えなかった。他方、わし自身が彼と同じ立場に立たされているのを感じ始めていた。カトリック教徒であると同時に異端者でもあり、一方の手では、ローマ教会の権威に助けを求め、他方の手ではスピリディオンの墓に探求のために入りこみ、そこで少なくとも反抗と検証の精神を守ろうというのである。瀕死のフルジェンチェの苦悩がよく分かったので、わしは自分をとらえている苦しみに気づかれないようにした。緊急に告げ知らせねばならないという気持が、献身せねばという心づかいと争っている限り、彼の精神は力強く保たれていた。で、心の動揺に終止符が打たれたとたんに、弱り始めたのだ。記憶は衰えだし、まもなく完璧に自らの友の名前まで忘れてしまったように見えた。熱におそわれていたあいだは、最高に心を配った信仰の行にずっと身をゆだねていた。わしはもっぱら彼のために祈りをとなえ、詩篇を読んでやった。彼は指のあいだにロザリオをはさんだまま眠りこんでいた。そして我ラヲ、哀レミタマエとつぶやきながら目をさました。子供じみたところが大いにあったので、自分の友の最後の意思を果たそうとして見せた貴重なエネルギーを、埋め合わせようとしているみたいだった。その光景はわしをひどく悲しませた。八十歳にしてひどい恐怖の中で死なねばならないとしたら、服従し理性を働かさないようにして過ごした全生涯とは、いったい何の役に立つのか？とわしは考えた。もしも聖人たちが恐怖に青ざめ、神の正義への信頼を失って墓に降りていくとしたら、無心論者や放蕩者はどんなふうにして死ぬのだろう？

ある晩フルジェンチェはひどく高くなった熱にうなされ、つらい夢で輾転反側《てんてんはんそく》していた。ベッドのかたわらにすわっていたわしに、彼がたまたま眠りこんだら起こしてくれるよう見張っていてくれと言った。彼はたえず亡霊が自分に近づいてくるのを見るように思っていたのだ。しかしそのあと、見えるわけではないと告白した。そして見えるのではという恐怖のみが、目の前に、ただよう姿、漠とした形を浮かばせるのだと。月光がとてもきれいだった。そうした状況がとりわけ彼をおびえさせていた。そのときである。手前勝手な好奇心にさいなまれて、わしはその幻がどんなものかを彼の口から聞き出してしまった。だがその告白はきわめて不完全なものだった。たえず彼の頭は錯乱していたからだ。わしの知りえたすべては、その亡霊がもう五十年以上も訪ねてこなくなっていたということだった。だがいま罹《かか》っているこの病気のおよそ一年前、亡霊がまたやって来たのだ。そろそろ満月になろうかという夜のさ中、目を覚ますと、大修道院長が彼のそばにすわっているのが見えた。何も話しかけず、悲しく厳しげな様子で見つめていた。まるで彼が自分のことを忘れたと非難し、約束を思い出させようとしているみたいだった。フルジェンチェは自分の死が近づいていると判断した。そして誰に秘密を伝えられるだろうかと周りを探し、わしだけが頼りにできる者だと気づいたというのだ。彼はあらかじめわしの心を開かせようとはしなかった。二人の関係に上位者の注意がいかないように、そしてのちのち、わしが迫害にあわないようにと配慮してだ。

その夜は、亡霊がフルジェンチェのところに来ないままに過ぎた。朝になって地平線が白み始めたのを見て、彼は悲しげに首をふりながら言った。

「おしまいだ、もうやっては来ないだろう。あの方はわたしに不満足だったとき、わたしをさいなむためにだけ来ていたのだ。いまやあの方の意志を果たしたので、わたしを見捨てたのだ！　おお先生、おお先生、あなたのためにわたしは、わが身の永遠の救いを危険にさらしたのです。あなたを自分以上に愛したがために、おそらく永劫の罰を受けることでしょう！」

恐怖よりももっと強い愛の、この最後のほとばしりにわしは深く感動した。死後六十年もたって、このような激しい恐れ、忠誠の思い、そして心やさしい哀惜の念を呼び覚ます人とは、いったいどんな人なのだろう？　フルジェンチェは眠りこみ、それから正午ごろになって目を覚ました。

「万事休すだ」と彼は言った。「一分ごと、わたしの中から命が去っていくのを感じるよ。ねえ君、最後の秘跡を受けたいのだが。わたしに秘跡を授けるよう修道士諸君をいそいで集めてください。ああ何ということだ！」と彼は気がかりな様子でつけ加えた。「師の魂がわたしの魂と和解してくれたかどうか知らないまま、死ぬことになろうとは！　ぐっすりと眠ったよ。そのあいだじゅう、先生の声は少しも聞こえなかった。ああ！　あの方はわたし以上に自らが書いたもののほうを愛していたのだ！　よく分かっていました！　あの方が生きていらしたとき、わたしはよく言ったものだ。『先生、あなたの愛情はすべてになります。強者の精神がわたしたちに満足するときには、わたしたちを捜し求めるのに応じてくれます。知性の中に宿るものです。あなたの心はわたしたちと無関係なのです。これは強い人々と弱い人々の物語だがわたしたちは、彼らの精神が思索したものに同意しようとしまいと、心は彼らと解きほどきがたく結びついています』とね」

「フルジェンチェ神父さま、そんなふうにおっしゃらないでください」思わず知らず彼を両腕でいだきながら、わしは叫んだ。自分に向けられていたわけではない非難を、わが身に当てはめようなどとは考えないで。「これはあなたの人生で、最初の、唯一の異端的考えとなりかねません。本当に強い人々は情熱をもって愛するのです。あなたがあんなにも愛したのは、そうした人々の一人だからなのです。この最後のときにも勇気を奮い起こしてください。もしも友情に忠実でありつづけることで、カトリック教会の知恵に反する罪を犯したとしても、神は赦してくださるでしょう。なぜなら神は知性よりも愛を好まれるからです」

「ああ！　君はわが師が話したように話してくれる」とフルジェンチェは叫んだ。「六十年来聞いたことのなかった、わが心にかなう初めての言葉だ。わが子よ、ありがとう。わたしはスピリディオンの祝福をくり返しましょう。『全能なるものが君の最晩年に、忠実で心優しき友を与えてくださいますように。君がわたしにとってそうであったように！』とね」

彼は、たいそう熱い心でもって秘跡を受けた。修道士全員が、その死に際に立ち会った。修道士たちの中で彼の部屋に入れなかった者は、部屋の戸口から奥のほうに見える大階段のところまで、回廊に二列になってひざまずいていた。フルジェンチェは、沈黙したまま法悦の中に息たえていくように見えたが、突如息を吹き返し、わしを自分のほうに引きよせ、耳もとでささやいた。「彼が来る。階段を上ってくる。出迎えに行ってくれ」この命令は何のことか全然分からなかったが、思わず知らず従ってしまった。死にゆく者に要求されたら、その是非など言っていられなかったからだ。で、わしはそっとそこを離れ、修道士たちの精神集中を乱すことなく敷居を越え、階段部分の丸天井になっている広々とした空間に視線を投じた。その時そこには太陽に照らされた靄《もや》がただよっていた。修練士たちはあいかわらず修道立願者たちの後ろにひかえていて、手すりのそれぞれの側にひざまずいていた。わしはそのとき一人の男が階段を昇って元気よく近づいてくるのを見た。その足取りは軽やかで同時に威厳にあふれていた。権威をおびた活動的人間の歩き方のようであった。美しさにみちみちた高い背たけ、ブロンドに輝く髪の毛、古い時代の衣装、そうしたもので即座に彼だと分かった。フルジェンチェが何度もしてくれた描写にそっくりだったのだ。彼は、二列に並んで諸聖人の連禱を低い声で唱えていた修道士たちを突っ切ってきたが、誰一人その存在に気づくことはなかった。わしには日の光のようにはっきりと見えていたのだが。足早に規則正しく歩むその足音も、わしの耳にはひびいていたのだが。

部屋の中に入ってきた。すぐそばを通ったとき、わしはひざまずいてしまった。立ち止まることなく彼はわしのほうをふり返り、じっと見つめた。わしは目で彼を追っていた。彼はベッドに近づき、フルジェンチェの手を取り、そのかたわらにすわった。フルジェンチェは身じろぎ一つしなかった。その手はじっと師の手の中にゆだねられていた。その唇は半ば開き、その目はじっと一点を見つめ、しかも何も見ていない様子だった。連禱が続いているあいだ、亡霊は動かずにいた。終始フルジェンチェの体のほうに身をかがめて。連禱が終ったとき、フルジェンチェはベッドの上に起き上がった。そして自分の手を握っている相手の手をひきつったように握り返しながら、力強い声で叫んだ。「聖ナルスピリディオンヨ、我ラノタメニ祈リタマエ」そしてばったりと倒れて死んだ。同時に幻は消えた。この光景が他の列席者にどんな効

わしはひざまずいてしまった

果を及ぼしたかを見ようとして、わしは自分の周りを見回した。すべての顔がおだやかな表情を浮かべていた。あの霊はわし一人にしか見えなかったのを知った。

二十四時間後、フルジェンチェの遺体は地中深く降ろされた。彼の最後の眠りのために定められた地下墓所の奥にそれを運んでゆくよう、四人の修練士が指名されたが、わしもそれに選ばれていた。地下墓所は、ここの教会堂の交差廊の下に位置していた。君もしょっちゅう見たことがあろうが、中央部に細長い石があって、そこには「此処ニ、真理、アリ」という奇妙な銘が刻まれている。

――「その銘は祈っているときもしばしば私の視線をひきつけ、いろいろのことを考えさせました」と私はアレクシ神父の話をさえぎりながら言いました。「思わず知らず、この金言の意味を見抜こうと努めました。この金言はキリスト教の精神とは反対のように思えたからです。どうやって、真理は墳墓の中に埋められることができるのだろう?と考えました。生きている者はどんな教えを屍が帰した土から求められるのでしょう? 生命のきらめきが私たちの死すべき肉から去ったときに、そして魂がその束縛を打ち壊したときに、ただちに眼差しをふり向けるべきなのは天の方向ではないでしょうか?」

「いまや」とアレクシ神父は答えました――君にはこの墓碑銘の謎めいた意味が理解できるだろう。スピリディオンはボシュエに対し熱烈な思いを抱く中で、君も見たことがあるように、自分の想像画を描かせ、そのとき本を手にもち、その本の背にこの金言を書きこませていた。もっと後、その信仰は変えないまま見解のほうを最後に変えたとき、自らの精神の変化と向きあいながら、心情のほうは変っていないのを明かそうとして、自分の金言を持ち続けようと決意し、死んだらこの言葉を自分の墓に刻むよう求めたのだ。

自らが勝ち取ったものから何によっても引き離されえない勇敢な精神が、獲得した真理とともに墓の中で眠りたいという高貴な愛着を見せたのだ。戦士が勝利の記念品とともに永遠の眠りに就きたいのと同じだ！　修道士たちは死にゆく者のこの意思表明が、ボシュエの教義とはもはや関係ないものだとは分からなかった。ある者たちは、この三つの単語の重大さについて猜疑心をもって思い巡らした。とはいえ何ものも、あえて門外漢の手をそこに出そうとはしなかった。大修道院長が墓の中にあってさえ抱かせていた恐怖のまじった畏敬の念は、それほどまでに大きかったのだ。

フルジェンチェの葬儀の日、この敷石は上げられ、わしらは地下墓所の階段を降りていった。というのもスピリディオンの友のため、彼が横たわっている場所のわきに一人分のスペースがとっておかれていたのだ。それが師の最後の意思だった。わしらが運んでいった樫の棺はひどく重かった。階段は急ですべりやすかった。修道士たちがわしを助けてくれたが、ひ弱な若者たちで自分たちが果たしている喪の荘厳さに、おそらく心乱れていただろう。一番先頭を行った修道士の手の中で松明がふるえていた。棺の運び手の一人が足をふみはずし、思わず叫び声を上げながらころげ落ちた。その叫びに他の者たちの叫びが応じた。案内役の手から松明が落ち、半ば消えかかってしだいに暗くなり、もはや定めない光だけであたりを照らしているだけになった。この瞬間の恐ろしさは、粗野な信仰による迷信の中で育てられた臆病な若者たちにとっては、これ以上ないような極度のものとなった。彼らは修道院の中でいまだ駆けめぐっていた故大修道院長へのばかげた非難によって、その思い出に偏見をもっていた。だからスピリディオンの亡霊が前に立ちはだかろうとしているか、あるいは悪霊がこの神聖な禊《みそぎ》によって目覚めさせられ、まっ暗な墓穴から青白い炎となって立ち昇ろうとしているかと、おそらくは信じたのだ。

わしは、体がもっと頑強だったし精神ももっとしっかりしていたから、強烈な心の動揺を感じはしたが、いかなる恐怖も感じなかった。偉大な人の遺骨に近づいていくのに、一種喜ばしい畏敬の念を覚えていた。仲間が倒れたとき、たった一人でわが師のなきがらを支えていた。だが、うしろを歩いていた他の二人が同じように倒れてしまったので、わしは重荷を支えきれなくなり、がたっと大きく棺がゆれ、思わずフルジェンチェの棺をもったままスピリディオンの遺骸を納めた棺の上に倒れこんだ。すぐさま起き上がったが、そのとき片手をその鉛の棺に突いたので、生命が保たれているように思える温かみを冷たい金属の中央部に感じとってはっとした。それはおそらく、わしが頭につけたばかりの小さな傷口から血が出て、鉛の棺の上に数滴落ちていたためだろう。最初のうち、この傷に気づいていなかったのだ。そのとき想像もつかないような奇妙な共感の思いが湧き上がった。感動のあまりその墓を、わが父のかわききった遺骨を抱くときに感じるかもしれぬものと同じくらいの強烈な思いで、ふるえる胸にかき抱いた。誰かもう一人の修道士がこの恐怖の光景のさ中にやってきて松明を拾い上げた。それを見て、あわててわしは立ち上がった。

フルジェンチェの葬儀が終った晩、彼の墓石の上にひざまずいて祈ったが、そのとき考えていたことを思い出すと、一種恥ずかしい思いにかられる。スピリディオンの思い出が心にたえず浮かんでいた。死後もじつに長期にわたってその影響が残存した彼の知的大胆さとすばらしい能力の威光に、わしは幻惑され、突然彼の足跡をたどってみたいという激しい欲求に取り憑かれるのを感じた。若さには、思い上がりや向うみずなところがあるものだ。子供たちは、死者が持っていった杖をつかまえるには手を開きさえすれば

たった一人でわが師のなきがらを支えていた

よいと信じている。わしは、かの書の主人だったスピリディオンのように、すでに修道院の指導者になっていて、学問と知恵によって全世界を幻惑していると思っていた。スピリディオンの教義がどんなものかは知らなかった。それがどんなものであれ、彼の世紀のもっとも優れた頭脳から発したものとして、あらかじめ受け入れていた。それらの思想に感激して例の書を手に入れようと本能的に立ち上がった。早くも石を持ち上げる方法を探した。だがそこに手をかけたとたん、瀆聖という考えで突如止めさせられるのを感じた。わしの宗教的ためらいは、すべて一瞬に追い払われ同時に襲いかかってきた。わしは一度に魅了され、苦しみ、不安にかられ、教会堂を出た。人間としての誇りとキリスト教徒としての服従に捉えられていた。まだどちらが勝つか分からなかったが、一方が十年間かけて獲得したのと同じだけの力を、感情のほうは、一時間で獲得してしまったのでなかなか屈しないだろうと思えた。この内面の闘いは数日間続いた。とうとう知性がプライドの手助けにやってきて勝利を決定した。信仰は理性の前に逃亡した。服従心が野心を前に逃げ去ったように。

とはいえカトリックの信仰を見限ったのは一挙にではないし、断固たる決意からでもない。自分の精神に対し信仰を検討する権利を与えたときにも、弱まっていたとはいえまだ信仰に執着していたので、研究や瞑想という試練をかけて信仰を鍛え直すことができるのではないかと思っていた。知性の最初の衝撃でくずれおちてしまうような信仰なら、まことに貧弱な脆《もろ》い体系ということになろうと思っていた。神秘を前に知力を低めるよう命じる法は、弱い頭脳のために発布されるべきだったのだ。神の神秘は崇高な面差しをしたものでしかありえないが、その面差しの意味するものはあまりにも広く、狭量な頭脳を驚かし、めちゃくちゃにしてしまうかもしれない。だが神は、彼自身から発した人間の崇高な知性に、領域としては闇を、導き手としては恐怖を与えたのではないか？　いいや、そんなふうに考えれば神を侮辱することになろう。精神と同じように明晰な字義も、預言者たちに属さなければならなかったのだ。魂は、地上から引き離されたと感じて思考の高邁な領域に飛び立とうと逸《はや》るとき、どうして預言者たちの足跡をたどろうと努めないだろうか？　神秘の中に入りこめば入りこむほど、そこに無神論者の論拠に答えるための力と光が見出されるだろう。無神論者は、自らの意思がまっとうで目的が気高いときに自分自身を恐れる子供なのだ。

スピリディオンの書いた物が、カトリシズムの栄光のために建てられた記念碑的存在でないかどうか、誰に分かろう？とわしはまだ思っていた。フルジェンチェには勇気が欠けていたのだ。もし彼が自らの師の学問をあえて独占してしまったとしたら、おそらく彼は自分のすべての恐れが消えるのを見たことだろう。多くのとまどいと探求のあと、ヘブロニウスは新しい光に啓発され、思いもかけない力によって活気づけられ、おそらくは最後に書き残した文書の中で、十年来こと細かに検討してきたのと同じ思想の勝利を主張したのだろう。わしがそのとき思い出していたのは、畑の中に埋まっている宝の存在を息子たちに打ち明け、その土地を耕すようにと促した結果、土地が豊かになり息子たちの富となったという農民の寓話だった。スピリディオンの思想はその類のものだと思った。信仰についてはお互いを信じないことだ。そして理性を欠いた動物のように、自分の前を歩く者たちが踏破した道をたどっていかないことだ。自分自身で天へと自らの道を切り開きたまえ。汚れない意図によって活気づけられ、驕《おご》りによって目がくらむことのない者は、どんな道を通っても真理へと至る。信仰は、自由に同意されたりしない限り、真の効力はもたないし、あらゆる要求を満たして魂の力を専有しない限り、現実的な確かさをもたないだろう。

　そこでわしは神と人間の本性について、真剣かつ徹底的に研究しようと決意した。ヘブロニウスの書き物には最後の最後のところでしか、つまり、わしの力がそんなにもきつい仕事に追いつかないで、自分の中で疑念が絶望に変ったのを感じ、自分の能力が尽きてしまい、人生の残りを満たすのにはもう不十分だと感じた場合にしか、頼るまいと決意した。

　この決意はすべてを和解させてくれた。学問の神秘に目覚めた好奇心も、いまだ信仰の神秘に結びつけられていた良心も、だ。最終的にこの結論に達する前に、わしはひどく動揺した。大いに苦しんだ。この決意がもたらした熱狂的な喜びの高まりの中で、自分の新しい哲学がもつ完全にカトリック的な表れに魅了されていた。誓いを立てようと願った。三十歳以前には、たとえそのときまで最高に鋭い疑念に襲われたり、表面的には最高に生き生きとした確信に照らしだされたとしても、ヘブロニウスの書き物に頼ることはしないと自分自身と約束した。まさにその年齢において、スピリディオンはカトリック信仰の熱狂のさ中にいたわけだし、二つの信仰（カトリック、プロテスタント）をすでに放棄したあとでも、彼は破棄できない聖別によって第三の信仰に身を捧げたのだ。わしは二十四歳だった。六年もあれば研究には十分だろうと考えた。こういった気持で、修道院で「此処ニアリ」と皆が呼んでいた石の上にもう一度ひざまずいた。そこで沈黙し瞑想しながら、小声で恐ろしい誓いを述べた。もしもわしが一七六六年の冬以前にヘブロニウスの書の上に手をかけたなら、わが魂を永遠の断罪に、そしてわが生命を神による最終的な放棄にささげるというものだ。わしはこの誓いを夜の闇の中でしようとは望まなかった。ある種の時刻の厳粛な陰うつさが人間精神でくり広げる錯乱、それを警戒したからだ。まっ昼間、もえるような陽ざしと太陽のまばゆさの下で、誓いをしようと思った。暑さは耐えきれないほどで、この季節にときどき起きることだが、修道院では、修道院長から正午に一時間の休息が与えられていた。そこでわしは教会堂の中で完全に一人きりになっていた。一面シーンと静まりかえっていた。いつも外を歩いている庭の管理担当の修道士の足音さえ聞こえなかった。小鳥たちも一種うっとりと黙想しているらしく、鳴きやんでしまっていた。

　わしの魂は誇らしい熱狂の中で晴れ晴れとしていた。最高に陽気で、最高に詩的な考えが頭の中でひしめいていた。同時に大胆な自信が胸にあふれてきた。眺めるすべての物が、見たこともない美しさで身を飾っているように見えた。聖体を収めた聖櫃《ひつ》の金箔は、天上の光がキリストの上に降りてきたかのようにきらめいていた。色あざやかなステンドグラスが日光に照らされて敷石上に映しだされ、円柱のあいだにダイアモンドと宝石類の幅広いモザイク模様を作り上げていた。大理石の天使たちは、熱によって柔かくされ、頭をかしげているように見えた。そして美しい鳥のように、コーニス（壁体の各層を区切る装飾的な水平帯。軒蛇腹など）の重みにうんざりしたその感じよい顔を、翼の下に隠そうとしていた。大時計の規則正しい神秘的な音が、愛に焼かれた胸の力強いふるえにも似て聞こえていた。そして祭壇の前でずっと燃えているランプの白くくすんだ炎が、まばゆい日光と争っていたが、わしにはそれが、神の知性という永遠の火の中にたえず溶けこもうとあこがれている、地上につなぎとめられた知性のシンボルとも見えた。まさに知的にも肉体的にも至福だったこの瞬間、声をひそめてわが願いの言葉を発した。だが言いはじめたとたん、内陣の奥にある扉がそうっと開くのが聞こえた。そして足音がえも言われぬハーモニーとなって、その聖なる場所のしじまの中で鳴り響くのが分かった。どんな人間の足音も絶対にそれとは比べようがないものだった。足音は近づいてきて、わしがひざまずいていたその場所ではじめて止った。敬意にとらえられ、喜びに有頂天になり、わしは声を高め、そして中断することなく続けていた祈りの文句を、はっきりと聞こえるようにして終了した。それからふり向いてみた。背後に、フルジェンチェの死の床で見たものが見出せると信じて。だが誰も見えなかった。霊は、わしの五感の一つにだけ現れたのだ。どうやら彼を再びこの目で見るには、わしはいまだ値していなかったようだ。彼は目に見えないその歩みをまた始めて、わしの前を通り、遠くのほうにしだいに消えていった。そして内陣の鉄柵のところに到達したように思えたとき、すべては静寂の中に戻ってしまった。そのとき彼に言葉をかけなかったことで自分を責めた。たぶん返事をくれただろうし、おそらくわしが何も言わなかったので不満だっただろう。わしの心がもっと自分を表現するために、彼のほうにもっと生き生きと向ってくるのを、ひたすら待っていてくれただろう。とはいえわしは彼のあとを追って行こうともしなかったし、戻ってきてくれと懇願しようともしなかった。というのも、彼にはあらがいがたい魅力と大きな恐怖とのないまぜになった感情を感じていたからだ。自分たちの限りある知覚で通常とらえられる事実が、何らかのことで乱れるのを見て弱い人々が感じるのは、こうした子供じみた恐怖ではなかった。まれであり例外的であるそうした乱れを、人々は誤って驚くべき超自然的事実と呼ぶが、それらは、わしが無知なるゆえにいかに説明不能であろうと、いかなる恐怖も引き起こしはしなかったのだ。だが、あの優れた人が死んだあとわしに抱かせた敬意は、彼が生きているときに会っていたのとほとんど同じ程度に、強く感じられるものだった。彼は、目に見えないいかなる力によっても、わしを傷つけたりおびやかしたりする権限を与えられてはいないと思っていた。わしには分かっていたのだ。純粋な霊の状態で彼は、わしの心を読み、彼の魂が物質に閉じこめられていたときには為《な》せなかったような、より多くの力と洞察力をもって、わしの心で起きていることを理解していたに違いないと。彼を見ておびえるような臆病な性格とは正反対だった。わしは一つのことしか恐れていなかったのだ。それは彼に、二度と会うに全然値しない人間だと思われたのではないかということだ。あの日、彼を見つめる望みを失ってしまったとき、悲しく辱められたような気持でいた。だが次のことを確信するまでになった。彼は異端として死んだのではない、彼の魂は煉獄の苦しみを受けてはいない、それどころか反対に永遠の至福を天で楽しんでいると。彼の霊の出現は恩寵であり、天上の恵みなのだ。フルジェンチェとわしのためになされた奇跡なのだ。甘美で栄えある思い出なのだ。だがわしは、それが与えられたという以上のことをあえて求めなかった。

その日からすぐに、夢中で研究に取り組んだ。二年も経たぬうちに、書庫にあった科学、歴史、哲学を扱うすべての巻を読破した。だがこの道に第一歩を踏み出したとき、カトリック教によってわしの過去の生活が閉じこめられていた狭い輪の中を回っている以外、自分が何もしていなかったことに気づいた。疲労を感じた。研究をしていなかったのがよく分かった。わしの精神は中世の信じられないくらい巧緻で根気のいる論争の重圧をうけ、なまぬるく衰弱したものになっていたのだ。そうした論争にはそれまで熱心に取り組んできたのだが、ローマ教会の無謬性への信頼は何の論争もなく主張できるものだった。というのもそれらの書すべては、ローマの権威を言明し擁護しようとしていたからだ。だがまさに、この向かうところ敵なしの闘い、この危な気ない勝利がわしを冷淡にし不満にしていた。わしの信仰は、以前もっていた大胆この上ない力強さやすばらしい詩情の魅力といったものを失っていた。あのスコラ哲学的書物の山を貫いている大いなる天才のきらめきも、それらの書物の大部分が言葉の無駄使いで埋められているのを補うものではなかった。それに教義への激しい反論は、検討することをも禁じられており、自らによって知り理解しようと決意した精神は、満足させられなかった。わしは異端者の書いたものを読もうと決意した。修道院の蔵書は今日のように、いくつかの部屋に収集され同じ鍵で開けられるようになってはいなかった。異端で冒瀆的で反宗教的な著者の作品集は、スピリディオンが何度となく調べたものだったが、若い修道士には近づけない部屋の中にしまいこまれていた。神聖な書の収められた位置からは遠く離れたところだ。この特別な小部屋は、かつてスピリディオン大修道院長が死の前後、特定の時刻に厳かに散歩していた、まさにあの教会参事会の大部屋のはじのほうにあった。その貴重なコレクションは、ある者たちには恐怖と嫌悪の的であったし、大部分の者にとっては無関心と軽蔑の対象となっていた。創設者の命令で、その破壊は禁じられていた。無知と迷信がそこへの入室をさまたげていた。たぶんわしが、ヘブロニウスの時代のあとでは、あれらの立派な書のほこりを払った最初の者だったろう。

ひそかな恐れも持たずに、そうした決意をしたわけではない。燃えるような好奇心とあふれんばかりの喜びが、そこに混じっていたことも言っておかねばならない。その聖なる場所に入るときに感じた厳粛な感動は、苦しみ以上に魅力的なものだった。わしは敷居を越えるとき自分の内奥の興奮にすっかり気を奪われていたので、上位の者に入る許可を求めようとは夢にも思わなかった。アンジェロ君、君にも分かるように許可は簡単には下りなかったのだよ。たぶん、まったく下りないことさえありえただろう。というのも、かつてわれわれの内の誰かがそれを求める勇気、あるいはそれを自分に与えさせる巧みさを持っていたかも分からないからだ。

わしとしては、そのことは考えてさえいなかった。学問への渇望が信仰ゆえの抵抗と争っていたとき、心の中で行った闘いは、人間たちと交わすかもしれないあらゆる闘いとは、まったく違う重要性をおびていた。生涯を通してそうだったように、こうした状況のなか、外部の物事に奇妙なくらい無頓着になっている自分を感じた。わしを恐れさせた唯一のものはわし自身だった。

夜、合鍵のようなものを使ってあの隠れた場所に入りこみ、研究したい本を取り出し、それを運び出して自分の小部屋に隠すこともできただろう。だがこうした慎重さや隠蔽はわしの天性とは逆のものだった。わしはまっ昼間、正午の時刻に参事会室に入った。しっかりした足取りで奥のほうまで通り抜けていった。誰か付いてくるかどうか、うしろを振り向くこともせず、まっすぐ扉のところへ……運命の扉のところへ行った。その上には運命がわしのために次のようなダンテの言葉を書きつけていた。

「我タメニ斯クシテ永遠ナル苦悩ノ中ヘ行ケ」

覚悟を決め力いっぱいその扉を押した。強力な錠前で閉められていたはずだが、それは開いた。中に入った。とたんにびっくり仰天して立ち止った。書庫の中に誰かがいたのだ。彼はわしが入ったときに立てた音に気づいた様子もなく、仕事も中断せず、わしのほうを一瞥することさえなかった。すでに一度見たことのある人だった。他の人と見まちがえることなど絶対にない。ゴチック風の背の高い窓に壁の切り込みが設けられていたが、その切り込み部分にすわっていて、輝く金髪が太陽の温かな陽ざしに包まれていた。読書に没頭しているように見えた。三十秒ぐらいのあいだ身じろぎ一つせず、わしは彼を見つめた。それからその足もとに身を投げに行った。だが、ひざまずいたのは誰もすわっていない肱掛け椅子の前で、幻は太陽の光の中に消え去っていた。

　ひどく動揺してしまったので、その日は一冊も本を開こうとは思わなかった。〈霊〉を再び見られるとは期待しなかったが、しばらく待つことにした。彼の姿が間をおかずに現れたことに、それでもやはり感激し励まされていた。もし彼がわしの大胆さに不満だったら、何か新しい奇跡によって知らせてくれるだろうと考え、しばらくそこにいた。だが、異常なことは何も起こらなかった。周りのすべては穏やかに見え、亡霊が出現したという現実を一瞬疑ったほどだ。自分の想像力だけであの姿を生み出したのかと考えかかったほどだ。翌日もまたその書庫に行った。守衛が、扉が開いていて錠がこわれているのを見て、何かしたに違いないだろうと不安になることもなく。部屋の中は人気《ひとけ》がなく静まりかえっていた。扉は、わしがしたままに掛け金だけで閉められていた。無理矢理入られたということには、まだ誰も気づいていないようだった。それゆえ簡単に入れた。背後でドアを閉め、群れをなして目に飛びこんできた本のタイトルを追いかけ始めた。まずアベラール（一〇七九―一一四二。中世フランスの哲学者、神学者。エロイーズとの恋愛で名高い）の本を手に取り数ページ読んだ。だがまもなくミサへの集合を告げる鐘が鳴った。こっそりとやるのは嫌悪感を覚えたが、わしは僧服の下にこの貴重な本を隠して持ち出すことに決めた。参事会室には一日の中で一時間しか入れなかったからだ。わしの熱意はそんな少しの時間で満足できるような性質のものではなかったから、誰にもさまたげられずに研究できる実際的可能性を考えはじめたのだ。そこで、慎重にふるまおうと決めた。もしも上位者の好意を懇願するまでわしが身を低くすることができたら、ことは易しかったかもしれない。しかしそれこそ、わしのプライドが決して承服できないことだった。自分はゆるぎない信仰を備えているので、異端の学説を見事論破すべく招聘《しょうへい》されているように感じると、うそをつく必要があっただろう。それはしかし、もはや真実ではなかった。わしは自分自身のために自己教育する必要を感じていた。カトリックの学問は学び尽くしたものになっていたので、より完璧な研究に向かってつき進んでいた。学問への愛によってであり、もはや布教のための熱意によってではない。

　わしはアベラールの書物をむさぼり読んだ。そしてアルナルド・ダ・ブレシア（十一世紀末―一一五五。イタリアの修道士でアベラールの崇拝者。聖職者の堕落を攻撃し教会が使命を果すよう要求、破門され殺された）、ピエール・ヴァルドー（一一四〇頃―一二一七頃。リヨンの豪商。三十歳ごろ回心し、持ち物を売り払って貧者に施し清貧生活を始める。民衆の支持を広く集めたが異端として破門された）、その他十二世紀と十三世紀の著名な異端者たちの見解について、今日まで書き残されたものを読んだ。あれら高名な人々によって、ある点まで主張された検討の自由と良心の権威のことは、当時、わしの魂の要求にすこぶる応えてくれるものだったので、予想していた以上に引きつけられてしまった。わしの精神はそのときから、はやくも新しい過程に入ってしまった。さまざまな変化を受けることになって感じる苦しみや、生涯を終えるときの魂のつらい苦しみにもかかわらず、それが進歩の第一段階だったと言えるだろう。

そうなのだ、アンジェロ君、真理を探すときにどんなつらい責め苦を魂がこうむらねばならないとしても、なすべきことは真理をたえず探すことなのだ。光のすばらしさに対し故意に目を閉ざしたままでいるより、太陽を見つめようとして視力を失うほうがまだしもよいのだ。十分に学識のあるカトリック神学者だったあと、わしは情熱あふれた異端者となってしまった。そしてアベラールやその他の師にならってローマ教会と折り合いがつかなくなればなるほど、自分の正統性について心の中でひそかに確信するようになっていった。心の中でひそかに思い唱えていたのは、自分が有用性を感じないし理解もできない原理は、信仰条項としては何一つ取り入れないというのが、権利であるし義務でさえあるということだ。あれらの哲学者が、プラトンの崇高なインスピレーションや、キリストの先駆者だった異教の世界の偉大な哲学者たちの聖性を考察したやり方は、キリスト教徒が神の善意、公平さ、偉大さについて抱くべき観念に唯一応えてくれるもののように思えた。わしはアベラールと同時代のローマ教会の人々を本気で非難した。そしてサンスの公会議（一一四〇年、フランスの町サンスで開かれ、アベラールを断罪した）のときには、神の霊は彼とともにいたのであり、彼らとともにいたのではないと考えた。わしが自分の思想の中でカトリシズムの体系全体を、いまだ打ちこわしていなかったのは次のことによる。まったく自分自身に固有のものであるわしの精神（＝霊）が妥協的になって、悪しき日々にはローマ教会は間違うことがありえたと認めたからだし、あれらの誤った高位聖職者たちの後継者たちが、あの人々の判断を見直さなかったのは、純粋に人間的かつ政治的な理由、規律と慎重さからだったと認めたからなのだ。わしは、教皇のかわりに、おおやけにアベラールとその学派を復権させるのは不可能かもしれないと認めてはいたが、彼らの書物を読むのを禁じることなどは、もはや間違いなくしないと考えていた。しかし、それらへの寛容の名にかこつけての共感は、やはり隠すだろうとも考えた。確かに嘆かわしい形で論理をめぐらしていたのだ。というのもカトリック教会の権威全体を掘り崩していたのに、教会から離れようとは考えなかったからだ。わしは自分の頭上に、外側からしか攻撃できない建物の瓦礫《がれき》を落下させていた。このおかしな矛盾はまったく別の観点からすると、まじめで論理的な精神にあって、まれなことではない。プロテスタント教会集団への習慣的悪意や、ローマ教会への習慣的本能的愛着が、それらの精神にゆりかごを保持したいと思わせるのだ。一方真理へのあらがいがたい力と正しい独立への要求が、この狭い寝床にはふさわしくないほど、体を完全に変形し大きく育ててしまった。こうした矛盾のまっただ中にいて、わしには主要な点が見えていなかったのだ。もうカトリック信者ではなくなっているというのが分かっていなかったのだ。異端の創始者たちに純粋正統派の原則を付与し、彼らの上にわしの情熱すべてを振り向けていた。彼らの偉大さに対する熱狂、彼らの不幸に対する同情、そうしたもので彼らが、教父たち（一世紀から八世紀頃までの古代、中世キリスト教会で、正統的信仰を伝え聖なる生活を生きたと認められた人々のこと）と同等のように思いこんだ。いやわしの中では教父たち以上の場所を占めるものとなった。というのも教父たちは、それまで、わしの生をまるごと独占していたので、他の友を作ることが必要だったからだ。

　わしはウィクリフ（一三三〇頃—八四。英国の宗教改革者）へ、ヤン・フス（一三七一頃—一四一五。チェコの宗教改革者）へ、ついでルターへと移り、そこから懐疑論へと移っていった。それは先行する何世紀間もの人間精神の歴史を作ることであり、わしの知的生活が論理的必然の連鎖によって、それを十分忠実に写しだしたということなのだ。だがプロテスタンティズムのあとは、もう出発点に戻ることができなくなった。啓示への信仰はぐらついてしまい、わしの信仰はまこと哲学的な形態を取ることになった。古代哲学のほうへとふり返ったのだ。ピタゴラス（前六世紀。数を万物の根本原理とし、ピタゴラスの定理を発見したことで名高いが、学問と結びつけた宗教活動を行ない、死後かなりの期間、宗祖としてあがめられた）やゾロアスターを、孔子、エピクロス（前三四一―前二七〇。古代ギリシアの哲学者、エピクロス派の祖）、プラトン、エピクテトス（五五頃―一三五頃。ローマ帝政期のストア派哲学者）を、一言で言えばイエス＝キリストが到来する以前に、人間の運命と起源について大いに悩んだすべての人々を理解したいと思った。

一貫した静かな研究にささげられた頭脳の中で、そして生きた社会からいかなる衝撃も受けない魂の中で、また一連の変りばえしない日々の中で、つねに満ち溢れるような澄みきった泉から天上の生を一滴ずつ汲み上げてくる魂の中で、知的変形は、その各段階の正確な境界を示すことができないまま、気づかれることなく起きていく。同様に、君が昔そうだった小さな子供から、アンジェロ君、君は絶え間ない、しかし日々注意しても気づかれない漸進によって少年へと、そして若者へと成長した。それと同様わしも、改革派のカトリックのはしくれに、そして改革派の哲学者のはしくれにと変転していった。

そのときまですべては順調だった。それらの研究がわしにとって純粋に歴史的なものだった限り、最高に活気あふれた内的な喜びといったものを感じていた。カトリック的条件や制限から解放され、それまでよく知らなかった多くの偉人たちのすばらしい存在の中に、そしてそれまで理解していなかった多くの傑作の輝かしい光の中に、入りこんでいけたというのは、えも言われぬ幸せだった。だがこうした知識を深めていけばいくほど、ある体系を選択する必要を感じた。というのも、それらすべての信仰とさまざまな教義のあいだに、一つのつながりを打ち立てるのは不可能だと思えるようになったからだ。多くの哲学と知恵とがわしの周りで立ち上がり、神とのいかなる排他的交流をも自慢することなく、あんなにも偉大な教えを与えてくれて以来、もう啓示を信じることができなくなっていた。聖パウロがプラトンよりも霊感を受けているとは思えなくなった。そしてソクラテスはナザレのイエスと同様、人類の過ちをあがなうのにふさわしいように思えてきた。たしかにインドは、ユダヤに劣らず神の観念において見識ある姿を示していた。ユピテルは、異教の偉大な精神が抱いた思想の中でその姿をたどっていくと、エホバよりも劣った神とは思えなくなった。一語で言うと、十字架のイエスに対する最高の敬意と最高に純粋な熱情は失っていなかったが、彼がピタゴラス以上に神の息子であるという理由はほとんど見つけられなくなっていたのだ。またピタゴラスの弟子たちが、イエスの弟子と同じようには信仰の布教者でないとも思えなくなっていたのだ。要するに改革派の人々を読んでいるうち、わしはカトリックであることを止めてしまっていた。そして哲学者たちを読んでいるうち、キリスト教徒であることを止めた。

わしは宗教全体にかかわる、神的存在への願望と希望に満ちた信仰を持ち続けた。正と不正に関する揺ぎない感情、すべての宗教と哲学に対する大いなる敬意、善への愛と真実への要求を持ち続けた。その地点に留まり、大いなる本能と多くの謙遜さをもって、十分心穏やかに暮らすこともできたかもしれない。だがそれはカトリック信徒にはたぶん不可能なことであり、そこにこそ個人の歴史が諸世代の歴史と本質的に異なるところがあるのだ。何世紀にもわたる仕事が人間精神の資質を変えてしまう。そして時間とともにそれを変形するのに成功する。父たちはゆっくりと自らの過ちを捨て去り、そして子供たちに自分たちが持っていたのよりは、はるかに明確な概念を伝える。なぜなら彼らは生涯の終わりまで習慣によって妨げられたままでいるからだ。そして過去が作り上げた精神的欲求によって過去に結びつけられたままでいるからだ。一方彼らの子供たちは他の欲求とともに生まれ、他の習慣をあっというまに作り上げる。その習慣は、彼らの生涯の終わり頃には、新しい光が自分たちの中にさしこむのを妨げないだろうし、三代目の世代によって初めてはっきりと捉えられることになるだろう。こういうことで、同じ人間が自らの内に同じ程度に諸世代の過去、現在、未来を含み持つことはないのだ。もしもある人の現在が、何らかの労働と知恵でもって過去から形成されたものとするなら、未来も萌芽としては自らのうちにありうることになる。だがその才能や美徳がいかなるものであれ、彼はその成果を味わうことはないだろう。こうして永遠の真理に関し、つねに不完全でぼんやりとした知識しか持てない中で、人々は何世紀をも通して、聖パウロのキリスト教から聖アウグスティヌス（三五四—四三〇。初期キリスト教会最大の教父）のキリスト教へ、聖ベルナール（一〇九〇—一一五三。フランスのシトー派修道士）のそれからボシュエのそれへと移り行くことができた。たえずキリスト教徒であり続けながら、いや少なくともキリスト教徒であると信じ続けながら。これらの大変革は、自らに必要だった時間とともに果たされたのだ。だが、ただ一人の人の頭脳ではそれに耐えられなかったろうし、自らを破壊することなく、あるいは時間の連続および意思と労働との協力でそれらが支えられた道筋から外れることなく、それらを果たすことはできなかったろう。

したがってわしの状況はなんと恐ろしいものだったろう！　十八世紀にあって、わしは中世のカトリック教の中で育てられていた。二十五歳になっていたのに、十一世紀の托鉢修道士とほとんど同じくらい古代については無知だった。この闇の中心部から、わしは突如、一瞥のもと、未来と過去を把握しようと願ったのだ。わしは未来と言ったが、それは無知によって六百年も遅れたままの状態でいたゆえ、すでに他の人々にとっては過去においてあったことに他ならないすべてが、未知なるものの目くらませるような輝きをまとって、わしの前に姿を現したということなのだ。ある日突然視力を回復した盲人が、正午ごろ、夕方ないし翌日までに、太陽の昇るのとか沈むのとかに関し一つの観念を作ろうとするのと同じような立場だった。たしかにそれらの光景は、いまだ彼にとっては未来のものとしてあるだろう。ところが彼の不自由な目の前で太陽はすでに何度となく昇り沈んでいたのだ。こうしてカトリック教徒は、真理の光に向けて精神の目を開くや、ただちに目がくらみ、両手で顔をおおい、道から逸脱し、深淵の中にころげ落ちてしまう。カトリック教徒は人類の歴史の中で何ものにも結びつかないし、何ものをもキリスト教に結びつけることができないのだ。彼は自らが人類の始まりであり終わりであると思いこむ。彼だけのために地球は作られたのだ。彼のためにこそ、空虚な影のように数知れぬ世代が地上を通り過ぎ、永遠の闇の中にまた落ちていった。彼らの永劫の罰が、カトリック教徒にみせしめとして、また教訓として役立つために。彼のためにこそ、神は人間の姿をとって地上に降りてきた。地獄の深淵がたえず犠牲者によって満たされるのは、カトリック教徒の栄光と救済のためになのだ。最高の裁き手がよく見て比較してくれるためにだし、至高のものの輝きに包まれ育ったカトリック教徒が、地上で至高者の言うことをきかず、それによって導かれることもなかった者たちの永遠の涙を、天上において享受し、またそれを征服するためになのだ。こうしてカトリック教徒は人類の歴史の中で、父たちも兄弟たちも持っていないと信じるようになる。彼は孤立し、自分と共にいないすべてのものを憎しみ、尊大にさげすむようになる。ユダヤの系譜に属さぬ者以外には、自らに先行した偉大な人々の誰に対しても、息子としての敬意も抱かなければ神聖な感謝の気持も持たない。自分が生きていなかった諸世紀は問題にならない。彼に反対して闘った世紀は呪われ、自らを消し去るだろう世紀は世界の終わりを見ることになろう。そして宇宙は、ローマ教会が自らの敵の打撃によってこなごなに崩れ落ちる黙示録的な日に、溶解することになろう。

一人のカトリック教徒が、カトリック教会への盲目的敬意を失ったとき、いったいどこに逃れこむことができよう？　キリスト教が啓示を信用するだろう限り、キリスト教の中にか。しかし啓示がたまたま欠けているようなことになれば、彼はもはや世紀の大海の中を、まるで舵《かじ》と羅針盤を欠いた小舟のように漂うことしかできない。というのも彼は、世界を自分の祖国として、またすべての人を自分の同胞として見ることに慣れていないからだ。彼は四方が切り立った崖になっている島にずっと住んでいて、外部の人々とまじわることが決してなかった。そして世界を、自分の宣教のためにとっておかれた征服地として眺めた。自分の信仰に無縁の人々は、彼一人で文明化するよう定められている野蛮人として眺めた。彼はどこの土地に天の起源の秘密を尋ねにいくのだろう？　どの民に人間的知恵の教えを求めにいくのだろう？　あらゆる岸辺を手探りで調べるだろうが、そこに見出す足跡の意味をまったく理解しないだろう。もろもろの民についての学問は、彼には理解できない文字で書かれている。創造の歴史は理解不能の神話となる。ローマ教会の外に救済はなく、創世記の外に学問はない。したがってカトリック教徒にとって中間は存在しない。カトリックとして留まるか不信仰者となるかだ。自分の宗教が唯一の真実でなければならない。あるいはすべての宗教が間違いとならなければならない。

ついにそんな所にまでわしは来てしまった。わしの生きている世紀にも来てしまっていた。だが運命の道をたどってゆっくりと来ていたので、この世紀は、自分のなしたばかりの休憩の中ですっかりくつろいでいた。この世紀は不信仰で無関心な世紀だった。自分の父祖たちの信仰にいや気がさしながら、自らの哲学的無頓着の中で楽しんでいた。おそらく自らの内に、厳しい冬の氷の下でも生命の種が死ぬのを許さない恵みにみちた胚芽があるのを感じていたからだ。だが意気阻喪したキリスト教徒であり昨日のカトリック教徒であるわしは、自分を同時代人と隔てている距離を乗り越えようと突如願い、酔ったようになっていた。わしの勝利の喜びは絶望と狂気とに極めて近いものだった。

カトリックの教義のように巧みに構想され根気よく練り上げられていった教義を、良心的にきちんと実践するのに慣れていた魂が、自分の盲目的信仰や無邪気な熱情から、いかなるものも受け継ぎえない矛盾をはらんだ教義のまっただ中をさまよっているのに気づいたとき、その魂の苦しみを誰が描きえよう？　たまらないほど退屈な定時課（修道者が教会から課せられている一日数回の礼拝や祈禱の務め。朝課等）にわしが耐えていたものを、誰が再度語れるだろう？　あのときわしは黒い樫の聖職者席にひざまずいて、日が沈んだあと、修道士たちの陰うつな詩編詠唱を余儀なく聞かされていた。その詠唱の言葉はわしにとってもう意味をもたないものだった。その声にも、もはや共感は覚えなかった。あの時間は、かつてはわしの熱い思いにとって短すぎるものだったが、いまや何世紀ものように長々しいものとなっていた。ミサの祈りに機械的に答えようと努めるのも、もっと高い次元のことを考えて頭をいっぱいにしようと努めるのも、空しいことになっていた。知的活動は心の活動のかわりにはなりえなかった。祈りというのは、魂の最高に抜きん出た能力と感情のうちで、最高に人間的な感性を機能させるという特殊な活力をもっている。キリスト教徒の祈りは、他のすべてのものの中でもとりわけ、知的道徳的存在の感情全体をふるわせるものだ。他のいかなる宗教においても、ひとはこれほど神を真近に感じることはない。いかなるものにあっても神はこれほど人間的な、父なる、親しみやすいものとして、こんなにも忍耐強く優しいものとしては作られなかった。『キリストにならいて』(十五世紀に書かれた書。キリストを模範とみなす修道生活の理想を説いている。ドイツの聖職者トマス＝ア＝ケンピス作と言われる)という禁欲的な本は、他の宗教の歴史の中では例を見ない、奇妙な、えも言われぬ友情に関するすばらしい論説にほかならない。神イエスと熱烈なキリスト教徒とのあいだの、内的でかつ外に開かれた、思いやり深く、仲むつまじい友情だ。それを知った人間にとって、地上の対象に向けられた一体どんな感情が、それにかわりうるというのか？ どんな知的教育が、心のあらゆる要求を同時に、また同程度に満足させうるというのか？ キリスト教の教義は精神の燃えるような不安すべてを、信者に向かって次のように言いながら鎮めてくれる。お前は偉大である必要はない。愛しなさい、つつましくありなさい。イエスを愛しなさい。彼はつつましく優しいからです。愛にあまりにもあふれた心情が、まさに人間たちの上にあふれ出そうになったときには、キリスト教の教義は次のように言ってそれを押し止める。自分が偉大であること、そしてイエスしか愛せないということを思い出しなさい。なぜならイエスだけが偉大で完全だからです。キリスト教の教義は苦痛に対し人間の魂に抵抗力をつけようとはしない。人間を強くするために人間を柔弱にする。そして苦悩の中に一種の悦楽を見出させる。エピクロス主義は中庸によって人間を安らぎへと導くが、キリスト教は涙によって人間を喜びへと導く。ストイックな理性は責め苦に耐え、キリスト教的熱狂は殉教へと飛んでゆく。キリスト教の偉大な業績とは、したがって知的能力の発展を道徳的完成の発展によってなしたことなのだ。そこでは祈りが、これら二つの力が結びつきたえず互いを浸しうる無限の糧となる。

肉体と同様、魂も日々の要求をもっている。肉体のように魂も自らの要求を満たすやり方の中に、いくつかの習慣を作っている。キリスト教徒として、また修道士として幸せだった年月のあいだ、自分の心が含んでいた愛と熱狂のすべてを頻繁に吐露するのに、わしはすっかり慣れてしまっていた。とりわけ夕方のミサのあいだに、救い主の足もとに自分の魂すべてをさらけ出すのが好きだった。もう昼ではなく、いまだ夜でもない、あの言うに言われぬ詩情にみちた時刻、ゆらめくランプが内陣の奥のほうで、つややかな大理石にただ一つ反射し、最初の星たちがまだ青ざめた蒼穹で点《とも》りだしたとき、思い出すがわしは、その瞬間がもたらしてくれた神聖で甘美な感動に身をゆだねようと、祈りを中断するのが習いだった。わしの聖職者席の正面に高い窓があって、その繊細な骨組みが空のすき通るような青の上に浮かび出ていた。その中に毎晩、二～三美しい星が姿を現したが、それらの星がほほえみかけてくれるように、そして愛と絶望の光線でわしの胸をさし貫いてくれるように思えた。何ということか！　詩的感覚がわしの中ではそれほどまでに宗教的感覚に結びつき、その宗教的感覚自体それほどまでにカトリックの教義に結びつき、この教義への盲目的服従によって、詩も祈りも聖なる恍惚も燃えるような渇望も失くしてしまうことになったのだ。わしは足もとの大理石よりも冷たくなっていた。万物の創造主に向けて魂を高めようと試みたがだめだった。わしは創造主を、彼がもはや持っていないある面から見ることになじんでしまったのだ。彼の力と完全無欠性の範囲を理性によって拡大し、さらには思いを高めて自分の渇望に対しもっと広大な目的を与えるようになって以来、この新しい神のまばゆいばかりの輝きに目くらませられていた。その広大さ、宇宙の広大さによって、わしは自分が無に帰すもののように感じた。古い形態は、ある意味ではイメージや神秘的寓意によって感覚的に捉えられるものであったが、それはわしが一原子のように吸収される神の広大な発生源に道をゆずるため、消えてしまっていた。その発生源の中で、わしの思想は考えられる地位も重要性も持たなかった。そしてこうした神のいかなるかけらも、宇宙的生命という、いうなれば必然的事実によるのとは異なる仕方で伝わるほどの、十分に微細なものとはなりえなかった。それゆえわしは神と意を通じ合おうとはしなかった。わしの声に耳かたむけてくれるまでに身を低めるには、神は大きすぎるように思えた。また地上の王に対するようにその加護を祈ることで、天における神の権威を傷つけるという不敬虔な行為をすることを恐れた。とはいえ、あいかわらず祈りたいし愛したいという欲求をもっていたし、ときにはこの恐るべき神のほうに、つつましくもおびえたような声を上げようと試みもした。だがある時はカトリック的習慣や観念の中に思わず知らず再度落ちこみ、またある時はかなり奇妙な祈りを口走ることも起きた。が、その祈りの無邪気さは、もしもそれが深い苦悩を思い出させるものでないとしたら、いまなら笑ってしまうようなものだった。つまり次のようにわしは言っていたのだ。

「おお、あなた！　名ももたず、到達不可能の状態にいらっしゃるあなた！　わしの言葉に耳かたむけてくださるには大きすぎ、声を聞いてくださるには遠すぎ、愛してくださるには完璧すぎ、あわれんでくださるには強すぎるあなた！……願いをかなえていただけるとも思わずに祈ります。なぜなら、わしは何一つあなたに求めてはならないと、またこの世で功徳を積む一つのやり方しかもっていないと知っているからです。そのやり方とは、人に知られることなく、プライドももたず、反抗せず怒ることもなく生き、そして死ぬこと、嘆くこともなく苦しむこと、求めることなく待つこと、何一つ求めないで希望することです……」

それから、自分の前に現れた人間の悲しい運命に驚いて、わしは祈りを中断したものだ。思考の純粋な反映だった祈りは、ひどく落胆させるまことに痛ましい言葉に人間の運命を要約していた。感知できない神を愛して何になろうとわしは自問した。神は人間に天への願望を残し、自らの囚われ状態や無力への、まさしく嫌悪を感じさせていた。目も見えず耳も聞こえない神であって、雷に命令することさえしてくれず、自分の星々や人々から逃れ金の雨の中にすっかり隠れているので、いかなる星も人もそれを知らないし、その声を聞いたこともないのだ。おお！　わしはユダヤ人の預言のほうが、シナイ山の上でモーセに話しかけた声のほうが好きだった。神聖な白鳩の形をした神の霊のほうが好きだった、つまりわしと似た人間になった神の息子のほうがだ！　これらの地上の神々はわしには近づきやすいものだった。優しかろうと脅すようなものであろうと、彼らはわしの言うことに耳かたむけ返事をしてくれたのだ。暗いエホバの怒りと復讐は、わしの新しい主《しゅ》の無感動の沈黙や氷のように冷たい公平さほどに恐ろしいものではなかった。

そのときなのだ、当時の流行で有神論と呼ばれていたこの哲学の空虚さ、中途半端さを深く感じたのは。というのも、はっきりと認めなければならないが、わしはすでに自分の研究と反省の要約を、同時代の哲学者たちの書物の中で探していたからだ。そうしたことはたぶん慎むべきだったのだろう。というのも、わしの当時の精神状態にそれ以上相反するものは何もなかったのだから。だがどうやってそれを予測しただろう？　わが世紀で最も進んだ精神は、過去のすべての学問と経験から引き出すべき結論を、わし以上に知っているだろうと考えてはならなかったのか？　この過去は、わしにとってはまったく新しいもので、消化の悪い食物だったが、医者たちだけがその効能を知ることができた。日の当たらぬところで生きていた勉学ずきでうぶな人は、大いなる光を伴う同時代の書物を、世紀の光であり健康法であると単純にも信じてしまう。あれらの著名なフランス人著作家たちは、ヴァチカンが激怒していることで、その栄光と勝利が知られるようになっており、わしは彼らに有利となる先入観をもっていたが、それにもかかわらず、フランスが教皇の土地にまでまき散らしたああした廉価版の一つを、好奇心いっぱいの手に取ったときの驚きは、何たるものだったろうか！　それらの本はそれほど謎めいた様子さえなく、修道院の奥深くにまで入りこんできていた。ひどく粗雑な批判、あんなにも盲目的な熱中ぶり、そして多くの無知あるいは軽率さを見て、夢を見ているように思った。わしはこうした読書の中に、キリスト教に有利な先入観の残滓を持ちこんでしまったのではと恐れた。日々書かれているものすべてを知りたいと望んだ。基本的なことに関しては見解を変えなかったが、こうした検討と反抗の精神の重要性と社会的有用性とを大いに評価するまでになった。そうした精神は異端審問を崩壊させ、聖化された専制すべてを没落させる基礎を作ったのだ。少しずつ自分が、ヴォルテールやディドロのやり方ではなく、彼らの学派のやり方で、生き、見、感じられるようになっていった。いかなる人がかつて、まさに修道院の奥まった場や隠遁地のまん中において、自らの世紀の精神から自由になることができたろうか？　わしは自分の時代の浅薄な作家たちとは別の習慣、共感、欲求をもっていた。しかしわしが持ちつづけていたすべての願望や欲望は実りないものだった。というのも神の摂理による哲学的、社会的、宗教的な大革命が切迫しているのを感じていたからだ。わしもわしの世紀も、人類に新しい寺院を開設してやれるほど強くはなかった。そこにあって無神論、冷淡さ、死から人類が身を守れるような寺院を、だ。

知らぬ間に今度はわしのほうで熱意が冷めてしまい、自分自身を疑うまでになった。神の善意や父のような優しさを疑ってから長いことたっていた。自分が神に対し感じていた子としての愛をも、ついに疑うまでになった。これは教育によって与えられた精神的習慣でありうると思った。それは風習や先入観によって日々人々に提示される他の多くの過ち以上に、わしの存在の本性の中に原因を持つ一種の精神的習慣だった。わしは自分の中で、かつて心に神の火を燃え拡げようとして心がけたのと同じ心づかいで、今度は慈愛の精神を打ちこわそうと努力した。そして深い倦怠の中におちいった。自分の愛する対象を奪われて生きることができないでいる友人のように、自分が衰弱したのを感じ、自らの生を重荷のように引きずっていった。

こうした不安と疲労のただ中で、すでに六年間が経っていた。生涯で最も美しく男ざかりだった六年間が、ただの一歩も幸福にも美徳にも近づけないいまま、過去の深淵に落ちていってしまったのだ。青春は夢のように流れ去ってしまった。研究への愛が他のあらゆる才能を凌駕しているように思えた。心はまどろんでいた。ときおり兄弟たちに対し不正が犯されているのを見、また天の面前でたえずなされているあらゆる不正を考え、燃えるような怒りや深い苦しみを感じたとしても、頭だけが自分の中で生きていて、内臓のほうは無感覚になっていると思えるくらいだったのだ。じつを言ってわしに青春はなかった。それほど、他の修道士たちがひどく苦しげに闘うのが見られたあの陶酔状態は、わしの遠くを通って行ったものだったのだ。キリスト教徒としてわしは、自分の愛のすべてを神にそそいだ。哲学者としてわしは、愛を人間たちの上に振り向けられなかったし、注意を人間的物事のほうに向けることもできなかった。

ところでアンジェロ君、フルジェンチェの思い出とスピリディオンの思想は、そんなにも多くの新しい気がかりの中でどうなったかと、君はいぶかしがるかもしれない。ああ何たること！　わしはあの老人の幻覚を文字通りに受け止めたことが、そしてわし自身であのヘブロニウスの幻覚をもつほどに想像力を動かされてしまったことが、ひどく恥ずかしかったのだ。近代の哲学者たちは幻覚を見る者に軽蔑を浴びせかけるから、迷信の屈辱的な思い出にさからいながら、どこに逃げこんだらよいのか分からなかったのだ。人間の誇りというのは、内的生命が深い神秘の中で自己完成するときでさえ、また人間の過ちや変化が自らの良心以外のどんな証人も持たないときでさえ、自らの弱さに顔赤らめ、むしろ自分自身で間違うことができたらと望むくらいなのだ。わしはあの混乱の時期に自分の中で起きたことを忘れようと努めた。あの時期わしの中で起きた変革は大変なものだったし、わしの精神の抑圧されすぎた活力が、一種の錯乱を伴って入りこんできたのだ。こうやってわしは、自分のキリスト教放棄に関するフルジェンチェとヘブロニウスの影響を納得した。わしは（おそらく間違ってはいなかったと思うが）この変化が避けられないものだったと確信した。いうなれば運命的だったと。というのも、わしの精神の本性にはあらゆることに反して、またあらゆることに関して、進歩向上しようという傾向があったからだ。わしは生まれたときから、ひとつの大義であれ他の大義であれ、ヘブロニウスの寓話であれまったく別の偶然であれ、もしかしたら希望をもつこともなく、たえず真理を追究するように強いられていたから、キリスト教からいずれ逸脱せねばならなかったと思った。疲労でくたくたになり、深い失意に侵されながら、自分が失った休息をもう一度回復するだけの価値はあろうかと自問した。素朴な信仰はすでにはるかに遠ざかっていた。わしはひどく若いうちから疑いはじめていたように思えた。そして無知の中で味わうことのできた幸福以上のものを、ほとんど思い出せないように思った。おそらくは無知による幸福ということさえ、決してなかったのだ。無為が責め苦であり、休息が恥辱であるような不安な知性もある。だから過去の自分を眺めながら、自分自身へのいくらかの軽蔑を禁じえなかった。厳しく辛い研究を始めて以降も、もっと幸せになったというわけではなかった。だが少なくとも自分が生きているのは感じていた。光を見ても恥じはしなかった。というのも全力を傾け希望の畑を耕したからだ。収穫がわずかだったとしても、土壌が乾ききっていたとしても、それはわしの勇気の責任ではない。わしは人間の無力のりっぱな犠牲者になりえていた。

とはいえスピリディオン大修道院長の棺に入れられている、あの貴重かもしれない書き物の存在を忘れてはいなかった。たしかにひどく好奇心をそそるものだ。棺から取り出し自分のものにしようと、しっかりと決意した。だが、ひそかにそれを取り出すには、時間と、用心深さと、おそらく腹心となる者が必要だった。しかし、そうした仕度をするのを急がなかった。というのも日々ひどく忙しく、自由に使える力や時間や余力が見つからなかったからだ。三十歳になろうとする日にあの手書きの原稿を掘りだそうという誓いが、記憶の中から失われることはおそらくありえなかったのだが、こんなに幼稚な誓いをしてしまったのがひどく恥ずかしく、そうした考えを遠ざけ、いかなるやり方でも実行しまいと決めてしまったのだ。自分にとってもう意味も価値もない誓いに、縛られているとは考えたくなかった。

あの誓いをしたときのみじめな状況と自らで呼んでいたものを思い起こさないようにしたにせよ、学問的関心事が二倍にもなってすっかりそれに気をとられたにせよ、誓いを果たそうと決められていた時期は、まったく注意も払われないまま、しかし間違いなくやってきた。その時期は、すべての考えを再度変えてしまいかねない異常な出来事もなく過ぎたかもしれない。

わしは誰からも知られずに、大広間のはしにある書庫に入りこんでは、たえず本を手に入れていた。この禁断の実をこそこそと奪い取ってくるのに最初ひどく嫌悪感を覚えたが、ほどなく研究への愛が、誠実に誇りをもってやらなければという気づかいよりも勝ってしまった。必要な策はなんでもやるところにまで身を落とした。合鍵を自分自身で作った。こわした錠前は誰が不法に入ったか知られないうちに修理した。夜、あの学問の聖域へとしのびこんだ。毎週新しい本をどっさり持ち出してきたが、少なくともわしの見た限りではいかなる注意も疑念も引き起こしてはいなかった。ベッドのわらの中に、宝であるそれらの本を注意深く隠した。そして一晩中読んだ。教会堂ではひざまずいたまま眠るのが習慣になった。朝のミサのあいだ、自分の聖職者席に身を投げ出し僧服のフードにくるまり、徹夜の疲労を、しばしば中断される浅い眠りで回復していた。そうこうしているうちに、こうした生活で健康が目に見えて弱ってきたので、ミサのあいだでさえ教会堂でそれらの本を読むやり方を見つけた。ミサ典書の大きなカバーを手に入れ、そこにそれらの世俗書をはさみ入れ、聖務日課書に没頭しているように見せながら、自分の好みの研究に安心して専念した。

こうしてあらん限り用心していたにもかかわらず、怪しまれ、見張られ、とうとう見破られてしまった。

書庫に入りこんだある晩、参事会室の広いホールを歩いてくる足音が聞こえた。あわててランプの明かりを消し、じっと動かずにいた。嗅ぎつけられないように、この異例の巡回をしている見張りの注意を免れるようにと願って。足音は近づいてきた。わしがうっかりドアの外側に残してきた鍵に手をかける音が聞こえた。背後で鍵を二回回してドアを閉じたあと、その鍵を引き抜いた。それからわしが取りはずしていた太い鉄の棒を再び掛けた。こうして逃げ出す手だてをいっさい奪ってから、足音はゆっくりと遠ざかっていった。わしは闇の中に閉じこめられ、たった一人敵の手中にとり残された。

夜は耐えがたいほど長く思われた。不安と困惑と、そしてとても厳しかったそのときの寒さが、一瞬たりと、まどろむのを許さなかったからだ。ランプを消してしまったのをひどく悔んだ。少なくともこのあいにくの夜、読書に使うことができなかったのだ。だがこうした出来事が引き起こすはずの恐怖のほうは、そんなにも強く感じなかった。わしを閉じこめた人物によって、見つけられたわけではないと勝手に思いこんだからだ。悪意もなく、書庫の中に誰かいるなどと思いもせず、そうしただけだろうと自分に言い聞かせた。その週の部屋見回り役の修道士が、いつも通りにしておくために鍵を引き抜きドアを閉めたのかもしれない。わしはそいつに対し、臆病だったので話しかけなかったし、すぐさま外に出ようと試みることもしなかった。そうした試みは日が明るくなれば、まちがいなく、はるかにずっと不都合となるだろう。とはいえ朝いつものように彼が部屋の掃除に戻ってきたら機会を逃すまいと心に決めた。こうして待ちながら眠らないでいた。可能な限りの最高の達観でもって寒さに耐えた。

だが時間はどんどん過ぎて、明るくなってきた。一月の弱々しい太陽が地平線に昇ったが、参事会室には何一つ音がひびかなかった。脱出しようにも、いかなる手段ももたらされずに丸一日が過ぎた。ドアを打ち破ろうとして力を使い尽した。ドアは新たな進入をふせぐようしっかりと保たれていて、ゆり動かすのは不可能だった。錠前も同様どんなに努めてみてもびくともしなかった。

二回目の夜と二回目の昼が、この奇妙な状況に何一つ変化をもたらすこともなく過ぎていった。参事会室のドアはおそらく閉めきり状態にされたのだ。この部屋には、まったく誰一人やってこなかった。通常だったら、特定の時刻には人の出入りがかなりある部屋なので、わしが閉じこめられたのはたまたまのことだと確信するわけにはいかなかった。部屋が図らずも閉められるというのはありえないばかりか、もしわしが居ないので心配になれば、ドアを閉めるのではなく、わしを探そうとすべてのドアを開けてみるときだろう。したがってわしに過ちゆえの懲罰を加えようとして、こうしたことが為されているのは確かだった。だが三日目になると、懲罰としては厳しすぎるのではないかと思いはじめた。そして異端審問の牢獄での試練と似通ったものではないかと恐れはじめた。あの牢獄から出されるのは最後に太陽を再度見て、衰弱して死ぬためにだけだということだ。飢えと寒さがあまりに強烈だったから、禁欲的にねばり強く、日が出ている限り読書をやっていた。それにもかかわらず、三回目の夜には勇気を失い始め、肉体の力がわが身から去っていくように感じ出した。そこであきらめて死ぬこととし、もはや体を動かして寒さと闘うのをやめた。脚はもはや体を支えられなくなった。で、本をもったまま横たわった。というのも、十字形の枠で仕切られた窓の開口部分には皮製の肱掛け椅子が通常置かれているのだが、残酷にもそれが持ち去られていたからだ。わしは頭から僧衣をかぶり、体をきっちりと包んで寝そべった。熱にうかされたような眠りで、感覚が麻痺していくままにした。その眠りが生涯の最後のもののように思えた。精神力を失うことなく肉体の力が消えていくことになったのを喜んだ。しかも、救いをもとめて叫びたいという欲望に負けることもなかった。あの部屋の唯一の窓は四方を建物で囲まれた中庭に面していた。中庭には修練士たちがまれにしか来なかった。三日前から目をこらしていたが無駄だった。中庭の門は、ただの一度も開かなかった。たぶん参事会室のドアと同様閉鎖されていたのだ。思いやりのある公正無私ないかなる人にも連絡がとれなかったから、誰かに聞きとって駆けつけてもらえるよう、大声で叫んでみる必要があったろう。だがこれと似たような状況では、同情は臆病で無力なものとなるというのを、あまりにもよく知っていた。一方犠牲者の衰弱にともない、復讐しようという欲望が増大していくということも、またわしがうめくと、ある者たちにはばかげた恐怖を引き起こすだろうが、それ以上のことは何も起きないだろうということも知っていた。そして他の者たちは、わしの死の苦しみを喜ぶだろうとも。わしにたった一つでもうめき声を上げさせたことで、あれらの虐待者たちを勝ち誇った気分にさせたくなかった。だから飢えの苦しみに耐えた。もう飢えを感じなくなりだしていた。それに声を上げようにも、もはや十分な力がなかっただろう。わしはエピクテトス、ソクラテス、そして、司祭の第一人者たちや法の博士たちによって生け贄にされたあの哲学者イエス自身に、助けをもとめながらわが運命をなりゆきにまかせていた。

数時間前から、深い忘我状態におちいって横たわっていた。とその時、参事会室の大時計が、寄りかかっていた仕切り壁の向う側で真夜中を告げたので目が覚めた。すると大広間の中をそっと歩く音が聞こえた。わしの閉じこめられた部屋のほうに近づいてくるように思われた。が、その足音に喜びも驚きも感じなかった。どんなことにももはや気が回らなかったのだ。ところが隣の広間の床で立てられている足音の足早な軽やかさが、厳かな響きをともなってはっきりと聞こえてくると、何か漠とした思い出が心の中でよみがえってきた。たしか、そんなふうに歩いていた誰かが居たように思えたのだ。その人がわしのほうに近づいてくるのを聞いて、直感的に喜びを感じた。だがそれが誰だったか、どこで知っていたのか言うことはできなかったろう。

　その人は書庫の扉を開き、響きのよい優しい声でわしの名を呼んだ。わしは身震いした。生命が再び活気づいてわしの中で力強くなろうとしているのを感じた。だが起き上がろうと試みてもだめだった。動くこともしゃべることもできなかった。

「アレクシ！」とその声は、優しいけれど威厳のある調子でくり返し言った。「お前は体も魂も、どちらも同じようにこわばっているのかい？　どうして言ったことを実行しなかったのかね？　夜だし、定めた時刻だろう……エバ（人類の始祖でアダムの妻）のすべての息子と同様、裸で泣きながらこの世界に入ってきょうで三十年になるね。きょうこそ、わしの地上における遺骸の下から、お前の中に天の火をよみがえらせるかもしれない火を探しだし、再生すべき日ではないのか。死者たちは自分たちの墓を出て、生者たちが死体より、もっと冷たく、ぐったりとしているのを見なければならないのかね？」

　わしは再度答えようとしたが、最初と同じようにうまくできなかった。と、彼はため息をつきながら言葉を続けた。

「さあ肉体的生命を回復しなさい。お前の中で精神的生命は息たえたのだから……」

彼は近づいてきてわしに触れた。だが何も見えなかった。かつてないほどの努力をして仮死状態から目覚め、ひざまずいたまま上半身を起こすことができたが、そのとき、すべては静寂の中に戻っていた。周りで、誰かがやって来たことを告げるものは何もなかった。

とはいえ、吹きつける冷たい風が扉のほうからやって来るように思えた。そこまで這っていった。おお何という奇跡！　ドアは開いていたのだ。

狂ったような喜びに捉えられた。子供のように泣いた。ドアに口づけした。そこを開けてくれた手の痕跡に口づけするみたいに。生が、あんなにもたやすく失われそうに見えたあと、なぜこんなにも甘美に取り戻せたらしいのか分からなかった。参事会室の壁にそって這うようにして行った。一歩ごとに倒れるほど弱っていた。頭は錯乱し、もはや行こうとしているドアの位置をはっきりと確認することもできなくなっていた。酔っ払った人のようになっていた。その運命的な場所を脱出しようとして急げば急ぐほど、出口を見つけることができなくなって、闇の中をさまよってしまった。きちんとした形ある広い空間に、錯綜した迷路を自分自身で作りだしていたのだ。ほとんど一時間ぐらい、言いようのない不安にとらわれながら、そこで過ごしたと思う。かんぬきで閉じこめられていたときのように、もはや達観で身を守ってもいなかった。自由と生が見えていた。自分のところに、それらが舞い戻っていたのに、わがものにするだけの力がなかったのだ。血は、一瞬鼓舞されたが、また凍りついてしまった。一種激烈な錯乱状態にとらわれていた。数知れぬ幻影が目の前を通り、両膝とも床について硬直してしまっていた。疲労と絶望で消耗し、部屋の冷たい間仕切り壁の足元に倒れこんだ。そして心穏やかに死のうという決意を、心に再度見出そうと試みた。だが思いはちぢに乱れ、ついさっきまで敵を寄せ付けない甲冑のように思われた知恵も、その瞬間、死の恐怖に対し何の力にもならない援軍でしかなかった。

突如、すでに消え去っていた声、眠っているあいだにわしを呼んだあの声を思い出した。そして子供のような信頼感をもってあの不思議な庇護者に身をゆだねながら、フルジェンチェが死ぬ間際に発した最後の言葉をつぶやいた、「聖ナルスピリディオンヨ、我タメニ祈リタマエ」と。

するとうっすらとした光が部屋の中に生じた。長々と差しこむ稲妻の光のようでもあった。その光は増大し、ほぼ一分後には完璧に消えてしまった。だがそれが創設者の肖像画から発しているのを見るだけの時間はあった。彼の両眼は、その部屋を照らしだす二つのランプのように光り輝いていた。そしてもう十五分も前から、あんなに探していたドアに自分がもたれているのを示してくれた。「幸多き霊よ、たたえられんことを！」とわしは叫んだ。そしてふいに元気が出て、猛烈な勢いで部屋から飛び出した。

下のほうの部屋で、あすのために特別な下準備にとりかかっていた助修道士が、亡霊のような感じで走ってくるわしに気づいた。わしの両ほほはこけ眼は熱でまっ赤になり、取り乱した様子をしていたから、彼はすっかりおびえてしまい手に持っていた米のかごを落として逃げていった。それから松明も落としていったが、わしは消える前にかけよってそれを拾い上げた。わしは飢えをいやしてから自分の部屋に戻った。翌日はぐっすり眠って体力が戻ったので、教会堂に行ける状態になっていた。

不思議な音が修道院の中で起きた。大きな鐘のすべてが揺すぶられていたので重要な式があると分かった。自分の小部屋のカレンダーに目をやり、飢えで衰弱していた日々に、時の歩みという観念を失ってし

かごを落として逃げていった

まったのかと自問した。きょうだと思っている日は、いかなる宗教上の祭日にもなっていないはずだからだ。教会堂の内陣にまぎれこみ、誰にも気づかれないで自分の席についた。皆、表情が不安げで特別に深い想いにひたっているようだった。大きな祝日のように教会堂は飾られていた。ミサが始まった。修道院長がいつもの席にいないのを見てわしはびっくりした。隣の者の耳もとに院長は病気なのかと尋ねてみたら、彼は驚いた様子でわしを見て、まるで質問がよく分からなかったと思っているみたいだった。こまったといった様子で笑い、何も答えなかった。わしはあちこち見回してドナシアン神父を探した。すべての修道士の中でわしに最も敵対しているのが分かっている者だ。わしがこうむったひどい扱いも彼の仕組んだものではないかと心ひそかに思っていたのだ。と、彼のぎらぎらする目が、わしの頭巾の下を射抜くように見つめているのが見えた。だが顔は見られないようにした。彼の顔が驚きと恐怖で動転しているのを確認したと思う。なぜならわしの聖職者席は空いているはずだと思いこんでいたからだ。そこ、彼の真正面にいるのがわしなのか、わしの亡霊なのか自問していたのだ。

ミサが終わるころになって何が起きたのかやっと分かった。ミサを執り行っていた司祭が修道院長を追悼する祈りを唱えたのだ。院長は一七六六年一月十日、つまりわしが書庫の中に閉じこめられてしまう一時間前に、魂を神の御前に返したのだ。そこでドナシアンがなぜ、この急死を好機ととらえて、わしを後継者選定の討議から遠ざけようとしたのかが分かった。ドナシアンは野心家で、わしらの中で第一位の地位をずっと前からねらっていた。彼はわしから評価されていないのを知っていた。またわしが権力への意欲をほとんどもたず陰謀など絶対に巡らすことがないにもかかわらず、支持者に事欠かないことも知っていた。わしは神学面で名声を得ており、何人かの者は自然と尊敬してくれた。また正義の精神ですべての者に保護を与えるという公平無私の習慣をもっていたから、ドナシアンはわしを恐れていたのだ。彼は二年前から副院長で、修道院長のとりまき連中に絶大な力をふるっていた。院長が死ぬ瞬間を一種の神秘で包みこみ、その死の知らせを広める前に、わしに会っておそらく気持ちを探ろうとしたのだろう。わしをたらしこむか脅そうとしたのだろう。あとで分かったことだが、部屋で見出せなかったものだから、わしの習慣をよく知っていたので、あとをそっとつけて書庫の扉のところまで行き、うっかりしたふりをしてわしの後ろで錠を閉めてしまったのだ。それから誰もわしに近づけないよう出口をすべて締めきってしまった。そして新しい院長の選挙にしかるべく取り掛かるため、修道院全体をすぐさま黙想期間に入らせてしまった。

　自分の影響力を行使して、彼は修道院のすべての慣習と規則を破ることができた。故人の死体を礼拝室に横たえ三日間芳香でかぐわしくするかわりに、いそいで埋葬させてしまった。院長は汚染性の病気で死んだからという口実で。すべての儀式を急《せ》きたて、黙想期間も通常より短くしてしまった。すでに彼を選出しようという準備がされ始めていた。と、そのとき、超自然的出来事によってわしは自由の身にされたのだ。ミサが終ったとき、「ウェニ・クレアトール」（九世紀に作られたとされる賛歌。来たれ創造主よ、の意）が歌われた。それから十五分間も各人、聖職者席にひれ伏したまま、神の霊感に身をゆだねていた。そのとき大時計が正午を告げ、全員がゆっくりと列を作って参事会室のほうへ全体投票をしに上がっていった。この儀式が続いているあいだ、わしは最高に落ち着いた完璧に無関心な状態でいた。この世にあって投票で争うほどやる気の起こらないものはなかった。たとえそうする時間があったとしても、ドナシアンの野心を妨げるのに最も簡単なやり方をすることもなかっただろう。だが投票箱から五十回も彼の名前が出てくるのを聞き、投票の最終回で、彼の顔に勝利の喜びが輝き出るのを見たとき、憤慨と憎しみという極めて人間的な感情にとらえられた。

彼がわしのほうに謙虚な様子の、いや単におびえたようなまなざしでもいいから向けようとしてくれたら、軽蔑感があっても彼を赦してしまったかもしれない。だがやつはわしを無視する様子だった。その高慢さをへしおってやりたいと子供っぽく思ったものだ。やつと争うことで同じレベルにまで品位を落としていたのだ。わしは秘書にゆっくり投票を数え直させておいた。わしへの票が二票だけだがあった。したがって何をするか思いつかせてくれたのは、個人的期待ではない。ドナシアンの名前が発表された瞬間、彼は感動したようなふりをして立ち上がり、年長者たちの抱擁を受けようとしていたが、わしのほうも立ち上がって声を上げた。

「公表された選挙は無効だとわしは宣言する。なぜなら修道会の規則が破られたからだ」とわしは言った。が、表面的には落ち着いていたので、その効果は大変なものだった。わしは続けた。「ただの一票でも忘れられたり遠ざけられたりしたら、参事会全体の決定をも無効にするに十分だ。スピリディオン大修道院長の憲章の、この条項をわしは採用する。そして修道会のメンバーであり神のしもべたるわしアレクシが、きょう一票投じなかったことを宣言する。というのも、他の方々のように瞑想期に入る暇がなかったからだ。つまり、たまたまなのか悪意からなのか分からないが、みなが行った討議から遠ざけられていて、この瞬間まで、われらが尊敬すべき修道院長の死を知らなかったので、後継者の選考を不意に決めることはできなかったからだ」

この言葉はドナシアンにとって晴天の霹靂《へきれき》だったはずだ。こう発言してからわしは再びすわって、皆がぶつけてきた無数の質問に対し答えるのをこばんでいた。ドナシアンはわしの大胆さに一瞬ひるんだが、すぐさま勇気を取り戻すと、わしの投票は単に無用なものだっただけでなく、受け入れられないものだったのだと宣言した。つまり重大な過ちを犯したことで、討議のあいだ恥ずべき懲罰を受けていたのだから、規定によってわしには投票する資格がないからである、というのだ。

「いったい誰がわしに過ちありと規定したり認定したりしたのか？」とわしは尋ねた。「いったい誰がそうした罰を科すことをあえてしたのか？　副院長かね？　彼にはそんなことをする権利はないはずだ。わしが選挙に参加する資格がないと判定するためには、副院長は参事会の最年長者六人によってわしの行動を検査してもらわねばならないはずだ。しかし彼はそうしたことをしていないとはっきりと申し上げる」

「で、どうしてそのことが分かるのかね？」とわが敵対者を熱心に支持していた年長者の一人が言ってきた。

「それはなされていないと言ったんです」とわしは叫んだ。「なぜならわしにはそれを知らされる権利があるし、わしに関する判定は、まずわしに知らされるべきだからです。そのあとで修道院の全員に、一同の会したときに知らされ、最後に、ここ、わしの聖職者席に告示としてはりだされるべきだからです。そんなものは、いま現在まったくないし、これまでもなかったのです」

「あんたの誤りは、あんたのこういう性格から来るのだ……」とドナシアンは叫んだ。

「わしの誤り」とわしはさえぎった。「それを重大なものと呼べたらうれしいでしょうが、わしのほうは、あなたがわしに科したのは、罰と呼ばれるものだと言ったほうが好ましいですね。あの罰はあなたにとってこそ恥ずべきものなのだと言いたい。わしの過ちが何だったか言いなさい！　ここにそれを言うよう勧告します。あんたにはあんなことをする権利などなかったのに、どんな扱いをわしになしたかを言おうか」

ドナシアンはわしが怒っており、またわしの話を皆が興味深く聞き始めているのを見て、用心深く巧くやったほうがよいと考えてだろう、急いでこの論争を終わらせようとした。近づいてきて良心の呵責を覚えた人といった調子で、人間たちの救い主の名にかけてこういった恥知らずの言い争いをやめよう、兄弟たちの中を支配すべき慈愛の精神に反することだからとわしに頼んだ。それから、そんなにも不実な悪だくみをしたと自分を非難するのは、わしの思い違いだとつけ加えた。そしてわしらのあいだには、おそらく誤解があるのだから、友情をもって話しあえばそれが分かってもらえるだろうとも。

「あなたの権利については、わたしには、わが兄弟よ、あなたはそれを失ったと思えたし、いまでもそう思っています」と彼は付け加えた。「修道院全体でそれは検討しなければならんかもしれません。しかしあなたは、わたしがあなたの立候補を恐れたのだと非難すれば十分です。それも、わたしに対するひどく辛い嫌疑をできるだけ早く消し去ろうとしてね。それゆえ、わたしは即座にあなたに対立候補となっていただきたいと言明します。修道院の皆さんにはあらゆる非難を遠ざけるよう、自分たちの権利に疑念あるかどうか審査することなく、新たに投票し直すことにしたあと、票を箱に入れるのを認めるようお願いする。単にそうお願いするだけでなく、必要な場合には命じますぞ。というのもその結果が分かるまでは、わたしがこの名誉ある会議の長なのですから」

この巧みな演説は喝采をもって迎えられた。だがわしは即座の投票再開には反対した。自分も黙想に入りたいと宣言した。黙想は四十日が必要と規定されていたのに他の者たちは三日間で満足していたから、わしも三日間で満足すると言い放った。だがどんな事情があろうと、それだけの準備期間なしではすませられないと思うと言った。

ドナシアンは深入りしすぎていたので尻込みするわけにはいかなかった。この思いもかけない邪魔を冷静に謙虚に耐えているふりをした。皆にわしの意図を妨げることは何もするなと頼んだ。わしの頑固さに対しいくらか文句を言う声はもちろんあったが、ドナシアンが期待していたほどではなかった。修道士たちを活気づける要因である好奇心が、ドナシアンとわしのあいだに存在している謎めいたことによって、最高度に刺激されたのだ。わしが姿を消していたことは何人もの者に大変な驚きを引き起こしていた。見たところ大変甘ったるく優しいこの新しい指導者の権力下に入りこむ前に、彼の本当の性格に関し、より多くの知識が欲しかったのだ。それを提供するのにわしは最適と見えていた。彼のプライドと野心にとって大変深刻な危機のさ中、おおやけの場でわしに対して示した彼の穏健な態度は、ある者には崇高なことと思えたし、他の何人かの者には良識あること、最も多くの者には奇妙で何か悪いことの前兆のように見えていた。三十票が、自分たちの候補者を選ぶのに合意していなかったので、彼の選出に反対だったことになる。それらがわしに投じられることはすでに明らかになっていた。三日間、新たに熟考しさらに広い情報を得れば、多くの支持者を生じさせることもできただろう。各人がそう感じていた。そして大多数はびっくりしていたし、リーダーたちの性急さに酔わされたようになっていたので、わしが結末を遅らせようとしたことに喜んでいた。

　この大荒れの会議が終了して一時間後、わが派のリーダーたちがわしの部屋に押しかけていた。というのもわしは、心ならずもだが大変熱烈な一派をもつことになっていたからだ。ドナシアンはかなり嫌われていた。修道院の中でさほど品位を落とさず腐敗もしていなかったものは、すべて彼に反対していたと言っても真実にもとりはしない。わしの怒りはすでに鎮まっていた。皆からなされた申し出から、修道者の権力へのどんな欲望も引き起こされることはなかった。わしにも野心はあったが、それは世界のように広い野心、崇高な物事への野心だった。できれば科学と哲学の美しい記念碑的作品を打ち立てたかった。真実を見つけそれを公表し、一つの世紀全体を駆り立て満たすような思想の一つを産み出し、ついには一世代全体を支配するようになりたかった。それもわしの個室（＝修道士独居房）の奥から、社会的出来事の泥で指を汚さないままでしたかったのだ。知性によって精神に、また心によって心に君臨すること。一言で言えばプラトンないしスピノザのように生きることを願っていた。呆けた百人の修道士を指揮する見栄など、それと比べれば天と地ほどに離れたことだった。そうした役割の、大げさでもったいぶった卑小さを思うと、へどが出そうな気がした。しかし自分の立場をどれほど利用できるのか分かっていたから、わが支持者を慎重に受け入れたのだ。夕方になるまでにドナシアンにさからっていた三十票が、わしのところに早くも集結した。ドナシアンはそのことに怯えるというよりいらだっていた。彼はわしの個室までやって来て、次のように言って脅かそうとした。もしわしが立候補をやめれば、彼にはよく分かっているのだが、異端のことでわしを非難しないだろう。彼の選出を遅らせたことで得た小さな勝利でわしが矛を収めたなら、ことはわしにとっては名誉ある形で、彼にとっては心おだやかにすむ形で終わりうる。だが、もしも修道院長職を求めて立候補したなら、ここ五年来わしがやっていること、読書、それからたぶん思想がどんなものだったかを皆に知らせることになろう、というのだった。そしてこの期間わしがやってきた不正行為や不服従を暴露すると言ってわしをおどかした。禁書をそっと持ち出し、ミサのあいだ、まさに主の神殿そのもので、最もおぞましい教義をむさぼるように学んでいたことをだ、という。

この脅迫を平然と聞いていたものだから、やつは大いにうろたえた。たぶんやつはわしの信仰について、わしに言わせようと思っていたのだ。おそらく扉の向うに証人となる者を置いていて、かっとなった瞬間にわしが背教的なことを言うのを聞きとらせようとしていたかもしれない。わしは用心して身構えていた。こうした状況で、もっとも狡知にたけた者が悪い情熱で動かされているとき、そういう者に対し最も素朴な者がどれほど優位に立てるものか、わしには分かっていた。陰険で狡猾なこの修道士のようには、たしかに術策を熟知してはいなかった。だが賭けられているものに対し頓着していなかったことで、勝敗では断然優位に立っていたのだ。どんな試練にも冷静に対処することができた。わしが平然と当意即妙に答えていったことで、わが敵対者はますますうろたえていった。彼はすっかり困惑し引き下がっていった。そのときまでわしのことをまったく知らなかったと、無念そうに、しかしながら明るい調子で言っていた。わしのことを本の虫と思っていて、俗的なものごとにこれほどの慎重さや計算を持ちこめるとは、予測もしていなかったのだ。やつはいかにも裏がありそうな調子で、わしの宗教面での正統性がはっきりと分かるようになってほしいと願っていると付け加えた。その場合には誰よりもわしが、この修道院を指導するのにふさわしいと思えるからだという。

翌日わが三十人の支持者たちはひそかに策をめぐらし、相手方の一派のおどかしにあっている十五人の臆病者たちを見事に離反させてしまった。ドナシアンは修道院の中で最も恐れられ、そして最も嫌われていた。しかしやつの味方には年長者たち全員がいた。やつは彼らの心を奪うすべを知っていた。つまり彼らの悪癖に対し、やつのひそかな無神論は、あらゆる望ましい保証を提供することになっていたからだ。心から敬虔な指導者ほど、宗教共同体にとって大きな災禍はなかったのだ。そういう指導者だと、修道士が最も憎み恐れている規則がつねに効力あるものとされ、怠惰と不節制のぬくぬくとした習慣が四六時中かき乱されることになる。その激しい熱情は皆を厳格な宗教的実践活動や労働と耐乏の生活に立ち戻らせようとして、日々新たな面倒を引き起こすだろう。ドナシアンは少数の狂信的な連中相手には、熱烈な信仰者という様子を見せることができたが、大多数の無信仰に近い連中相手には、規則の表面的権威をあやうくすることなく、また熱情的様子にそむくことなく、勝手気ままにふるまうのに最適の口実をそれぞれに与えるすべをわきまえていた。このやり方で、やつの権威は悪に対し際限なく味方するものとなっていた。やつ自身の悪徳のために他者の悪徳を利用していたのだ。人々をその腐敗を利用しながら統治するこうした方法はまちがいなく効果的だった。もしわしがある王のお気に入りだったら、王に対してそうした方法を勧めてやるだろう。

ドナシアンの持ちはじめたばかりの権威を補うものは、やつの執念深い気質が知られていることだった。

心の奥底から、人間は愛するために作られているのだと理解した。

ジョルジュ・サンド

藤原書店

『スピリディオン』作中人物紹介

アンジェロ　語り手の若い修道僧。修道院内でいわれなく迫害されアレクシに救いを求める。アレクシからスピリディオンらの話を聞き、彼らの精神的後継者となる。

アレクシ　フルジェンチェにより、スピリディオンの衣鉢を継ぐよう選ばれた修道士。スピリディオンの霊と通じ合ううち、自らも異端的信仰の中に真のイエスのメッセージを見出してゆく。

フルジェンチェ　スピリディオンにより、その精神的遺産を引き継ぐよう選ばれた修道士。死に際しアレクシにスピリディオンの秘密をゆだねる。

スピリディオン（本名ヘブロニウス）　物語の舞台である修道院を、理想に燃えて創設した修道士。しかしカトリックの現実に失望、異端的教え「永遠の福音」の中に真理を見出し、そのことを文書にして自らの棺に収めさせる。

ドナシアン　アレクシとの争いに勝って修道院長の地位を手に入れた修道士。カトリックの政治的俗物性を体現している。

ヘジェジッペ　アンジェロの聴罪司祭。悩みを打ち明けるアンジェロを、他の者と同様に非難する。

クリストフォロ　アレクシが病んだとき、親身になって看病する鈍重だが愛すべき修道士。

サン=ヒヤチントの隠修道士　ペスト患者を献身的に助け、アレクシから聖人だと評価された、修道院外に一人で暮らす修道士。

アンブロワーズ　教会の教えをひたすら遵守、聖人のように見なされていたが、アレクシから見ればエゴイストそのものの修道士。

コルシカ出身の若者　乗っていた船が漂着したとき、アレクシに会い、自らの野心的哲学を語る若者。

ドメニコ　悪魔の仮面をつけてアレクシのところに現われ、アレクシから異端的言辞を引き出そうとした助修道士。

やつの感情を傷つけたことのある者たちは、そのことを長く悔まねばならなかった。そして修道院長は司教杖を受けとってからも、平修道士だったときの古い喧嘩を忘れないだろうと恐れたが、それも当然だった。だからこそ弱い連中は恐怖からやつの一派に身を投じることになったのだ。やつが絶対的権力をもつと信じ、やつに対し陰謀を企てたことで自分たちが罰せられたりしないようにと願ったのだ。

こうした連中は、やつの力に反対する勢力が形成され何らかの保証が提供されるのを見るや、簡単にこちら側に寝返ってきた。そして三日目にわしは争うべくもない多数派を形成してしまった。だがアンジェロ君、個人的利益にもとづいた月並みな好意、いつわりの敬意と情愛の姿をまとったそうしたものに、わしがどれほどひそかに苦しまねばならなかったか、言い表しようがないくらいだ。ああした臆病者たちの薄汚れたうわべだけの好意に対し、わしは嫌悪感を抱いた。わしが学問的思弁に没頭していたようなとき、わしのかわりに指導して得意になっていた別の策謀家たちのなした誓いも、やはり嫌悪感と軽蔑とを引き起こした。

「あなたはお勝ちになるでしょう」と彼らはわしの部屋を出ながら、意気地ないくせに誇らかな様子で言った。

「神がわしを守ってくれますように！」と彼らが出て行ったときわしは答えた。

選挙の日、ドナシアンが夜明け前にわしを起こしに来た。彼は一睡もできなかったのだ。

「あんたは勝利者みたいに眠ってらっしゃるね」と彼は言った。「わたしに勝てるとそんなにも確信しているのかね？」

彼は平静を装っていた。だがその声はふるえていた。態度が終始動揺していて、魂の苦悶を明かしていた。

「二重に安心して眠っていましたよ」と笑いながらわしは答えた。「勝利するという安心感、およびその同じ勝利に対し、まったく無関心で臨めるという二重の安心感ですな」

「アレクシ修道士、あなたはどんな賛辞をも超えるような術でもって喜劇を演じておいでだ」と彼は答えた。

「ドナシアン修道士、あなたは間違ってはいない」とわしは言った。「そう、わしは喜劇を演じております。そこから利益を得ようとも願わない選挙方式を切望しているのだからね。わしにその代金をどのくらい払ってくださるおつもりかな？」

「あなたの条件はどんなものですかな？」と彼は冗談めかした調子で言った。だがその唇は心の動揺から青ざめ、目は好奇心で輝いていた。

「自由、ただそれだけだ」とわしは答えた。「わしは研究が好きで権力は嫌いだ。自分の個室の奥での、静かで完全この上ない独立を保証してもらいたい。わしにすべての書庫の鍵を貸してもらいたい。それから物理学と天文学の道具全部を管理させてもらいたい、また創設者によってそれらの維持のために設けられた基金の管理もまかせてもらいたい。天文学者だった修道士がこの前亡くなってから遺棄されている、あの天文観測用の小部屋もわしに与えてもらいたい。最後にミサに出るのを免除させてもらいたい。そのかわり、わしのことを死んだとみなしてくれてもよい。わしは隠棲の場所で暮らすだろう。あんたは修道院長の椅子にすわって暮らすのだ。共通のものは決して何ももたないままにね。わしが口出しする最初の世俗的用件として、あんたにわしを戒律のもとに再び置くのを認めるよ。だがまた、あんたから引き起こされた最初の世俗的厄介事として、わしが影響力を持たないでもないという事実を、もう一度見せてあげると約束するよ。三年ごとにあんたが選び直されるとき、今日のように契約を結ぶことにしよう。もし今日の契約で不都合でないとするならばね。約束しますか？　さあ鐘がなった。教会堂に行かねばならない。急いでくださいよ」

彼はわしが望んだことすべてを約束した。だが不安そうに、希望がもてないといった様子で立ち去った。勝利が手中にあるとき、それを勝手に手放す人がいるなどとは信じられなかったのだ。

わしが十票の差をつけて院長に選出されたと公表されたが、そのときの顔をひきつらせていた彼の苦悶の表情を、描写することなど不可能だろう。ある星に到達した瞬間、雷で打たれた人といった様子だった。わしを三日三晩閉じこめ、寒さと飢えで死んだ状態で見出せるものと得意になっていたのに、突如墓から出てきたようにわしが出現し、彼の手から勝利をもぎとるのを、そしてわしが名誉ある椅子に自分のかわりにすわるのを見るとは！

各人がわしを抱きしめにやって来た。わしは敗北者が和解のキスをしに来るまで、彼に誤りを悟らせないでこの儀式を受けていた。彼がこの最後の屈辱を果たしにきたとき、彼の手をとり、すでにわしの身に付けられていた記章類を取り去り、彼の指に指輪を通し、その手に修道院長の杖をもたせた。ついで彼を院長の椅子にまで導いていき、その前にひざまずいた。そして父としての祝福を与えてくれるように頼んだ。

参事会室の中に途方もない驚きが走った。まず多くの反対派の連中が、この人物取り替えを受け入れるのが分かった。だがわしが多数派を形成しようと願ったときに、臆病者や気弱な連中が再度多数派をなしてしまっていた。この日の選挙は何も生み出さなかったが、翌日の投票で、わしの気配りと影響力により、修道院長職は天にも昇る心地のドナシアンにもたらされたのだった。彼は最後の瞬間までわしの誠実さを疑ってくれた。つまりわしが生涯にわたって際限のない権力を確保しようとして、過度の謙虚さを装っているものとずっと疑っていたのだ。一人の院長が三年ごとに死ぬまで再選されたという例がほとんどだったからである。だが規約はそれでもやはり有効のままで、人望あるライヴァルがいる場合、勝者が生涯困惑させられることはありえた。ドナシアンが考えたのは、わしが美徳と現実にはないような無欲ぶりとを見せつけることで、彼に一番近い連中をもわしのほうに引きつけようとしているということだった。三年後彼のほうに皆の心がゆり戻されるのを恐れなくてすむように意図して、というのだ。それに、この規約のおかげでわしの生涯の平安はほぼ確保されていた。そのときまでわしが被っていた迫害は、この話の中で細かいことは触れないできたが、より現実的でより深い苦しみのアクセサリーでしかなかったから、この日から止んでしまった。わしが墓の中に降りようとしているのを見て、ドナシアンはわしを恐れるのを止め、もしかしたら彼の取り巻き連の古い憎しみを助長するのをやめたのだが、それはほんの少し前からのことでしかない。

こうして彼の選出がやっとのことで宣言され、わしの善意が確認できたとき、わしに対する彼の感謝はひどく卑屈で大げさなものだったから、わしはいそいでそこを脱出しようとした。

「借りは払ってくださいよ」とわしは彼の耳もとで言った。「わしの側の犠牲とならない行為のことでは、いかなる感謝もしないでよろしいから」

彼はわしを、書庫の管理と、研究と学問的コレクションにあてられている小部屋の管理責任者に任命したと急いで発表した。この時からわしは、最大限の自由をもって仕事ができるようになったし、自分を教育する可能な限りの手段をすべて持てるようになった。

待ちきれない気持で新しい自分の個室に入るため参事会室を出て行こうとしたとき、ふと創設者の肖像画のほうに目を上げた。と、この部屋で数日前に起きた超自然的な出来事が驚くほど鮮明によみがえってきて、身ぶるいした。そのときまで四六時中専心せねばならないことがあったものだから、あの出来事を思いみる余裕がなかった。というよりか、むしろ詩的とか驚異的とか（神的感覚の働きを描写するのに正確な表現がないため）呼ばれるような印象を保つ脳の部分が、麻痺してしまっていて、自分の中でどうやってもあの脱出の奇跡を理性に説明できないほどになっていたのだ。あの奇跡はぼんやりとした夢のヴェールにつつまれているみたいだった。酔っていたあいだ、あるいは高熱にうなされていたあいだに起きた出来事の、おぼろげな記憶のようになっていた。ヘブロニウスの肖像画を見つめていると、この描かれた眼が活気づくのが、再びはっきりと見えた。眼は突然生き生きと輝きだしていた。そしてその思い出はひどく奇妙な具合に現在の姿と混ざり合い、いっそうその絵に生命が取り戻されるように見えた。その両目はまるで生きた人間の目のようにわしを見つめていた。だが今回はキラキラと輝きながらではなく、苦しみにみちた非難しているような表情だった。そのまぶたを、涙がぬらしているように見えた。わしは気が遠くなっていくように感じた。誰一人わしに注意していなかった。だがある修道士の甥で神学を学ぶ生徒だった十二歳の少年が、たまたまあの肖像画の前にいっていて、偶然それを見上げていた。

「おお、アレクシ神父さま、見てくださいませ！　肖像が泣いています！」と彼はわしの僧服をつかみながら、おびえた様子で言った。

わしはあやうく気絶しかけた。だが大変な努力をして気を取り直し、そして答えた。

「わが子よ、黙りなさい。こうしたことは誰にも言ってはいけません、特に今日はね。あんたのおじさんを恩寵のない状態に落としてしまうかもしれないからね」

子供はわしの言ったことを理解しなかったろうが、ひどくおびえていたので、わしの知る限り自分の見たことを誰にも語らなかったはずだ。だがそのときから病気になってしまい、それがもとで翌年両親のところで死んだ。そのときの詳しい様子はよく知らないが、伝わってきた話によると、あの少年は最期を迎えたとき、ある人の姿を認めて、そのほうに「スピリディオン神父サマ」と呼びながら走ってゆこうとしたという。あの子は信仰心と優しさにあふれた頭のよい子だったから、地上ではほんの少しのあいだしか知らなかったが、もっと気高い世界で再会できるだろうと信じている。この世に留まることのできない者たちに属していたのだ。この世にありながら、魂の半分はより良い世界にすでに入っているような者たちに、ね。

わしは数日のあいだ天文台の準備をしたり、用意すべき本を選んだり、それをわが個室にきちんと並べたり、新しいわが帝国ですべてを秩序づけるのに専念した。修道院が新指導者の選出を祝って騒がしかったあいだ、ある者たちは自分たちの野心を夢見てすごし、一方他の者たちは自分たちの不満を不節制にあけくれることでまぎらそうとしていたが、そんな時、わしはこの常軌を逸した烏合の衆から離れ、皆から忘れられて心おだやかに楽しみを探せることで、子供のような喜びを味わっていた。書庫に自然史の叢書を並べ終え、毎晩くたくたになって寝ることになるほどの熱意をもって、自分が作った物理学と天文学の器具を片付け終ってから（というのもこれら貴重な物すべてが、長年にわたって打ち捨てられ顧みられなくなっていたからだ）、ある晩、あの小部屋に信じられないくらいの満足感とともに戻った。わしはドナシアンの勝利よりも、はるかにずっと大きい勝利をかちとったのだと考えていた。そして未来のすべてを、それにふさわしい唯一の基盤の上に確保したと思った。わしには唯一の情熱、研究への情熱しかなかった。気晴らしもなく制約もなく、研究に永久に従事できそうであった。逃走したいという欲求にさからったことで、どんなにか得意になったことだろう。それまでの何年間かを通し、何度となくその思いが心を横切ったのに！　そんなにも苦しんできたのだ。もういかなる信仰も持てず、カトリック教徒としての共感もなくなったまま、カトリックの細々とした信仰実践を遵守せざるをえなかったのだから！　わしを修道誓願の奴隷にしているいつわりの面子《めんつ》ゆえに、しばしば自分を軽蔑した。

非常識な誓願よ、不敬虔な誓いよ！とわしは百回も叫んだ。お前たちを受け入れたのも、破るのをさまたげさせているのも、神への恐れや愛からではない。そうした神はもう存在しないし、かつて存在したこともなかったのだ。幻影に忠誠を示す義務はないし、夢の中で結んだ誓いには力も現実性もない。したがってお前たちの力がわしに及ぶのは人間的敬意によってなのだ。わしは血気盛んな信仰心にこりかたまっていて不寛容だった若い頃、自分たちの布告を破った修道士たちを声高に罵倒していた。またかつて人間の誓いは消え去ることの不可能なものであるという不条理な説を支持していた。だから今日そうした前言を取り消すようなことをしたら、軽蔑する人々によって逆に軽蔑されるだろうと恐れているのだ！

わしはそんなことを考えては、そうした非難を自分に向けていた。ここを去ろう、僧服を脱ぎすて還俗《げんぞく》しようと決めていた。啓蒙された国に、フランスかドイツの寛容な国民のところに、良心の自由と研究の自由を求めに行こうと決めていたのだ。だが実効する勇気がどうしても持てなかった。多くの子供じみた理由や、うぬぼれきった思いからできなかったのだ。自然の反動として、むしろそうした理由で去らなくてよかった、なぜなら今後修道士の身分と修道院での滞在は、わしにとって可能な限り最良の環境となるのだからと思い起こしながら寝た。スピリディオンの原稿を手に入れわがものにしたいという願望、そしてその貴重な書き物を発掘することの重要性がまざまざと思い出されて、ここを去らない理由の一つになると感じた。こうした考えが精神をよぎるかよぎらないかのとき、幻想的な数多くのイメージが浮かんできた。疲労および眠りへの欲求で考えが混乱し始めていた。ずっと以前から味わってなかったような奇妙な気分になっているのを感じた。わしの理性はつねに見事に働いていたが、力みなぎった状態にあり、カトリックの教えのなかでわしを悩ませていた幻影を深く軽蔑していた。一月十日夜からの幻覚はごく自然な理由から理性的に説明のつくものだった。飢え、熱、精神力の崩壊寸前のような苦しみ、またこんなにも恐ろしいやり方で死ぬことへの抑え難いひそかな絶望、それらがわしの頭脳に、狂気に近い混乱を生じさせたに違いなかった。そこでわしは墓からの声を、そして先行したわしのカトリック生活の感動的な思い出に合致した言葉を、聞いたように思ったのだ。かつてはわしの想像力の中で生み出されていた亡霊は、そこでは最初発熱による生理的法則から再生されたにちがいなかった。そして体力がなくなるにつれ、そうした亡霊の出現を前に理性の機能がさまたげられ、判断力がにぶっていったにちがいない。そして偶発的な出来事、おそらくは参事会室を下働きの者が通ったといったことが、精神錯乱におちいっていた瞬間にわしに解放をもたらし、自分の救出を超自然的理由のせいにすることになったのだ。亡霊の残余の部分は、わしの中で生命をもう一度取り戻そうという欲求と、体全体の衰弱とのあいだで生じた闘いによって十分説明がついた。したがってそうしたことすべてに、理性が言葉によって打ち勝てないものは何一つなかった。だが言葉は決して思想に取ってかわりはしないだろう。わしの精神の半分はこうした結論に満足したと思ったものの、もう一方の半分は大変な困惑状態の中にあり続けていて、心おだやかに誇ることも、眠りを受け取ることも拒絶していた。

そのとき思いもよらない不快感にとらわれてしまった。理性がいかに力強くたくみに働いても、病気への根拠ない恐怖から自分を守ることはできないと感じた。わしは見かけによってひどく支配されていたので、自分の幻覚を現実ととりちがえていたことを思い出した。またついこのあいだまで、平静さと力強さと満足感にみちあふれていたのに、絵が描かれた布地から涙が出てくるのを見たと思ったり、この奇跡を確かだと言う子供の言葉を聞いたと思ったりしていた。

真実あの肖像画に関しては伝説があった。何でも信じてしまうような年頃だったとき、この絵は悪い修道院長が選出されたときに泣くという話を聞いたことがある。子供は、こうしたいわくありげな話に恐怖から逆に心ひかれ、わし自身が見たと思いこんだものを見るまでになったのだろう。何と多くの奇跡が無数の人によって眺められ証言されたことか！　彼らはまったく自発的に、同じ狂信的熱狂が高まり広がることによって欺かれていたのだ。二人の人物がそうなったとしても驚くようなことではない。だが、わしがその二人のうちの一人であり、子供の白昼夢をともにしたというのは、自分でもびっくりしたことだし、妙に気恥ずかしくなるようなことだった。ああ何ということ！とわしは考えた。キリスト教的狂信の欺瞞は、影響を受けた者たちの精神にその痕跡をきわめて深く残しているので、迷いから醒め理性が勝利を収めてから何年たっても、いまだそれから解放されていないことになるのか？　生涯この弱点を保たざるをえないのか？　亡霊を追い払い、言葉によって幻影を一掃する精神力を完璧に取り戻すのには、いかなる手段もないというのか？　カトリック教徒であったということで、あえて一人の人間になることは絶対に許されないのか？　胃がほんの少しでも衰えたり、思いがけず熱がほんの少しでも上がったりしたら、わしは子供のときの恐怖にまたとらわれねばならないのか？　ああ何ということ！　それはお粗末な誤りを前にたじろぐ弱さへの正当な罰なのかもしれない。真理はしっぺ返しをするために、自らを長いこと否認してきた精神を百パーセント啓蒙するのを拒むかもしれない。わしと同様、偶像に仕えうそを崇めてきたみじめな者たちは、おそらく無知と狂気と卑屈という消えない印を記されることになるだろう。死のときに、わしの疲れ果てた頭脳は、軽蔑すべきこけおどしにゆだねられてしまうかもしれない。サタン（悪＝魔の首領）がわしを苦しめにやって来て、わしはイエスに助けを求めながら死ぬかもしれない。何人もの不幸な哲学者がしたように。彼らにあっては同様の精神の病が、天上の光にとらわれた人間の悲惨を説明し明かしている。

　こういった苦しい思いに捉えられて、わしはひどく落ち着かない気分で眠りこんだ。何らかの夢に、まただまされているのではないかと恐れていたし、理性がその原因や結果を明示しないだけにいっそう怯えていた。

　そのときわしは奇妙な夢を見た。自分が修練士だった時代に戻っているように思いこんでいた。白いウールの僧服をまとっている姿だった。顔に薄ひげが生えたか生えなかったかの頃だ。若い仲間といっしょに散歩していた。と、その中にいたドナシアンが彼の選挙のためにわれわれの票を集めていた。わしも他の者たちと同様何も気にせず彼に票を入れたが、それはいじめを避けるためであった。そのとき彼はわれわれのほうに、ばかにしたような勝ち誇ったまなざしを向けて立ち去っていった。と、一人の美しい若者がわしらのほうに近づいてくるのが見えたが、それがあの参事会室の肖像画の主そのものであるのに全員気づいた。

　だが、彼が夢の中にやってきたと同様、われわれの驚きもほどなく忘れ去られた。つまりありうる確かなこととして、その時まで彼は生きていたと認めたのだ。わしらのうちの何人かは、ずっと彼のことを知っていたとさえ言った。わしとしては彼について漠然とした思い出があったので、習慣からか共感からか、愛情をもって彼に近づいた。だが彼は憤然としてわしらを押し返した。

「不幸な子らめ！」と怒りの中にまで魅力的で美しい調子のあふれた声で言った。「君たちは卑屈なことをやったすぐあと、わたしを抱擁しにやって来られるのかね？　なに！　君たちは、最も位の高い者でも最も能力のある者でもなく、すべての中で悪徳に関して一番寛容だと分かっている者を、そして寛大さの点で一番無関心だと分かっている者を、指導者として選出するほどにエゴイズムと痴呆化におちいってしまったのか？　こんなふうにわたしの規約を見ているのか？　それこそが君たちの中にわたしが残そうとした精神だというのか？　君たちのもとを去って少したったら、こんなふうにして君たちを見出すことになるのかい？」

それから彼は、とりわけわしのほうに声をかけてきた。そうやってわしを他の者たちに注目させたのだ。「ここに、君たちの中で最も罪深い者がいる」と彼は言った。「というのもこの者は、すでに精神的に成人しており、自分のやっている悪いことを知っているからだ。この者のやることが手本となって君たちを引っぱってゆく。この者が教養にあふれ知恵に満ちているのを君たちは知っているからね。みんなこの者を大いに評価しているが、彼自身自分のことをさらに高く評価している。だからこの者を警戒しなさい。プライドが高く、そのプライドで自らの良心の声を聞き取れないようになっているのだから」

悲しく恥ずかしい気分でいっぱいになったとき、彼はわしを強く叱責した。そして父親の怒りにも似た感情をほとばしらせながらわしの両手を握りしめた。わしのエゴイズムを非難し、わしが正義感や真理への愛を、科学の勉強という空しい楽しみのために犠牲にしてしまったと言いながらも、激しく心を動かされていた。わしには彼がほほを涙で濡らしているのが見えた。わしも滝のように涙をこぼした。きりきりと胸を刺すような後悔の念と、心が傷つき引き裂かれるような悲しみすべてを感じていたからだ。そのとき彼はやさしく、だが苦しそうにわしをその胸に抱きしめ、何度もくり返して言った。

「わたしは君を哀れんでいるのだよ。なぜって君が最大の悪をなしたのは自分自身に対してなのだからね。君の全生涯は、その誤りのむくいを受けねばならないのだ。兄弟たちの中で孤立する権利を、そして次のように言う権利を持っていたというのかい？『ここでこれからなされるすべての悪は、わたしにはどうでもよいことです。兄弟たちと同じ信仰をもっていないし、彼らは犬のように扱われても当然なのですから。ここではわたしだけが、わたしの休息、楽しみ、本、自由だけが大切だと思っているのですから』とな。アレクシ！　哀れな子よ！　君は不幸な晩年を送るだろう。善への感覚と悪への憎しみを失い、不公平が勝利するのに黙って耐えたからだ。そして自分の義務よりも満足を好むようになり、君が真の神のためにつかえ善を養おうとして隠遁してきたこの人間集団の片隅で、バアル神（カナン人の主神）の玉座を自らの手で建てたからだ！」

わしはこうした叱責を逃れようとベッドの中で寝返りばかり打ちながら、胸しめつけられるような思いをしていた。だが目が覚めるまでにはならなかった。叱責はいかにも本当らしい感じで、まこと異常なくらい首尾一貫し、時宜を得たものとしてつきまとってきた。わしはひどく苦い涙を流した。そしてすっかり混乱してしまい、今日でも、あれが夢だったか幻だったか言うことができないくらいだ。少しずつ夢の中の人物たちが再び姿を現してきた。ドナシアンが怒りくるってスピリディオンのほうに進み出ていった。スピリディオンの声は消え、その姿も薄くなっていった。ドナシアンは自らの取り巻き連、あの底意地の悪い連中に叫んでいた。

「やつを打ちこわせ！　やつを打ちこわせ！　やつは生者たちの中に何をしに来たのだ？　やつを闇のほうにもどせ、虚無のほうにもどせ！」

そのとき修道士たちはスピリディオンを燃やすために薪と松明を持ってきた。だが、わしを叱責で打ちのめし、涙にくれさせた者のかわりに、もはや創設者の肖像画しか見えなかった。それをドナシアンの支持者たちは額縁から引き離し、薪の山の上に投げ出したのだ。火がその絵を燃やし始めたとたん、恐るべき変身が生じた。スピリディオンが生きて姿を現し、炎のまん中で身をよじらせながら叫んでいた。

「アレクシ、アレクシ！　わたしを殺すのはお前だ！」

わしは薪の山の中央部に突進していった。が、粉々に焼け落ちた肖像画しか見つからなかった。何度もヘブロニウスの生きた姿と、それを表わす命のない画布とが、わしのびっくり仰天した目の前で交互に変貌をくり返した。あるときは火炎の中で師の美しい髪の毛が燃え上がり、その目が苦痛と怒りと苦悩にあふれてわしのほうに向けられるのが見えた。またあるときは修道士たちの下品なはやし声と笑い声の中で、肖像だけが燃え上がるのが見えた。とうとう汗びっしょりの疲れはてた状態で、目が覚めた。枕は涙でぐじょぐじょに濡れていた。わしは起き上がって窓を開けに行った。昇ってくる日の光が眠けと幻影とを追い払ってくれた。しかし一日中悲しみにうちひしがれたままでいた。まだ耳に鳴り響いている叱責が、力強くも正鵠《せいこく》を得ていたことに打ちのめされていたのだ。

その日以来、良心の呵責に身を焼かれる思いだった。わしはあの夢に自分の良心の声を認めた。その声はあらゆる宗教、あらゆる哲学の中で、偽善者の権力を築き上げ悪徳と取り引きするようなことは犯罪だと叫んでいた。今回は理性がこの良心の裁定を確認していた。理性が過去においてわしに示したのは、スピリディオンは公正かつ厳しく清廉な人間であり、うそ偽りとエゴイズムに対し不倶戴天の敵であったということだった。また理性が言うには、わしらがこの世に投げ入れられた場所で、自分たちの位置がどんなに本来的なものから離れていようと、また取り囲んでいる人々がどんなに堕落したものになっていようと、わしらの義務は悪を打ち倒し、善を勝利させるよう努めることであるというのだった。だが高貴さと人間的尊厳という本能もあり、それは次のように言っていた。こうした場合、わしらがいかなる善もなせない時でさえ、悪に歯向かいながら仕事半ばで死ぬというのは素晴らしいことだし、心穏やかに生きようとして悪を許容するのは卑怯なのだと。とうとうわしは悲しみにおちいってしまった。多くの喜びが得られるものと期待していたあれらの研究も、もはや嫌悪感しか引き起こさなかった。鈍重になったわしの魂は、空虚な詭弁の中に迷いこみ、間違った理由から魂自身の不満を追い払おうと努めたが、しかし無駄だった。こうした病的で陰うつな気持の中、新しい幻覚のとりこになるのをひどく恐れた。そこで何晩ものあいだ、眠るまいとして闘った。こうした努力の結果、体の機能の弱体化よりももっと悪い神経の興奮状態に入りこんだ。眠りの中で見るのを恐れていた亡霊たちは、目を開けているところに、より恐ろしい姿で現れたのだ。すべての壁の上にスピリディオンの名が、火の文字で書かれているのが見えるように思えた。自分自身の弱さに腹が立ち、わしは勇気あふれた行為でそうした苦しみに終止符を打とうと決意した。創設者の眠る地下墓所に降りていって、そこから例の書き物を取り出そうと決心したのだ。三日間一睡もしなかった。四日目の真夜中ごろ、わしは鑿《のみ》と、ランプと梃《てこ》を手に取り、音を立てないようにして教会堂にしのびこんだ。想像力で六年も前から天上の形態をまとわせていたあの骸骨を見、あれらの骨に触れようと決意して。それらの骨を心静かに見つめながら、わしの理性は、それらを永遠の虚無に返そうとするだろう。

わしは「此処ニアリ」と書いてある石のところに達した。それを大変な苦労をして持ち上げた。それから階段を下り始めた。十二段あったのを覚えていた。だが六段下りたところで早くも頭が錯乱してしまった。自分の中で何が起きたのか分からない。そうした体験を知っていなかったなら、虚栄からの勇敢さが多くの弱さや臆病ゆえの恐怖を覆い隠せるのを決して信じられないだろう。熱による寒気がわしを捉えていた。恐怖から歯がカチカチ鳴った。思わずランプを落としてしまった。両膝がガクッと折れるのを感じた。真摯な精神だったらこの苦悶を乗りこえようとは欲しなかったろう。自らの力を超える試練を追求するのはさしひかえただろう。もっと都合よい時まで、その企てを延期しただろう。辛抱強く愚直に、自らの精神的機能が落ち着きを取り戻すのを待っただろう。だがわしは自分自身の心にうそをつこうとは思わなかった。自分の弱さに腹が立った。わしの意思は、想像力を打ちこわし弱めようと思ったのだ。そこで闇の中を降り続けた。だが正気を失ってしまった。幻想と幻影の餌食になってしまった。

わしはあいかわらず降り続け、エレボス（ギリシア神話における原初の冥界の擬人神で、暗黒を意味する）の深みに入りこんでいくように思えた。とうとうゆっくりとながらも平らな場所に着いた。と、不気味な声が大地の深奥部に向かって、何か打ち明けるような言葉を言うのが聞こえた。

「彼は階段を再び上がることはないだろう」

そのとたん、目に見えぬ深淵の底から、恐るべき無数の声がこちらに昇ってくるのが聞こえた。それらは奇妙なリズムで歌っていた。

「やつを打ちこわそう！　やつが打ちこわされるように！　やつは死者たちの中に何をしに来たのだ？

やつが苦しみのほうに戻されるように！　そして生のほうに戻されるように！」

と、そのとき、かすかな光が闇を貫いてきた。と、階段の最終段のところにいるのが分かったが、そこは山のふもとと同じくらい広大だった。わしの背後には赤い鉄の段が幾千段もあった。わしの前には、ただ空間しか、天空の底知れぬ深みしかなかった。夜の暗い青が頭上にも足下にもあった。めまいを感じた。階段を離れると、それをまた上がるのはもはやできないと思ったので、わしは呪いの言葉をつぶやきながら空間の中をつき進んだ。だが呪いの文句を発したか発しなかったとき、空間は雑然とした形態と色彩で満たされた。と、少しずつ分かったのは自分が広大な回廊と同じ階の平面にいて、そこを震えながら進んでいることだった。いまだ回りじゅうに闇が広がっていた。だが丸天井のてっぺんがうっすらとした赤い光で照らしだされ、この建物の奇妙で醜悪な形態が浮かび出ていた。このモニュメント全体が、巨大な力と重みによって、鉄の山か、まっ黒な溶岩の洞穴の中に切り出されたように見えた。一番近くにある物体も見分けられなかった。だがわしが向かっていく方向にあった物体は、しだいに不気味な外観を呈しはじめ、一歩あゆむごとに恐怖はいや増していった。丸天井を支える巨大な柱や丸天井自体の巻葉装飾が、すべて奇妙奇天烈《きてれつ》な拷問にかけられている超自然的な背たけの人間たちを表していた。ある者たちは、足を上にして逆さづりにされ、くねくねした恐るべきヘビによって締めあげられていた。それらのヘビは敷石をかんでいて、彼らの歯は大理石に食いこんでいた。他のものたちは腰のところまで地面に埋まり、上のほうから引っ張られていた。頭を上に腕をつかまえられている者もいれば、頭を下に足をつかまえられている者もいた。彼らの上にかがみこみ、やっきになって拷問にかけようとしている人間たちの姿で柱頭部はいっぱいだった。その方向に全員引っ張られていたのだ。他の柱にも、互いに一心不乱に食いあっている者たちの絡み合いが描き出されていた。それらのそれぞれが、膝のところあるいは肩のところまでかじりあっている円筒の一部を、もはや示しているだけなのだ。だがそれぞれの怒り狂った頭部はまだ十分な生命を保っていて、自分のかたわらにいるものを、かんだり、むさぼり食ったりしていた。半ば皮をはがされて柱頭に引っかけられるか、台座に引き留められたまま上半身だけで下半身から皮膚を引きはなそうとしている者もいた。さらに他の者はなぐりあいをしながら、自分の細長い帯状の肉を引きちぎっていたが、その帯状の肉でお互いにつるしあうようになっていて、言いあらわしようのない憎悪と苦痛の表情を見せているのだった。フリーズ（柱上部の小壁）に沿ってというか、むしろフリーズのかわりに、両側に、ひどく汚い者たちが列をなしていた。人間の形をしてはいたが、恐るべき醜さで、わき目もふらず死体を切り分け、人間の手足をむさぼり、臓物をねじり血まみれの肉切れを食っていた。丸天井からは、要石《かなめいし》と円形飾りのかわりに、手足をもぎとられた子供たちがぶら下がっていた。子供たちは痛ましい叫びを上げているように見えた。あるいは人肉を食らう者から怖気《おじけ》だって逃れようと、頭を下に突っこんで敷石で身をくだきそうになっているみたいだった。

　進んでいけばいくほど、すべての彫像が奥のほうからの光に照らされ、ますます現実味のある様相を呈してきた。それらの彫像は人間の技術が決して到達できなかったような真実味をもって仕上げられていた。まるで知られざる大異変が生きた現実のどまん中に突然やってきて、炉の中の粘土のようにすべてを黒こげにし、石化させたみたいな恐ろしい情景のように見えた。絶望、憤怒、苦悶の表情が、それら引きつっ

わしは呪いの言葉をつぶやきながら空間の中をつき進んだ

た顔すべての上でひときわ目立っていた。筋肉の動きあるいは張り具合、闘いの激化ぶり、ぐったりとした肉の震え、そうしたものが大変な正確さをもって再現されていて、嫌悪感や恐怖感なしに見ることは不可能だった。これらの像の静けさや不動性が、わしに対しその恐るべき効果をいっそう増していたのかもしれない。わしはすっかり気弱になって立ち止まった。いま来た道を戻ろうかと思った。

だがその時、それまで横切ってきた闇の奥のほうで、歩いてくる群集のさわぎのようなガヤガヤといった音が聞こえた。まもなくそれらの声はもっとはっきりしてきた。さらにもっとけたたましい騒ぎ、そして足音が、混乱した様子で、信じられないくらいの速さで押し寄せ近づいてきた。それは入り乱れてぎくしゃくと走る音だった。だがそのそれぞれの跳躍が、いっそう接近し、緊迫し、差し迫ったものとなってきた。わしはこの途方もない群集に追跡されていると思いこんだ。そこで彼らに先んじて丸天井の下、不気味な彫像たちのまん中に駆けこもうと試みた。だが、それらの像は体を動かし汗と血で湿り始めたように思えた。彼らの七宝製の目が、眼窩《がんか》の中で回るようにも思えた。それらすべてがわしを見つめ、わしのほうに身をのりだし、ある者は恐るべき笑いを浮かべ、別のものはすさまじい嫌悪感をあらわにしているのに突如気づいた。すべての像がわしのほうに腕をふり上げていた。そしてお互いにもぎとりあったヒクヒク動く手や足で、わしを砕きつぶそうとしているように見えた。両手にかかえた自分自身の頭でもって、あるいは丸天井からもぎとった子供の死体でもって、おどかしている者もいた。

こうしたおぞましい様相にわしの目がかき乱されていたあいだ、耳のほうは近づいてくる不吉な騒ぎでみたされていた。前方にはぞっとする物体があり、うしろにはさらに恐ろしい騒ぎがあった。笑い声、わめき声、威嚇する声、すすり泣く声、呪う声、それがふいに静かになった。それは群集が、その間に風に運ばれ一望千里の距離を乗り越え、わしを百倍も引き離してしまったように思えた。

が、いよいよ騒ぎが近づいてきたので、もう逃れようもなくなり、広間の柱のうしろに身を隠そうと努めた。だが大理石の人物像たちは突如活気づき、腕を動かしわしのほうに激しく突き出してきた。むさぼり食おうとしてわしを捉まえようとした。

恐くなり、広間の中央部に飛び出した。そこにはもう彼らの腕は届かなかったからだ。と、群集がやってきてあたり一面声で満たされ、石畳は足音であふれ、森の中の嵐か波の上の突風のようになってしまった。溶岩の噴出だった。空気は熱くなり、わしの両肩は大波の重みでたわんだように思えた。亡霊たちの旋風の中、わしは秋の木の葉のように運ばれていった。

彼らは全員黒い僧服を着ていた。その燃えるような目は、黒っぽい頭巾の下で、洞穴の奥の虎の目のようにギラギラしていた。果てしない絶望に沈みこんでいるような者たちもいた。他の者たちは異常な度外れの喜びに身をまかせていた。他にもその断固とした沈黙がわしを凍らせ、さらなる恐怖をさそうような者たちもいた。彼らが前進していくにつれ、青銅や大理石の像たちは動きを活発にし、大変な努力をして身をよじり、ついには自分たちの恐るべき締めつけから身を引き離し、とうとう自分たちの足を、くぎづけにしていた石畳から解放した。そして腕と肩を軒蛇腹《のきじゃばら》から引き抜いた。丸天井のところにいた手足などの欠けた者たちは、こうやって身を振りほどき、壁にそってヘビのように身を伸ばし、地面にまで達することに成功した。と、そのときこれらの巨大な食人種たち、皮をはがれた者たち、手足を取られた者たち全員が、わしを引きずってゆく亡霊たちの群集に加わり、完璧に生命ある者といった外観を取り戻した。そして他の者たちと同様走り始め、おたけびを上げ始めた。その結果わしらの周りで空間が拡大し、群衆は堤防の切れた河のように闇の中にあふれ出していった。だが遠方の薄明かりがあいかわらず彼らを引きよせ導いていた。にわかに青白かった光が強烈になり、到着点に達したことが分かった。群集は分かれ分かれに円形の広間の中に散らばった。わしは下方はるか無限に遠い所に、人間の手がかつて建てることの決してできなかったような記念建造物の内部を認めた。それはゴチック風の教会で、カトリック教徒が十一世紀に建てた教会様式をしていた。彼らの精神力が頂点に達していて、死刑台や火刑台を組み立て始めた時代である。高くすらりと伸びた柱、鋭くとがったアーケード、象徴的な動物たち、奇怪な装飾、誇り高く気まぐれな建築家のあらゆる思いつきが、千人もの人々が同一の丸天井の下に収容されるような空間の広がりの中で、ひけらかされていた。だがこの丸天井は鉛のように暗く、群集が押しあいへしあいしている上方の回廊は、頂部分がひどく接近していたから、誰一人そこに立ち続けていることはできなかった。頭をかがめ、肩を折り曲げ、わしは足の下、教会の奥で起きていることを眺めるよう強いられた。ひどい高さだったのでめまいがした。

最初、建築様式の効果以外何も見分けられなかった。建物の下の部分は、だだっぴろい広がりの中をただよっていたが、一方中間部は、ところどころ黒い影にまじった赤い微光によって照らしだされていた。まるで、目の届かぬところ何カ所かに火元があって、燃え上がっているみたいだった。この不吉な光は建物のあらゆる部分をおもむろに照らしだしていった。すると外陣のところに、多くの人影がひざまずいて

群集がやってきてあたり一面声で満たされ、……

いるのが識別できた。一方豪華な司祭服を身にまとった聖職者たちの行列が、ゆっくりと中央部を練り歩いていた。そして単調な声をあげて歌いながら内陣のほうに向かっていくのだった。

「やつを打ちこわそう！　やつを打ちこわそう！　墓に属するものは墓に戻されるように！」

この陰鬱な歌を聞いて、また恐怖がよみがえり、自分の周りを見回した。そして何列もある椅子席の一列にたった一人でいるのが分かった。群集はすべて他の列に入っていた。皆わしのことなど無関心のように見えた。そこでわしはこの恐ろしい場所を逃げ出そうとした。ひそかな本能がそこで何か恐るべき秘事がなされるだろうと告げていたのだ。うしろのほうに何カ所か扉が見えた。だがそれらは青銅の恐ろしい彫像によって守られていた。それらの像は冷笑しつつ、次のようにお互い話しあっていたのだ。

「やつを打ちこわすぞ、やつの肉の切れはしは、おれたちのものとなろう」

この言葉に震え上がって、わしは欄干のところに近づき、見つからないようにと石の手すりにそって身をかがめた。これからなされようとしていることにひどくおびえていたので、両目を閉じ、両耳をふさいだ。頭巾ですっぽり頭を被い、膝をつけてかがみこみ、それらすべてが夢であって、わしは自分の部屋のみすぼらしいベッドで寝ているのだとどうにか思うことができた。目覚めるために、この悪夢を逃れるために、信じられないほどの努力をした。そして確かに目が覚めたと思った。ところが目を開けてみると、やはり椅子の列のところにいたのだ。わしをそこまで運んできた亡霊たちに少し距離を置いて取り囲まれていた。外陣の奥のほうに聖職者たちの行列が見えたが、彼らは内陣のまん中にもう到達していた。彼らは急いで一かたまりになっていった。その集団の中央部に、決して忘れることのできないおぞましい光景

「やつを打ちこわすぞ、やつの肉の切れはしは、おれたちのものとなろう」

が展開されていた。棺の中に一人の男が横たえられていたが、その男はまだ生きていたのだ。うめいてもいなかったし、何らの抵抗もしていなかった。ただ押し殺したような嗚咽《おえつ》がその胸からもれてくるのだった。その深いため息は陰鬱な沈黙によって迎えられ、丸天井の下に消えていった。丸天井はそのため息をかすかにこだまさせていたが、群集は何の反応も示さなかった。その男のかたわらに、釘と金槌を持って何人もの司祭たちがいて、その心臓を引き抜くことができたら、ただちに男を埋葬しようと身がまえていた。だがなかなかうまくいかなかった。血まみれの腕を犠牲者の半ば開けられた胸に突っこんで、何人もが代る代る男の内臓をまさぐっては、ねじ切ろうとしていた。だが誰一人この不屈の心臓を引き抜くことができなかった。ダイアモンドのひもが誇らかにその心臓を引きとめているように思えた。時おり、死刑執行人たちは怒りの叫びをもらした。そしてやじにまじって呪詛の声が、回廊の上のほうから彼らに答えた。この見るも忌まわしい作業が行なわれているあいだ、教会の中でひれ伏していた群集は、瞑想と黙想の姿勢をとったまま身じろぎ一つしなかった。

そのとき死刑執行人の一人が血まみれになりながら、内陣と外陣とを分ける欄干に近づいた。そしてひざまずいている男たちに言った。

「キリストを信ずる者たちよ！　信仰に燃える汚れない信者たちよ、おお、わが愛する兄弟たちよ、祈りなさい！　哀願と涙とをいや増しなさい。奇跡が起きるように、そしてあなた方が神なる救い主キリストの肉を食べ血を飲むことができますように」

信徒たちは小声で祈り始めた。そして胸をたたき、灰を自分たちの額にふりかける（悔い改めのしるし）動作を始めた。一方死刑執行人たちは、自分たちの獲物を拷問しつづけていた。犠牲者は涙を流しながら次のような言葉を何度もくり返しつぶやいた。

「おお神様、これらの犠牲者を無知と欺瞞から解き放ちたまえ！」

このうめき声が丸天井へ反響し、神秘的な声のように聞こえてくる気がした。だがわしはひどく恐怖に凍りついていたので、彼の声に答えて死刑執行人に反対の声を上げるかわりに、自分の周りにいる者たちの動きを窺うことだけに神経を集中していた。仲間ではないことを見て、彼らがわしのほうに激高の矛先を向けるのではないかと恐れていたからだ。

それからわしは目を覚まそうと努め、しばらくのあいだ想像力によってのどかな光景を思い見ていた。晴れわたった朝、気に入った本に囲まれて小部屋にすわっている自分の姿が見えた。だが犠牲者がまたももらしたため息で、このおだやかな光景から引き離されてしまった。再び、終わることない死の苦しみと疲れを知らない死刑執行人を目の前にしていた。わしは受刑者を見つめた。と、彼がたえず変身するように思えた。もはやそれはキリストではなく、アベラールだった。ついでヤン・フスとなり、それからルターとなった……もう一度この恐怖の光景から身を引き離した。と、また明るい日の光が見えたように思えた。晴れやかな田園のどまん中にあっというまに軽やかに逃げこんでいた。だがすさまじい笑い声がかたわらから発して、この甘美な幻影からわしを不意に引きずりだした。棺の中にスピリディオンが横たわっているのが見えた。彼の胸を開いてその心臓を粉砕しようとするおぞましい連中に捕らえられたのだ。だが連中は彼の心臓を奪い取れないでいた。そのあと、それはもうスピリディオンではなかった。年老いたフルジェンチェで、彼は次のようにわしに呼びかけていた。

「アレクシよ！　わが子アレクシよ！　わしを亡ぶがままにしておくのか？」

彼がわしの名を発音するや否や、棺の中、彼が居たところにわし自身の姿があるのが見えた。胸を半ば開かれ鉤爪《かぎづめ》とヤットコで心臓を引きちぎられた状態だった。とはいえ、わしはあいかわらず椅子の列の中にいて、欄干のうしろに隠れながら、断末魔の苦悶の中にいるもう一人のわしを見つめているのだった。と、気を失いそうになった。血が血管の中で凍りつき、冷汗が手足からしたたり落ちた。目の前でわが亡霊が受けているあらゆる拷問をわし自身の肉体の中に感じたのだ。わしは自分に残されていたほんのわずかな力をしぼりだそうとした。自分のほうからスピリディオンとフルジェンチェに助けを求めようとした。目を閉じ、何を言っているのか、もはやはっきりと意識できなくなった言葉をつぶやいた。目を開けると、わしの近くに静かな様子でひざまずいている美しい姿が見えた。その広い額には穏やかな雰囲気がただよい、その目はわしの拷問のほうに視線を落とそうともしなかった。彼は鉛色をした丸天井のほうに目をやっていた。彼の頭の上、広々とした開口部から、天の光が差しこんでいるのが見えた。一陣のさわやかな風がその美しい金髪の巻き毛をかすかにゆらしていた。その表情には希望と憐憫の情がまじった、えも言われぬ憂愁が浮かんでいた。

「おお、あなた、あなたが誰だか分かります」とわしは小声で言った。「あなたの姿はこれら恐るべき亡霊たちには見えないようです。わしにだけ、あなたを知っていて愛しているわし一人にだけ姿を現してくださったのです！　この恐怖から救い出してください、この拷問から守ってください！」

こちらを振り向くと、明るく澄んだ、深みをおびた目でもってわしを見つめた。その目つきは、わしの弱さを哀れむと同時に軽蔑しているようにも見えた。それから天使のようなほほえみを浮かべて、片手を差しだした。と、幻全体が闇の中に沈みこんだ。優しいその声しか、もう聞こえなかった。それは次のように語った。

「ここで見たと思ったものはすべて君の頭脳の中にしか存在しないのだよ。君の想像力が一人で恐ろしい夢を作りだしたのだ。その夢相手に必死に闘ったというわけだ。このことが君に、謙遜ということを教えるようにね。いまだ実行する能力のないことを企てる前に、自分の精神の弱さを思い出すようにね。悪魔や怨霊たちというのは狂信と迷信の産み出したものだ。天から与えられる純粋な啓示と、恐怖によって呼び起こされる愚劣な幻影との見分けがまだつかないとしたら、君の全哲学はいったい何に役立ったというのかい？　見たと思ったことすべては君自身の中で起きたことだし、君の惑わされた感覚は、ずっと前から気にかかっていた観念に一つの形を与えることだけしかしなかったと気づきたまえ。君がこの建物、かわるがわる食ったり食われたりしている姿を表わす、これら青銅や大理石の像から造られたこの建物の中で見たのは、カトリック教がかたくなにしてしまったり歪曲してしまった魂の象徴なのだ。つまり冒瀆されたローマ教会の中心部で諸世代が互いに交わしてきた闘いのイメージだね。互いに食うか食われるかの戦いをして耐えてきていた悪を、お互いのせいにしようとしている姿だ。君を激しく動揺させたこのたけり狂った亡霊たちのひしめきは、不信仰、無秩序、そして無神論、怠惰、憎悪、強欲、羨望なのだよ。つまり教会が信仰を失ったとき、その中に侵入してくるあらゆる悪しき情念なのだ。そして教会の中心たる枢機卿たちからその内臓を争いあって取られようとしているあれらの犠牲者は、さまざまな形でのキリストであって、新しい真理に殉じた者たち、偽善者や嫉妬深い者や裏切り者により心の奥底まで苦しめられ引き裂かれた未来の聖人たちなのだ。君自身生来もっている気高い野心の中で、この血まみれの死者の記念碑に横たえられている自分、忌まわしい司祭たちやおろかな民衆に見つめられている自分を見たのだ。だが君は、君自身の目から見ても二重になっていた。君の中の最も美しい半分のほうは、拷問に執拗に耐えていたし、偽善者たちに心を明かすのを拒んでいた。もう半分のほうは、エゴイストで臆病だったから、闇の中に身を隠し、敵の手をのがれようとしていた。そして老いたフルジェンチェの声を、反響もないままに消え入らせてしまったのだ。おお、アレクシよ！　真理への愛がお前の魂を、卑俗なものへの悪しき情熱から守りえたというのは、こういうことだったのだ。おお、修道士よ！　安らぎを愛し放縦を求めたことが、お前を偽善者たちの勝利の共犯者とし、彼らと共に生きざるをえなくしたというのは、こういうことだったのだ。さあ、目覚めなさい。そして道徳律の中に、科学の中で見出しえなかった真理を探し求めなさい」

彼が話しおえたとたん目が覚めた。わしは修道院の教会堂の中、「此処ニアリ」という言葉が刻まれた石の上、半ば入り口が開いた地下埋葬所のわきに長々と横たわっていた。日の光がさしそめ、小鳥たちがステンドグラスのまわりを飛び回りながら明るくさえずっていた。昇ってきた太陽が金と紅の光を内陣の奥のほうまで、ななめに差しこんでいた。この光の中へとわしに話しかけていた方が入っていき、天上の光と混ざりあうようにして消えていくのがはっきりと見えた。わしは恐ろしくなって自分の体をさわった。

死の眠りによって体が重たくなり、墓の冷たさで手足がまひしてしまっていた。鐘が朝課の時刻を告げていた。あわてて地下埋葬所の石を置き直して教会堂を出ようとしたが、その前に朝のミサに遅れまいと、何人かの熱心な連中が飛びこんできた。

翌日は、この恐ろしい一夜からの深い疲労感と沈痛な思い出だけが残っていた。わしの感じた種々雑多な感情の起伏が、押しつぶされたように頭の中でごちゃまぜになっていた。ぞっとするような幻影と天上的な幻は、等しく熱に浮かされて見た架空のものと思えた。わしはどちらも拒否した。あの甘美で天上的な幻の印象も、自分の感覚器官が落ちつきを取りもどし、さわやかな朝になったので生じたのだと、すでに思うようになっていた。

この時から、うまく心を落ち着かせられたのと同じように、想像力のほうも冷やそうという目的ないし考えしか、もはや浮かばなかった。次のように思った。自分の知性にさらに幅広い道を示そうとカトリック教を綿密に分析したが、それと同様、自分の理性をもっとまっとうで堅固な道に引き留めておくために、あらゆる宗教的熱狂を調べ上げねばならないと。現代の哲学を学んでも、自分の中の迷信的要素には十分抵抗しないままできた。だからこの哲学の根本に熱心に取り組もうと決意したのだ。そして一世紀間逆行して、わしを魅了してきた不完全な教義の主義主張にまでさかのぼった。ニュートン（一六四二―一七二七。イギリスの物理学者、天文学者）、ライプニッツ（一六四六―一七一六。ドイツの哲学者、数学者）、ケプラー（一五七一―一六三〇。ドイツの天文学者）、マルブランシュ（一六三八―一七一五。フランスの哲学者）、そして特に幾何学の父デカルトを研究した。デカルトは伝統と啓示の建物を土台から崩した人だ。わしは、科学の諸問題や形而上学的推理の中で神の存在を探し求めていけば、最終的に、そう思いたいと望んでいたような穏やかで不屈で無限の神の概念を、捉えられるだろうと確信していた。

そのときから一連の新しい勉学、疲労と苦痛にみちた仕事が始まった。わしが信仰を求めておもむいた思索家たちよりも、自分はもっと頑強だと得意になっていた。あの人々は信仰を証明しようと欲して失ってしまったというのが、よく分かっていた。そうした重大な過ちは、あまりにも激しい研究に才能を使ったために、衰弱が避けられなくなって起きたのだと考えた。自分の力をもっと大切に使おう、丹念な研究で彼らがあやまって入りこんでしまったような幼稚さは避けよう、そして力ずくで彼らの学説の中に入りこんできたものはすべて、しっかりと判別して拒絶しようと心に誓った。一言で言えば、彼らがやっとの思いで苦労しながら進んでいったあの道筋を、巨人の足どりでもって歩んでいこうと決意したのだ。いたるところで見られるように、そこでもうぬぼれがわしを破滅のほうへと押しやっていた。破滅はまもなく顕在化した。わが師たちよりもしっかりしているどころではなく、到達したいと願っていた頂、空しくもそこにいると鼻にかけていた頂から、あお向けざまに下のほうに落ちていったのだ。学問のあの高みにまで、知性の力でよじ登って到達したのだが、感情はその足もとで止っていて、めくるめくような無神論に捉えられてしまったのだ。そんなにも高みに登ったと誇ってしまい、神に関する知識の第一段階に達したかどうかだったのを理解しようとしなかった。というのも、ある種の論理でもって宇宙のメカニズムを説明できたのだが、といってこの創造を支配していた思考を洞察することなどできなかったからだ。わしは宇宙の中に一つの機械のみを見て楽しんだ。そして神という考えを、諸々の世界を形成し持続させるのには無益な要素として取り除いてしまおうとした。いたるところに確実性を探し求め、感情を軽蔑するのに慣れてしまった。まるで感情が確信を得るための主要な条件の一つではないかのように。したがってわしは、狭い大ざっぱな形でものを見、分析し、定義するやり方を身につけてしまったのだ。学者の中でも最も頑固で、空虚で、融通の利かない者となってしまった。

わが人生のうち十年は、人に知られぬこうした仕事の中で過ぎた。一本の草もその縁に生えてこないような深淵に落ちこんだ十年だった。理性の冷たさ相手に長いこと必死で闘った。だがこの痛ましい征服をなしていくに従い、その征服におびえ、もし万一そうした冷たさが目覚めたりしたら、自分の心はどうなるだろうと自問した。だが少しずつ、うぬぼれを満足させられて感じた喜びが、この不安をかき消してしまった。見たところ最高度に重い仕事に献身している人が、無定見で軽率なものをそこに持ちこんでいるなど、誰一人思いもよらないだろう。科学の中では困難を克服することがひどく人を酔わせるので、良心的な決断、心情の本能、魂のモラルといったものは、またたく間に知性のうわついた勝利感の犠牲にされてしまう。こうした大成功を目差して急げば急ぐほど、最初夢みた成功は現実性のないものと思えてきた。ついには、そんな成功はありえないし無益なものでもあると信じるまでになった。それゆえ物理学の研究からしだいに離れていったが、その延長上で、形而上的真理を求めるのはもうやめようと決意した。わしは自然の謎を、天体の歩みと停止を、宇宙を無限の輝きと極小の細部において統御している不変の法則を、研究していた。いたるところ計り知れない力がもつ鉄の手を感じとった。人間の高貴な感情には徹頭徹尾感知できないが、物質的満足感を目差すすべてのものの中で瑣事《さじ》に至るまで扱える巧みな手、過剰なまでに寛大な手だ。だが自らの道徳的存在、その巨大な欲望、いや巨大な必要と言うべきだったか？　それらに執着するすべてにおいて、冷酷なまでの沈黙を運命づけられている手だ。例外的な何人かが、神と内面で心を通いあわそうとするあの貪欲さは、植物界におけるいくつかの異常生長や、動物におけるいくつかの過度の本能といった変調にも比較できる頭脳の病だったのだろうか？　崇高な様相を呈するものの、力や健康よりもはるかに弱さや疲労のしるしであるこうした精神の熱狂を、仰々しい名称で引き立たせたのは、高慢という人類多数に共通するあの別種の病ではなかったろうか？　いや、とわしは叫んだ。天をよじ登ろうというのは、ずうずうしさ、狂気、とりわけ悲惨なことなのだと。一番劣った学生にとっても、天球のメカニズムを熟知しているなら、どこにも存在しないことになる天なのだ！　地上の下卑た発散物から形成された雲の玉座の中央部、人間に似せて刻まれた物神が、巨人神アトラス（ギリシア神話によると、罰として生涯、天空を双肩にになうよう運命づけられている）の上のダニのように天球上にすわっているのが見えると、大衆が信じている天なのだ！　恒星というあの限りない世界が一面にまき散らされている無限のエーテルであり、人は死んだあと、野から野へと飛んでゆく旅する鳩のようにそこを横切っていくに違いないと想像し、そして哀れな神学教師たちは、領域として星座を、衣として星の光線をどうやら選んでいるらしい天なのだ！　天と人間、つまり無限と極小！　それなのに何と奇妙な観念上の接合か！　何とばかげた対照か！　このような精神錯乱におちいった最初の人間の脳とは、いったいどんなものなのか？　そして今日一人の教皇が魂の王と自称しつつ、彼の教会規律の前にひざまずき「わたしを受け入れてください！」と言う者なら誰にでも、永遠へと通じる扉を、鍵を使って開けてやろうとしている。

わしはこんなふうに語ったが、そのとき、にがい笑いがこみ上げてきた。教父たちの崇高な書物を、そしてあらゆる時代のあらゆる民の唯心論哲学者たちの本を、床の上に投げ出して踏みつけた。一種ヒステリー状態になって、ヘブロニウスが好んで使った、「おお無知よ、おお、欺瞞よ！」という言葉をくり返した。その言葉に自分のかかえていたすべての問題の解決が見出せるように思ってね。

――「まっ青だね、君」とアレクシ神父は話を中断して言いました。「わしの手の中で君の手はふるえているね。君の目はおびえて、わしの目を不安そうにのぞきこんでいるみたいだ。まあ落ちつきなさい。こうした苦悶におちいるなどと恐れなさんな。わしの話がそういった苦しみから君を永遠に守ってくれるよう願っているよ」そして話を続けました――

幸いなことに人間にとって、この神という考えは、知らないままにしょっちゅう否認しているくせに、宇宙の創造と同じくらいの気配りや愛でもって自分という存在の創造をつかさどった考えなのだ。この考えが、人間を善において完璧になりうるものとし、悪において矯正しうるものとした。社会の中で、人間はしばしば自分のことを社会のために身を亡ぼしたと思えるとしても、孤独の中で、神のために身を亡ぼすなどということは決してない。というのも生命の息吹が残っている限り、この息吹は魂の奥底にある知られざる琴線をゆさぶることができるからだ。真理を愛したものは誰であろうと、死ぬ前に打ち壊すべき多くの琴線をもっている。人間に与えられている感嘆すべき能力は、大地のふところに抱かれた植物の胚芽のように、新たな活力を得るためにしばしば眠っているものなのだ。そして長い休息から脱するとき一層力強く出現する。わしが隠遁と孤独を高く評価し、修道院に入るときの誓願を守るべきだと頑強に信じ続けているのも、良心と長いこと向きあって自らの生命を燃え尽きさせたことの、危険と勝利感とを他の誰よりも知っていたからだ。わしは俗世間で暮らしていたら永久に身を亡ぼしてしまっただろう。人間たちの息吹は神の息吹が活気づけたものを消し去ったろうからね。空虚な栄光への誘惑もわしを酔わせてしまったろうし、わしの学問への愛は、他人の賛同の中につねに新しい励ましを見出すことになっただろう。いつわりの喜びの中で酔いしれ、真実の幸せを忘れて生きることになっただろう。だがここでは誰からも理解されることなく、自分だけで生きていて、刺激になるものとしては自分の誇りと好奇心しかなく、ついには自分の欲求を鎮めることができたし、自分の自負にうんざりすることにもなった。喜びや苦しみを誰かと分かとうという要求も感じた。失ってしまった天上の友のかわりにね。そのことは、なぜとも分からず、自分に対して認めようと望まないで感じたのだ。精神の思い上がりから習慣的に尊大な性格になっていたのに加えて、共鳴しあえる人々に取り囲まれてもいなかった。無教養あるいは悪意といったものが、周り中いたるところに立ちふさがっていて、心の躍動を押さえつけていた。それもまた幸いだった。知性あふれた人々の社会なら、わしの中に、熱っぽい討論とか論争への渇望感を燃えたぎらせてくれるだろうと感じていたが、討論とか論争といったものは、わしの否定への決意をますます強めてしまったろうからだ。一方長いこと一人きりで眠れずにいたあいだ、自分流の無神論のまっただ中にいたが、それでも時おり神への激しい渇望を感じた。フィクションだと称していた若き日々のあの神へのね。ああいうとき、自分を軽蔑する気持になったとはいえ、再び善良なものとなったことも、またわしの心が自らを破壊することに抗して、勇気をもって闘ったことも確かなのだ。

大病には回復期というものがあるが、それは最も重大な病状を脱したあと突如奇跡のように起きるものだ。わしが信仰を回復する直前の時期は、自分を純粋理性の最も揺るぎない信奉者となったと感じていた時期だった。心情の反抗を抑えつけるのに成功していたし、信じるという行為すべてに対し軽蔑を感じ、宗教的情緒すべてを忘れて勝ち誇ったような気分になっていた。こうして自分の哲学的な力が頂点に達したと思ったか思わないかのとき、絶望に捉えられたのだ。何だか知らないがこまごまとした科学的観察を、異常なまでの明晰さで数時間もやっていたある日、かつてなかったほどに物質の全能というものを確信し、創造的で生命を与える精神というものの不可能性を、つまり自然研究家の用語で、物質の生体機能と呼んでいたものとは別種の精神は不可能だと確信させられたように思った。そのとき突如、体の中に氷のような冷たい感覚を感じ、熱が出て床についてしまった。

　それまで自分の健康に気をつけたことは一度もなかった。このときは長期間の苦しい病気になってしまった。命の危険はなかったが、我慢できないような痛みで長いあいだ頭脳活動すべてが妨げられてしまった。深刻な倦怠感に捉えられた。無為、孤独、苦痛のため死ぬほどの憂うつにおちいってしまった。誰の世話も受けたくなかった。だが修道院長やクリストフォロという名の看護修道士まがいの者が、親切を装って頼んできたので、わしは夜間、他人とつきあわざるを得なくなった。つまり耐えがたい不眠症にかかってしまったので、このクリストフォロがわしのやりきれなさを癒すという口実で、毎晩かたわらにつきそい、鈍重なまでにぐっすりとした眠りをむさぼるようになったのだ。クリストフォロはああした連中の中で、最高にすばらしいけれど最高に融通のきかない人間だった。その愚かさは、善意ゆえに他の修道士にもかわいがられるもとになっていた。そしてよく働く家畜の一種のように扱われていた。ちょくちょく必要とされるが、どんなときも無害なものとされたのだ。その生活は善行と献身の連続のみであった。皆はそれを利用したから、自分の看護が効果あるのを彼自身当然と思うようになっていた。こうした信頼感をわしはまったく分かちもてず、彼が自信過度になるとわずらわしいものに思えた。だが無神論によってもわしの中で壊れなかった正義感から、彼を忍耐強く受け入れること、そしてやさしく扱ってやるのが自分の義務だと思った。初めのころは時おり彼に対しかっとなることがあって、部屋から追い出したりしたが、そのことに傷つくかわりに、わしを病気にさいなまれるまま一人残しておくのを彼は悲しみ、部屋の扉の向う側で、鼻にかかった声で長いこと祈ってくれたものだ。夜の明けるころ頭を両手でおおい、階段のところにすわりこんでいる姿を見かけたりした。本当のところは眠っていたのだろう。わしのために献身しようと決めた時間はベッドで寝るのをあきらめ、むしろ冷たい地べたで眠ったのだ。彼の忍耐と献身はわしを圧倒してしまった。そこで彼にむくいるためにも一緒にいることに耐えた。というのも、大変残念なことに、わし以外の誰一人修道院で病人はいなかったからだ。クリストフォロは看病する者がいないときは、何よりも不幸な人間となっていた。彼に会うのにも少しずつ慣れてきた。それから、彼とそっくり同じ性格で同じ習慣をもった彼の小犬にもなじんでしまった。もう少しで、その犬がせんじ薬を作り病人の脈をとってくれるみたいに感じるほどだった。彼ら二人はいっしょになって動き回り、眠った。部屋の周囲をくだんの修道士がつま先立ちで行き来するとき、犬も同じ歩き方をした。彼がまどろみ始めるや、そのおとなしい動物も同じようになった。クリストフォロがお祈りをすると、犬のバッコは彼の前にまじめな様子ですわり、耳をそばだて、そして祈りながら修道士が腕や頭をちょっとでも動かせば、それを目で追うのであった。修道士がとんちんかんな慰め言を、もうすぐ良くなりますよといった月並な言葉をかけながら、じっと我慢するよう励ましてくれていたとき、バッコの方は後脚で立ち上がり、大いに遠慮しつつ節度をもってわしのベッドに小さな前脚をのせ、わしの手を愛情こめてなめてくれるのだった。彼らにはすっかりなれてしまったので、どちらもわしには必要なものとなった。実のところ、バッコのほうがひそかに好ましかったと思う。というのも犬のほうが主人よりもはるかに悧巧《りこう》だったし、眠りも軽やかで、それに何よりもしゃべったりしなかったからだ。

わしの苦しみはとても耐えがたいものとなって、体力、気力ともすっかり落ちてしまった。ひどい苦痛を一年間味わったあと、すっかり打ちひしがれてしまい、もう死をも望まないようになった。死ぬためにさらにいっそう苦しまねばならないのを恐れたのだ、苦痛のない生こそ理想の幸福だと考えるようになった。わしの憂《う》さは、いっときとはいえ付き添いがいなくては過ごせないほど大きなものとなった。彼には、そのたくましい食欲を見て気晴らしができるよう、わしのところで食事を取るよう強いた。彼に関してびっくりさせられることすべてが喜ばしいものとなった。正体なく眠るさまも、果てしなく続ける祈りも、まゆつばの話のたぐいも。ついには彼によってわずらわしい思いをさせられることを喜びと感じるほどになった。毎晩わしは水薬を飲むのを拒んだが、それは彼が十五分間も疲れをしらずにしつこく、また無邪気な調子で、飲むようせまってくるのを楽しみたいためだった。彼はわしに飲ませるために巧みにやっていると思いこんでいたのだ。それこそがわしの唯一の気晴らしだった。心の中で一種上機嫌にさえなった。こうした気分を、わしは元気のない渋面をしていて、笑みによって表現することさえできなかったのだが、このお人よしは見抜いていたように思える。

わしが回復期に入り始めた頃、ある伝染病が修道院の中で発生した。あっという間に広がった恐ろしい病気で逃れようがなかった。皆、どうしてよいか分からないような状態でいた。かわいそうなクリストフォロは最初に感染した一人だった。わしは自分の衰弱や危険をも忘れ、部屋から出て、三日三晩彼の枕もとで過ごした。四日目、彼はわしの腕の中で息絶えた。その死はわしにとって極めてつらいもので、わしもあやうくそのあとを追うところだった。だがそのとき奇妙な発作がわしの中で生じ、あっという間に完治してしまったのだ。精神のほうも長時間眠ったあとのような状態で目覚めた。何年もなかったことだが、わしは初めて人間の苦悩を心情によって理解したのだ。クリストフォロはフルジェンチェが死んで以来、わしが愛した唯一の人間だった。こんなにも早い苦い別れが、わしの最初の友、わしの青春、信仰心、感受性を、つまり永久に失われた幸福すべてを思い出させた。わしは絶望とともに自分の部屋に戻った。バッコがあとをついてきた。わしはやつの主人が世話をした最後の病人だった。あの犬はわしの部屋で暮らすのに慣れてしまっていた。そしてわしに対しその愛情をそそごうとしているように見えた。だがうまくいかなかった。悲しみがやつを憔悴させてしまったのだ。あの犬はもはや眠らなかった。クリストフォロがいつも眠っていた肱《ひじ》掛け椅子をたえずかぎ回っていた。その椅子は哀れな友を思い出させるものとして、毎晩枕辺に置いていたのだ。バッコはわしの愛撫に反応しないような恩知らずではなかった。しかしどうやってもやつの不安を静めることはできなかった。ほんのちょっとした物音にも起き上がり、希望と失望をないまぜにしたような様子でドアのほうを見つめるのだった。そんなときわしは、お互い心の通うものにするように、やつに話しかけなければと思った。

「もう戻ってこないのだよ。わしだけを、いまや愛さなければならないのだよ」

あの犬にはわしの言うことが分かったとわしは確信している。というのもやつはわしのところにきて、悲しそうにあきらめたといった様子で手をなめたからだ。そのあとやつは横になって眠ろうとしていた。しかし苦しげなまどろみで、かすかにうめいては、しょっちゅう目を覚ますのだった。そのうめきにわしは心を引き裂かれる思いだった。そして、ずっと待ちつづけていた主人に再会するという希望をすべて失ったとき、やつは死ぬと決めたのだ。食べることを拒んだ。そして主人のすわっていた肱掛け椅子の上で、まるで自分の疲労と死との原因であるかのように、わしを恨めしそうに見ながら息絶えていった。その両眼から光が消え、手足が冷たくなっていったのを見たとき、涙がほほを伝って落ちるのを止めることができなかった。クリストフォロに対して泣いた以上に悲しい思いで、やつのために涙した。クリストフォロを二度失ったような気がした。

この出来事は見たところ、しごくたわいないものだったが、自分が抱いていたプライドの高みから苦しみの淵へと、わしを突き落とすことになってしまった。プライドが何の役に立っただろう？　知性が何の役に立っただろう？　病で知性は茫然自失状態になっていた。思いやりあふれた人間の恭順、あわれな動物の忠実な情愛、それが他のものよりもわしを救ってくれたのだ。いまや心を通わした唯一のものたちを死が奪いさってしまったから、わしがそこから自分の神を作りだしていた理性は、彼らに関し、あらゆる慰めのかわりに、もはや何一つ残っていないことを、そして彼らはわしにとってかつて存在しなかったもののようにならねばならないことを教えていた。絶対的破壊というこの考えに、わしはなじむことができなかった。しかしながらわしの学問は、そうしたことを疑うのを禁じていた。研究を再開しようと試みた。さいなまれている悲嘆の思いを追い払えるかと願って。だが一日のうち数時間つぶすだけにしか役立たなかった。自分の部屋に戻り、眠ろうとしてベッドに横たわるや、とたんに孤独の恐ろしさが日々いや増していくと感じられた。子供のように気弱くなっていった。枕を涙でぐしょぬれにした。あれほど耐えがたく思えていた肉体的苦痛のほうがなつかしかった。あんなふうに苦しんだら、再びクリストフォロとバッコがかたわらに来てくれるものならと、あのときの苦痛がいまや甘美なものと思えたくらいだ。

最もつつましい友情は、天才のあらゆる獲得物よりも貴重な宝であると深く感じた。そして心の最も穢れない動きは、虚栄心のあらゆる満足よりも甘美だし必要なものであるとも。また心の奥底から、人間は愛するために作られているのだと理解した。そして信仰やすばらしい愛をもたないままの孤独は、死の休息さえもない墓なのだということを！　わしは信仰を取り戻す希望をもてないでいた。それは哀惜の思いにみちた、消え去った美しい夢になっていた。自分の理性と呼び知性と呼んでいたものが、魂の中から信仰なるものを永久に追放してしまっていたのだ。生活はもはや不毛な不眠であり、無味乾燥な現実でしかありえなくなっていた。絶望の思いがちぢに乱れて頭の中をうずまいていた。修道院を去ろう、そして俗世の渦の中に飛びこもうとも考えた。情熱に身をゆだね、悪行にさえ身をゆだね、陶酔あるいは空《うつ》け同然の状態になって自分自身から逃れ出ようとするために。だがそうした欲望はすみやかに消えてしまった。それらの情熱をあまりに早く押し殺してしまい、よみがえらせることができなかったからだ。無神論自体、研究と熟考によって自分の厳しい習慣を堅固にするだけのものとなった。それに、それまでなしてきたあらゆる変化を通して、多少なりと高い知性が勝手気ままには放棄しなかった美への感覚と理想への欲求を、わしは持ちつづけていた。神のごとき完璧さという夢で、もはや自分を慰めることもなかった。だが物質界を見るだけで、つまり星々の輝きや物質を支配している法則の規則正しさを見つめるだけで、秩序への愛、物体の持続と外面的美しさへの愛を大いに感じて、偉大さと調和という観念を乱しかねないすべてに対し、恐怖感を抱くのをどうやっても押しとどめられなかった。

　わしは新たに心を通いあわす相手を作ろうと試みた。しかし修道院の中では見つけられなかった。いたるところで悪意とふた心に出あいそうだからだ。純朴な人を相手にするときにも、やさしさの下に卑屈さを見てしまった。世間となんらかの交際を持とうとも努めた。スピリディオン院長の頃には、この地方のとびきりの名士や教養ある旅人が、道すがらこの修道院を訪ねてきたことがあった。この場所まで道すじが開いておらず、来るのが大変難しかったにもかかわらず。だがここが、なまけもの、無学なもの、飲兵《のんべ》衛《え》の棲家になってしまって以来、今日のように、ごくまれに、たまたま偶然に、通りがかった何人かの無関心な人や、物見高い閑人《ひまじん》とかが立ちよるだけになったのだ。わしが心を開けるような人物は見たことがない。わしは一人ぼっちで、陰うつに意気消沈しているほかなかった。

　何週間も何カ月間も、喜びもなく、ほとんど苦しみもなく、魂全体が悲嘆の重圧で打ち砕かれ打ちひしがれた状態で暮した。研究はまったく魅力をもたないものとなった。むしろ少しずつ忌まわしいものとなった。研究は、地上にあって未来も約束も償いもなく苦しみにゆだねられ、そして破壊のあらゆる要素にゆだねられた人間の運命という不吉な問題を、目の前に思い起こさせるのにしか役立たなかった。わしは生きていて何の役に立つのかと自問した。だがまた死んだとて何の役に立つのかとも。虚無のための虚無なのだ。時の流れゆくままに、魂と肉体の衰えに抵抗することもなく、頭髪も抜けゆくままにした。するとさらに悲しい休息状態へとおもむろに導かれていった。

秋がやってきた。もの悲しい空の様子がわしの苦しい想念をやわらげてくれた。枯葉の上を歩きながら、渡り鳥の大群が、きちんとした隊形を組み立てて飛んでゆくのを見るのが好きだった。彼らの野性の叫び声は厚い雲の中に消えてゆく。つねに満たされた本能に従っていて、ものを思っては苦しむということのない彼らの境遇がうらやましかった。ある意味では彼らのほうが人間よりもはるかに完璧なのだ。あの鳥たちは自分たちが自由に持ちうるものしか望まないからだ。そして自分たちを保存しようと気を配るのが唯一の仕事だとしたら、少なくとも彼らは心労の中でも最悪のもの、悲嘆を知らないだろう。わしはまた、一年の終わりに咲く花々を見るのが好きだった。すべてが人間の境遇よりも好ましく思えた。植物の境遇でさえもだ。あれら、はかない物たちへ心を寄せながら、庭の片すみを耕し育てた芝草が、物の大切さも分からない不敬な足で踏みにじられないように、そして育てた花が罰当たりな手によって摘みとられないように、周りに囲いを作ることだけが楽しみとなった。誰かがそこに近づくと、わしは気が違ったかと思われるくらいの不機嫌さで、そやつを押しもどした。院長はそんなわしを見てひどい痴呆におちいったと思い喜んでいた。

夕暮れはさわやかで、またおだやかだった。体を使った仕事をしてすっかり疲れたあと、夜は少しばかりの休息を期待して、自分で育てた芝草のベンチにしばしば横たわることがあった。そして日が沈んだあと長いこと漠とした夢想に浸っていた。風で枝からもぎとられてゆく木の葉のように、わが精神を漂わせていた。わしは植物が生育するのと同じように生きようと努めてみた。思考を働かせるという習性を忘れようと思った。そうやって一種のまどろみのような状態、覚醒でも眠りでもなく、苦痛でも快適でもない状態に達した。このほのかな快さが、いまだ最も生き生きとわしの心に残っている。このものうい気分は少しずつ、いっそう甘美なものとなった。そこに到達しようという意思が、より容易に働くようになった。その時のわしの至福感は、とりわけ過去の記憶を忘れ去り未来への懸念を持たなくなることにあった。わしのすべては現在に存在した。わしは自然の命というものが分かった。自然の小さな現象をもすべて観察し、その最小の秘密にも通暁した。その変転きわまりないハーモニーにも耳かたむけた。落ち着きのない精神には見てとれないこうした物事すべてを意識するうち、わしは自分自身にこだわらないようになっていった。こうした心なごむ感嘆の思いによって、目的のない愛と掻き立てるもののない熱狂にみちた心の重荷を、知らぬ間に軽くしていた。風にゆっくりと揺すられている枝ぶりの美しさに見ほれたし、虫がかぼそくもの悲しげに鳴いている声に心をほろりとさせられた。自分で育てた花の香りに感謝の念を覚えた。それらの美しさは、衰えないよう世話していたから、素直に誇りたくなる気持になった。長い年月のあいだで初めて、修道院のもつ詩情というものを感じとれるようになった。世間の騒ぎを超越して暮らしながら、天を見つめて瞑想するよう、平地よりも高い場所に設置されたこの聖域の詩情を。海側の庭のテラスが作っているあの角を君は知っているだろう。白大理石の四角い柱で支えられたブドウの木が形作るアーケードの端にある角だよ。あそこに四本のヤシの木が立っているが、あれを植えたのもわしなのだ。わしが花壇をしつらえたのもあそこなのだ。いまでは菜園と一体化してしまい姿を消してしまったけどね。あの菜園というのも、元々はヘブロニウスが創った美しい庭に取ってかわったものだ。あの場所は、いま話をしているあの頃は、まれに訪ねてきた旅人たちが言うには、いまだ地上で最も絵になるような場所の一つだった。大理石製の豪華な噴水が、いまではもう下卑た使い方しかされていないけれど、当時は音楽の分かる耳にひたすら心地よい響きをたてて、水をふき上げていた。澄みきった泉の水は赤大理石製のいくつものほら貝に落ちていて、一つのほら貝から別のほら貝へと注ぎ、やがてイトスギとイチジクの木陰にひそかに逃げこんでいった。レモンとイナゴマメの枝が隠居所の周りに密生しびっしりと絡み合っていたから、そこはわしの好み通りの、世界から隔絶された場所になっていた。しかし浜辺を見下ろす垂直に近い斜面のほうに一つ窓を開けさせたから、花と緑にふちどられたその窓ごしに、波が岩にくだける光景や、落日と朝日で水平線が赤く色づく大海原の荘厳な光景を、心ゆくまで見ることができた。あの水平線では、果てしない夢想に溶けこみつつ、他の人々の粗野な感覚では感知できない快い響きが捉えられるように思えた。北西アフリカ海岸から発し、南風に乗って海上を運ばれてきた何か哀調をおびた歌のようなもの、あるいは知られざる聖人であるイスラム教の托鉢僧か誰かの賛歌のようなものだ。それはアトラス山脈の厳しい孤独の中、禁欲的で悲惨な日常を信仰とともに生きている人であり、豊かな修道院の中で疑問とともに生きているわし以上に幸せかもしれない人なのだ。

しだいにわしは、自然の最も小さな出来事にも深い意味を見出すまでになった。失意から生じた素朴さでもって、自分の感じ取るものの魅力に身をゆだね、確実さの厳しい限界を、あり得ることの限界にまで少しずつ後退させた。まもなく、あり得ることは心情のある種の感動でもって理解され、理性ではどうしても感じ取れなかったさらに広い地平をわしの周りに切り開いてくれた。盲目的宿命にゆだねられていると見えたすべての中に、不思議な予知能力の根拠を見出せるように思えた。ひどい状態で失ってしまっていた幸福感を回復した。すべてのもののもつ相対的な喜びといったものを探した。かつてそれらの苦しみを探したようにね。そしてそれらが極めて公平に分配されているのを見出し驚いてしまった。それぞれの存在は新しい形態と声とを獲得し、わしが科学と見なしていた冷たく表面的な観察では知りえない特性を、明らかにしてきたのだ。数限りない神秘がわしの周りで繰り広げられた。それは不完全な知識や早まった判断による決めつけすべてに反論するものだった。一言で言えば、生はわしの目に神聖な性格をあらわし、広大な目的をもったものとなった。そうしたものを宗教の中にも科学の中にも見かけなかったのだが。心は迷えるわが知性に対し、新規まきなおしで、それを教えてくれたのだ。

　ある夕ぐれ、砂にくだける静かな波音を一心に聞いていた。そして三種類の波の意味を探していた。他のものよりももっと力強く、いつも同じ間隔でいっしょに戻ってくる波。まるで永遠のハーモニーの中に印づけられたリズムのようだ。わしは一人の漁師が舟の中であおむけに寝そべり、星に向って歌っているのを聞いた。多分海辺の漁師たちの歌はもっとしょっちゅう聞いていただろう。あの漁師の歌も他の者たちのと同じくらいよく聞いていただろう。だがわしの耳は、いつも音楽に対して閉ざされていた。わしの頭が詩に対しそうだったように。民衆の歌の中に粗野な情熱の表われしか見ていなかった。そしてさげすむようにして注意をそらしていた。その晩も他の晩と同様、波の音をかき消しわしの聴覚を散漫にしてしまうその歌声を聞いて、最初は不快に思った。だがしばらくたって、漁師のその歌が本能的に海のリズムに従っているのだと気づいた。そしてそこにこそ、自然自体が教えようと気くばりしている、偉大な真の芸術家の一人がいるかもしれないと思った。そういった芸術家の大部分は、生きていたときと同様、人に知られることなく死んでいく。こうした考えは、それ以降わしが大きな喜びを見出していた推測の慣習に対応するもので、わしはじっくりとその半ば野性の男の半ば野性のその歌に聞き入った。ゆったりとした憂いをふくむ声で、夜の神秘と風の優しさとをたたえる歌だった。歌詞にはほとんど脚韻が踏まれていなかったし、韻律もなかった。言葉には、意味や詩情がさらに少なかった。しかしその声の魅力、リズムの天真爛漫とした巧みさ、メロディーの波のように悲しくゆったりと単調な驚くべき美しさに、心をひどく打たれた。そして忽然として音楽が啓示された。音楽というのは人間のもつ真実の詩的言語に違いないと思えた。あらゆる言葉、あらゆる文字による詩とは独立した言語で、特殊な論理に従い、最も高度の秩序についての観念を、つまりあまりに広大すぎていかなる他の言語でもうまく表現できない観念を、表現できる言語なのだ。わしはこのひらめきを追及するために音楽を学ぼうと決意した。じっさい研究してみて、君に話したかもしれないように、いくつかの成功を収めた。だが一つのことでいつも当惑させられた。それは他の次元の能力に適用された論理なるものを、使いすぎてしまったということだ。一度として作曲できなかったが、それこそ音楽の中で、すべてにまさってやってみたかったことなのだ。自分の体質にはたぶん崇高すぎるこの言語で、思考を表すことができないと分かったとき、わしは詩のほうに打ちこんでいくつかの詩句を作ったりした。しかしそれも大して成功しなかった。糧となるものを所有しようと思う前に結末を求めるような詩を必要としたからだ。で、わしの詩は弱いものとなっていった。詩は深い感覚で養われたいと願っていたが、その感覚はただ漠然と感じていただけのものだったからだ。

自分の詩句には満足できず、散文を作りそこに叙情的形態を維持しようと努めたりもした。少しばかりすらすらと書けた唯一のテーマは、真理を探究するときに感じた悲しみと苦しさだった。その一例を読んであげよう。

「おお、わが偉大さよ！　わが力よ！　お前たちは一群の雷雨のようなものを通り抜け、大地に落ちて、落雷のような被害を与えた。わが畑の果実と花のすべてに死と不毛を課した。あとを荒れ果てた円形競技場とし、わたしはたった一人わが廃墟の中にすわりこんだ。おおわが偉大さよ！　わが力よ！　お前たちは良い天使なのか、悪い天使なのか？

おおわが誇りよ！　わが学問よ！　お前たちはシムーン（熱風）が砂漠の上に吹き散らしてゆく燃える旋風のように立ち上がった。小石やちりのようにヤシの木を埋めつくし、泉を濁らせ涸らせてしまった。渇きをいやす水を探しても、もはやそれは見つからなかった。ホレブ（シナイ半島南部にあるとされるシナイ山の別称）の誇らかな頂へ道を切り開こうとする非常識な人は、木陰の泉へと通じる目立たない小径など忘れてしまうからだ。おお、わが学問よ！　わが誇りよ！　お前たちは主から送られたものだったのか、悪魔からのものだったのか？

おお、わが美徳よ！　わが禁欲よ！　お前たちは塔のように高く立ち、大理石の城壁のように、青銅の壁のように横たわった。わたしを、凍えるような円天井の下に収め、苦悩と恐怖の満ちあふれる不吉な地下室の中に埋もれさせた。固い冷たい床の上でわたしは眠った。そこでしばしば夢みたものだ。恵み深い天と豊かな世界がかつてあったことを。太陽の光を探しても、もはやそれを見出せなかった。闇の中で視力を失ってしまったからだ。ひよわな足では、深淵のふちに立っていることがもはやできなかった。おお、わが美徳よ！　わが禁欲よ！　お前たちは慢心の手先だったのか、それとも知恵の教えだったのか！　おお、わが宗教よ！　わが希望よ！　お前たちは、果てしない海の上を、おぼつかない壊れやすい舟のようにわたしを運んでいった。人を欺く霧に囲まれ、ぼんやりとした幻想と未知の祖国の定かならぬイメージに囲まれて。風にさからってゆくのに、また嵐のもとで打ちひしがれてうめくのに疲れはて、どこにわたしを導いていくのかと尋ねたとき、お前たちは暗礁の上にある灯台に点火して、そこに到達するのではなく、そこを避けねばならないと示してくれた。おお、わが宗教よ！　わが希望よ！　お前たちは狂気の生みだす夢だったのか、それとも生きた神の謎にみちた声だったのか？」

こうした罪のない仕事のさなか、わしの魂は落ち着きを取り戻し体は活力を取り戻した。だが、思いがけない災いが闖入《ちんにゅう》してきたため、休息から引き出されてしまった。修道院およびその周辺にまず伝染病がはやり、それにひきつづきペストが起きて、その地方一帯を荒らし尽くしたのだ。わしはその機に、ひどく単純な衛生方式で伝染病から身を守る可能性に関し、いくつかの観察をした。何人かの者にその考えを知らせた。すると満足すべきと思うくらいに信じてもらえたし、ペストに対するすばらしい治療法をもっていると評判にもなった。学問があると言われることは否定したが、心をこめて、自分の地味な発見を人々に伝えることには同意した。すると四方八方から人々が押しかけてきた。あっという間に時間的にも体力的にも求められる相談に応じきれなくなってしまった。修道院長から、四六時中いつでも外出し病人を訪ねに行ってよいとの特別許可をもらう必要さえでてきた。だがペストが猛威を広げるにしたがい、最初のうち修道士たちを気さくで思いやりあふれた者にしていた信仰心や人間的感情は、しだいに彼らの魂から消えていった。エゴイスティックで臆病な恐怖心が、慈愛の精神全体を凍らせてしまった。わしはペスト患者との接触を禁止された。そして修道院の扉は、救いを求めにくる者たちに対して閉ざされてしまった。で、それに憤っていることを修道院長に言わざるをえなくなった。ほかの時期だったら彼はわしを独房にほうりこんだだろう。だが死の恐怖によって人心はすっかり打ちのめされていたから、彼はおだやかにわしの言葉に耳をかたむけた。そしてわしに対し折衷案を提案した。つまりここから二里のところサン゠ヒヤチントの隠修道士の住まいに、居をかまえたらどうかというのだ。そこに隠修道士とともに伝染病の流行が終わるまで留まり、わが修道士たちにまったく危険がなくなってから、ここに戻ってくるのを許すというのだ。わしが医者としての新たな責務に取りかかるのに隠修道士が同意してくれるか否か、そして自分の茣蓙《ござ》と黒パンをわしに分けてくれるのに同意してくれるか否か、知らねばならないという問題があった。そこで彼に会いその意向を探るという許可をもらうと、ただちに出かけていった。彼が好意的だろうという期待はあまり持っていなかった。この男は月に一度この修道院まで物乞いにきていて、いつもわしは反感を覚えていたのだ。素朴な人々の信仰心にたよっていて必需品にこと欠くことはないとしても、それでも戸口から戸口へと定期的に施しをもらいに行くべきなのである。そういう誓いを立てているのだし、自分の生命を確保するというより、むしろ神を前にしてこの上ない卑下を示すためにそうすべきなのだ。

だから彼のやり方をわしはすこぶる軽蔑していた。この隠修道士は円錐形の大きな頭をしていて、目の色はうすく、日の光をまともに見られないみたいに奥にひっこんでいた。そのうえ猫背で、非社交的で沈黙がちだった。その白いひげは気象が乱れるたびに黄色っぽくなった。そのやせ細った手が外套の下から出されると、それは謙虚な様子というよりむしろ命令するしぐさのようで、わしには、狂信と偽善的誇りの典型と思えるようになっていた。

山を登り終ったとき海が見えて感動した。はるか高みから下のほうを見下ろすと、海は、そこに突き出している巨大な岩に向って激しく傾いているまっ青な広い平野のように見えた。整然とした波は、動きがもはや目立たないものになっていて、犂《すき》によって均等な間隔でつけられた畝溝《うねみぞ》のような姿を呈していた。この青い塊は丘のように屹立しており、サファイアのように密度が高く固く思えた。それを見て感激のあまり目がくらくらするように感じた。まっさかさまに落ちていかないよう、思わずそばに生えていた野生のオリーブの木にしがみついた。このすばらしい自然の力と向きあって、肉体は精神の力を獲得し、果てしない広がりを卓越した飛翔によって駈けぬけていくにちがいないような気がした。そのときわしは湖面を歩いていったイエスのことを思った。あの神なる人を思い浮かべた。彼は山のように大きく太陽のように輝いていた。「形而上学的考察の寓意ないしは高められた信頼感の生み出した夢よ」とわしは叫んだ。「あなたはわしらの物指しで計って得られる確信よりも、杓子《しゃくし》定規に連ねてゆく論理構成よりも、さらに偉大で詩的なのです！……」

わしがこんな言葉を発していたとき、一種詠唱するような嘆き声が聞こえた。弱々しい陰うつな祈りで、山の岩肌の奥のほうから出てきているような気がして思わずふり向いた。しばらくのあいだ目と耳に神経を集中して、どこからその奇妙な音が発しているのかを探した。とうとう近くの岩に登ってみて、足下の岩山一つへだてた少しはなれたところに、例の隠修道士が、上半身裸で、砂の中に懸命に穴を掘っているのを見かけた。彼の足元には筵《むしろ》に包んだ死体がころがっていた。ペストの痕跡が染みついた青みがかった足が、その素朴な屍衣からつき出ていた。半ば空いた穴からは胸が悪くなるようなひどい臭気が出ていた。前日、いそいで埋められたいくつかの死体が他にもあって、ほとんど土をかぶせたかかぶせないかの状態だったのだ。新しい死者のそばには荒削りに切ったオリーブの木の小さな十字架が立っていた。これが共通墳墓の唯一の飾りだった。ヤナギハッカの小枝をそえた砂まじりの陶土製のお椀が、清めの洗浄のために使われていた。そしてセイヨウビャクシンの小さな束が空気を浄化するのに燻《くゆ》らされていた。焼き尽くすような日光が、真上から隠者のはげ頭とやせた肩の上に照りつけていた。胸のところに琥珀色をした長いひげの先が、汗でべっとりと貼りついていた。尊敬の念とあわれみの情にかられて、わしは彼のほうにかけよった。彼は少しも驚いた様子を見せなかった。犂《すき》を投げ出し、死体の足のほうを持ってくれとわしに合図し、同時に自分は死体の肩のほうをつかんでいた。埋葬しおえると彼は十字架を立て直し、そして聖水をその辺りに注いだ。それからわしにセイヨウビャクシンの束をさらに燃やしてくれと頼みながら、ひざまずいて短い祈りをつぶやいた。そしてわしのことをそれ以上気にする様子もなく遠ざかっていった。彼の住まいに着いたとき、彼はわしが彼のかたわらを歩いてきたのに気づいただけだった。ちょっと驚いたようにわしを見て、休息したいのかと尋ねた。そこでわしは来訪の目的を数語で説明した。彼はわしの手を握ってそれに応えただけだった。それからその住まいの戸を開けて、岩の中にうがった部屋の中に、痛ましい姿の四、五人のペスト患者が莫蓙《ござ》の上で死を迎えようとしているのを見せた。

「海岸の漁師や密輸人たちでな、恐怖に捉えられた親たちに掘立て小屋から追い出された連中なのじゃ。拙僧にできることといえば、信仰と愛の言葉をかけてな、死の絶望に立ち向かえるようにしてやることだけじゃよ。そして、彼らの苦しみが終ったときにはな、埋葬してやるということじゃな」わしが敷居をまたごうとしたのを見て彼はつけ加えた。「入らんようにな、わが信仰の友よ、この人々は、手の施しようがないのですわ。この場所は汚染されておるしね。あなたの日々は、まだ救える人々のためにとっておかれるのがよかろう」

「神父さん、あなたはご自分のことで何も恐れないのですか？」とわしは尋ねた。

「何も」と彼はほほえみながら答えた。「わしには確かな予防法があるのですわ」

「それは何ですか？」

「それはな」と彼は霊感を得たような様子で言った。「わしの果たすべき仕事こそ、わしには害を及ぼさないものだからじゃよ。もしもわしが、もう必要とされなくなれば、他の者と同じようなふつうの人間に戻るじゃろう。わしは倒れるときに言うじゃろう。『主よ、み心の行なわれんことを。あなたがわたしを呼ばれていられるのは、もうわたしに命じることは何もないということですから』とな」

こう話しながら、どんよりとした彼の目はきらめきを取り戻して、まるで吸収していた太陽光線を放出しはじめたように見えた。その輝きは、思わず目をそらして足下にきらめいている海のほうを見やったく

隠修道士が、上半身裸で、……

らい強烈だった。

「何を考えておるのかな？」と彼はわしに尋ねた。

「わしはイエスが水面を歩いたということを思い浮かべていたのです」と答えた。

「何の驚くことがあろう？」とわしのことが分らないままその尊敬すべき人は言った。「唯一驚くべきことはな、それは聖ペテロが疑ったということじゃよ。救い主と直接相対していた彼がな」

わしは院長に報告するためすぐさま修道院に戻った。そんなことはしないほうがよかったかもしれない。修道士たちは、恐怖に支配されているときはとりわけ、規則などほとんど気にかけないことを思い出すべきだっただろう。すべての大扉は閉ざされていた。くぐり戸から顔を出そうとしたら、くぐり戸も目の前で閉じられてしまった。わしの奔走の成果がどんなものであれ、もう修道院には入れられないぞという叫び声が聞こえた。わしは隠修道士の住み家に戻って寝ることにした。

わしは隠修道士と三カ月間一緒に過ごした。彼は本当に昔風の人間だった。キリスト教の最もすばらしかった時代にふさわしい聖人だった。良い仕事を実践しているほかは、もしかしたら凡庸な精神の人だったかもしれない。しかし彼の信仰心はまことに偉大で、必要な場合に天才ぶりを発揮するのだった。とりわけ死にゆく者たちに対する激励の仕方に、その素晴らしさがあると思った。そうした折、彼は本当に神の息吹を受けているようだった。山から流れ落ちる急流のように豊かな言葉があふれてくるのだった。疲労で深いしわが刻まれた彼のほほを悔恨の涙がぐっしょりとぬらした。心が歩む道筋というものを真底知っていたのだ。彼は、天の戦士ゲオルギオス（四世紀初めの聖人）が竜を大地に打ちたおしたように、死の苦しみと恐怖

痛ましい姿の四、五人のペスト患者が……

とに立ち向っていた。瀕死の人々の生を独占していたさまざまの情熱に対し、すばらしい理解力をもっていた。そうした人々一人一人に適した言葉づかいをし、約束をすることができた。彼らがこの世から苦痛にみちた旅立ちをなそうというとき、精神的にほっと安らぐような瞬間を与えようと真剣に望んでいて、教義通りの文句を並べるような空虚なやり方にこだわっていないのに気づき、わしは喜んだ。そういうときの彼は自分自身を超えた高いものになっていた。というのも彼の信仰は、個人的実行において、最も狭量で厳格なカトリック教義のあらゆる細々した点をもっていたからだ。しかしその善意は、ローマ教会の力や威嚇を超えて神からのたまものとなっていた。彼にとっては自分がめんどうをみた死にゆく者たちのこぼす涙のほうが、終油の秘蹟の儀式よりももっと大切に思えたのだ。ある日わしはカトリック信者にとっては大変な言葉を彼が発するのを聞いた。彼は瀕死の人の唇のところにキリストの十字架像を差しだした。病人は顔をそむけた。そして隠修道士のもう一方の手をとり、その手のほうに口づけし息たえた。

「いやはや！」とまぶたを閉ざしてやりながら隠修道士は言った。「あんたは許されるじゃろう。感謝の気持を感じたのじゃからな。この世において人間の献身を理解したなら、あの世において神の善意を感じることになるじゃろうよ」

夏の暑さとともに疫病も終った。修道院に呼びもどされるまで、さらにしばらくのあいだ隠修道士とともに過ごした。わしら二人とも休息が必要だった。年も暮れようとする頃のあれらの日々は、想像しうる限り最高にすばらしい景観の一つに囲まれ、平安と、さわやかさと、かぐわしさに満ちていて、いかなる束縛もなく心底尊敬できる人とともに過ごした、わが生涯においてまれな美しい日々に入るものだった。

この厳しくもつましい生活がわしには気に入っていたし、それにこの隠修道士のすまいに来てから自分が別の人間になったのを感じていた。人の役に立つ仕事、真剣な献身がわしを鍛え直してくれたのだ。心は春の微風を受けた花のように開かれていった。広大な領域での友愛を、万人に対する献身、慈愛、自己犠牲、一言で言えば魂の生き方といったものを理解していった。平穏な日頃の生活に戻ったあと、わが友の考えの中に何か幼稚なものがあることに十分気づいた。高揚感から励まされることがもはやなくなると、彼はある地点まで、こちこちの信者に舞い戻ってしまった。だがわしは彼の宗教的小心に反対しようとはしなかった。あれほどの美徳のるつぼで浄化された信仰に対し、敬意に満たされていた。

修道院に戻るようにという命令が来たとき、少しばかり体調が悪かった。疫病の元となるものを持ち帰ったと見られるのが恐くて、ずいぶんと忍耐強く帰るのを延ばした。元気になるまでに必要な期間、外にとどまっていてよいという許可を即座に受けとったからだ。期限がつけられていない時間だったから、可能な限り最良のやり方で使うことに決めた。

その時までわしに修道誓願を破らないようにさせていた主要な思いの一つは、スキャンダルへの恐れだった。それは世間の人々の意見が個人的に心配だったということではまったくない。世間の人々とはいかなる関係も作りたくないと思っていたのだ。また大して評価できないあれら修道士たちに、敬意をいだいていたからでもまったくない。そうではなく、誓いというものの持つ本来的厳しさ、その権威への深い直感からだったし、たぶんそうしたことすべてよりも、ヘブロニウスの思い出への有無を言わせぬ敬意からだったのだ。いうなれば修道院のほうでわしを構内から放りだしてしまったいま、悪い手本を示したというスキャンダルもなく、また自分の決意を破ることもなく、誓願を破棄することができるように思えた。修道院で送ってきた生活、そして今後送ることのありうる生活を検討した。それがこれまで生み出してこなかった偉大で有益なものを生み出しうるかどうか考えてみた。スピリディオンが実践し、たぶん自分の後継者たちのために夢みていたベネディクト会修道者にふさわしい篤学勤勉の生活は、不可能になっていた。スピリディオンの学識あふれた隠遁生活における最初の仲間たちは、修道院での幸福な日々のことや、学識と信仰堅固の聖域、あれら古代風丸天井の下で、偉大な仕事が果たされることを彼に夢みさせたに違いない。だがスピリディオンは、修道院が生み出した最後の傑出した人々の同時代人ではあったが、自分の作ったものにうんざりしながら、そして修道院生活の未来について幻滅しながら死んだというのは確かなのだ。わしとしては、これからやろうというのが辛い仕事であって、完成した誉れ高い業績といったものではないだけに、誇らしい気持もなく、自分が今世紀最後の博学精励のベネディクト会修道士の一人だと言えたから、穏やかな碩学としての自分の役割そのものが、もはや維持できなくなっているのを十分に承知していた。静かに研究するには、静かな精神が必要だ。だが人類の上で荒れ狂おうとしている嵐のまっただ中にあって、どうしてわしの精神が静かでありえたろうか？　社会が溶解しようとしているのが見えたし、もろもろの王権が、波におおわれようとしている葦《あし》のように打ちふるえているのが見えた。もろもろの民が長い眠りから覚め、彼らを束縛していたすべてのものをおびやかそうとしているのが見えた。良きも悪しきもごっちゃになって、頸木《くびき》への同じような嫌気を覚え、過去に対し同じように憎んでいた。わしには聖堂の帳《とばり》が、キリスト復活の時のように上から下へとまっ二つに裂けるのが見えた。あれらの民は磔《はりつけ》にされたキリストの姿だったし、神聖な場所での恥ずべき言動は、復讐の視線の前にさらけ出されようとしていた。この広大な分裂状態がまさに生じようとして接近してくるのに対し、わしの魂がどうして無関心でいられただろう？　上昇し、堤防をこわし、諸帝国を呑みこもうとしている大海原のそのとどろきに対し、どうして聞き耳をたてないでいられただろう？　ほどなくその結果が感じとれるだろう破局の前夜に、最後の修道士たちは自分たちのワインの桶を大急ぎで空にすることができた。そして酒と料理で満腹し、酩酊のまっただ中で気苦労もなく死を待とうと、汚れた床に長々と横たわることができた。だがわしはそうした者には属さなかった。自分がどんなふうに、また何のために生きてきたのかを、また何のためにどんなふうに死なねばならないのかを、ひたすら知りたいと気にかけていた。

こうやって勝手に自分のものとした自由を、どんなふうに使えるかとじっくりと検討してみて、精神的仕事以外に、この世でわしに適したものは何もないと分かった。カトリック教から離れていった最初のころは、たぶん気宇壮大な野心によってつき動かされていたのだ。とてつもない計画を企てたりした。ローマ教会の改革をルターよりももっと広汎な領域でもくろんだりした。プロテスタンティズムを発展させることも夢みていた。ルターのようにわしもキリスト教徒だったからだ。ローマ教会のふところに抱かれていたわしには、どんなに解放されたものであれ、まずローマ教会によって生み出されたものでない宗教など、想像することができなかったのだ。だがキリストを信じることを止め、わが世紀と同じような哲学者となって、わしには改革者となる手段がもはや分からなかった。すべては敢行されてしまっていたからだ。道徳的規範の自由に関しては、他の者と同様、認めがたいと思っていた。そして、あれら破壊をなした者たちすべての中にいて新しい意見を育むためには、彼らに何らかの再建計画を提案する必要があるだろうということも、よく分かっていた。わしは科学のために何かをなしうるだろうし、そうすべきかもしれない。だが人間知識のその分野において、名をなすための配慮をいささかも持っていなかったばかりか、本当のところ哲学的問題に対してのみ、欲求やエネルギーがあると感じていたのだ。科学を研究したのも、ただ形而上学の迷宮で道案内してもらうため、そして最高存在に関する知識へと到達するためにだけだった。この目的を欠いたとき、間接的にしか情熱を感じなかったこの研究を、もう愛せなくなった。あらゆる信仰を失うことは、体験するのが非常に悲しいことのように思えたが、それを人々に告げることも同様につらいこととなっただろう。それに死にかかったローマ教会に対して声を高めるあの呪詛の大合唱に、もう一つの声をつけ加えて何になっただろう？　すでに勃発し始めていたフランス革命と戦っているこの瀕死の者に、石を投げるのは卑怯ではなかったろうか？　フランス革命は、アンジェロ君、疑いもなく、ここで好んで信じられているよりももっと強烈で差し迫った反響を、わが国において持つことになるだろう。だから君にこの部署を離れないよう、しばしば勧めたのだ。ここにはほどなく、かなりの危機がわれわれを追い求めてやって来るかもしれないからね。わしは、精神的にはもはや修道士ではなくなってはいるが、この僧服ゆえにあいかわらず修道士だし、これからもそうあり続けるだろう。これは一つの社会的身分であって、別の身分と同じようには言えないだろうが、やはり身分になっているのだ。その身分が評判を落とせば落とすほど、そこにあって人間としてふるまうことが重要になる。もしわしらが俗世間で生きざるをえなくなったとしたら、きっと一つならずの皮肉や軽蔑のまなざしが、これら陰うつな夜の鳥の態度を探ろうとして向けられるだろうよ。この鳥たちときたら千五百年も前から古い家の闇とほこりの中に暮らしているのだから。そのとき剃髪《ていはつ》という恥ずかしい姿で白日の下に姿を現す者たちは、他の者よりももっと高く頭を上げなくてはならない。というのも剃髪は消せないし、頭のてっぺんに髪がまた生えてきても隠しようがないからだ。かつては尊敬され今日では人々から毛嫌いされているこの跡を、隠してくれるものは何もない。たぶんアンジェロ君、わしらは自分たちの犯したことのない罪や、また知ることのなかった悪徳ゆえに罰せられるのに耐えてゆくことになろう。だから罰せられるに値するだろう者たちは逃げ出せばよい。侮辱されて当然だろう者たちは顔を隠してしまえばよい。だがわしらは、侮辱に対してほほを差しだすことができる。縛り上げようとするひもに対し手を差しだすことができる。そして精神の中で、真理の中で、キリストの十字架を担うことができる。わしがまれにしか名指ししないこの崇高なる哲学者の名を君はいま聞いたろう。彼の名高い名前は、わしの周りで汚れた口によってたえず発せられているが、わしの口からは人生の最高に深刻なものごとや魂の最も奥深い感情に関してしか、発せられることはないのだ。

ところでわしは自分の自由をどうできるだろうか？　満足させてくれるものは何もない。騒ぎとか、変化とか、見ものになるものとかへの欲求のみに従っていたとしたら、わしは間違いなく長いこと、もしかしたら永遠に旅立っていただろう。遠い国々を探索し、広い海原を突っ切り、地上の未開の民を訪ねただろう。一度ならずこういうたぐいの強烈な誘惑をわしは退けた。ほどなく何か伝道にたずさわる学者の中に入りたくなった。そして新しい民たちの騒ぎを離れ、古代の法や信仰を保っている宗教面で保守的な民のもとに、過去の静けさを探しに行きたくなった。中国、とりわけインドが研究と観察の広大な場を提供してくれた。だがほとんどすぐに、あえて逃れてきた墓の休息、生きながら目の前で身を包まれそうになった墓の休息に対し、どうしようもない嫌悪を感じてしまった。知的に死んだ民、自分たちの先祖の知性によって作られた頸木に愚かな動物のようにつながれ、ヒエログリフの屍衣に包まれたミイラたちのように一塊になって歩いていく民を、見てみたいとは思わなくなった。わしの周りに迫っているドラマの結末がいかに暴力的で恐ろしく血まみれのものであろうと、それが歴史であり、ものごとの永遠の動きであり、運命の必然的ないし摂理的行為であり、また一言で言えば、溶岩のようにわしの足元で湧き立っている生命だったのだ。永久に冷たくなった灰の上で石化した植物の残骸を探しに行くよりも、そうした溶岩にまきこまれて一本の草のように運ばれてゆくほうをわしは好んだ。

思いがその方向に向かったのと同時に、別の誘惑にも襲われてしまった。それは、まさに現実の動きのまっただ中に飛びこみたい、そして覚醒がいまだなされていないように感じるこの地を去って、嵐が突然起きた様子を見にいきたいという誘惑だった。そのときは自分が修道士であることも、修道士として留まろうと決意したことも忘れていた。わしは自分が人間であること、エネルギーと情熱にあふれた人間であることを感じた。そして行動的生活がありうるかもしれないものを夢み、内省に倦み、幼い生徒のように(むしろ若い動物のようにと言うべきだったろう)、自分の力をかき立て消費したいという欲求につき動かされるのを感じた。虚栄心から、絵空事の期待によって心がゆすぶられた。かの地で自分が有益な役割を演じられるかもしれないと思いこんだ。そして哲学的思考がその役割を果たし、その思想を適応すべき時がやってきている、これ以降は偉大な感情をもつことが必要であり、人々の性格が試されるのであり、偉大な心情がまれなだけに必要とされるだろうと思いこんだ。わしは間違っていた。偉大な時代は偉大な人間を産み出す。そして偉大な行動はお互いから相互的に生まれてくる。フランス革命は、それにおびえたあらゆる愚か者や、それに脅かされたあらゆる似非《えせ》信者による数多くの中傷が君の耳にも届いているだろうが、アンジェロ君、君が思いもよらないような英雄集団を日々産み出しているのだ。彼らの名前はこの地には呪いを伴ってしか届かないが、いつの日か君は現代史における彼らの足跡をむさぼるように追い求めるだろうよ。

わしとしては、革命の大いなる謎の言葉をはっきりと知ることもなくこの世を去るだろう。その言葉の前に、多くの狭量なプライドや軽率な知性がやってきては砕け散っている。わしは知る人として生まれたわけではない。この世にあっては深淵へと通じる急斜面上で過ごしたのかもしれない。その深淵には自分の周りをよく見るひまもなく投げ入れられ、そしてわしは永遠を刻む文字盤に、自らの苦しみによって待機の一時間を印づける以外に何の役にも立たなかったのだ。だが現代の人々はわしらが過去のために思い煩った以上に、未来のためにさらに大きな悪を作っているのが分かるから、わしはこうした悪全体が大いなる善を引き出すことになろうと考えている。というのも今日、摂理による行為があり、そして人類は本能的に、また共感をもって、神の考える偉大かつ深遠な意図に従っていると信じるからだ。

わしはこうした新たな野心の高まりと闘っていた。それは抑えきれないでいた心の若さ、無垢と未経験に特徴づけられた時代を超えて、抑えられていたゆえに長く消えないでいた若さの、最後のきらめきだった。アメリカ革命にわしの心は強烈に引きつけられた。フランス革命にはさらにいっそう引きつけられた。フランスに向っていた船が逆風を受け、近くの海岸に乗りあげたことがあった。船が本来の航路に戻る仕度をしているあいだ、何人かの乗客が隠者の住まいを訪ねてきて、そこで休息をとっていった。彼らはとても優秀な人たちだった。少なくとも、政治的な出来事と、そうした出来事を生み出した哲学の動向について、自由に語るのを聞きたいとひどく望んでいたわしには、そう見えたのだ。彼らは未来への信頼と自信とに満ちあふれていた。彼らのあいだで手段に関しては必ずしも一致しているわけではなかった。だが、危険の中であらゆる手段が良いものだと彼らには思えているのが容易に見てとれた。社会的公平という最高にデリケートな問題を考察するこうしたやり方は、気に入ったと同時に尻込みさせるものでもあった。勇気と献身であるすべてのことが、わしの胸に反響し眠りこんでいたものを呼び起こした。とはいえ暴力と無分別な破壊という考えは、わしの正義感や辛抱強くやる習慣を動揺させた。

彼らの中にコルシカ出身の若者がいた。そのいかめしい顔だち、深いまなざしは一度として記憶から失せたことがない。ぞんざいな物腰なのにとても控えめで、言葉は力にあふれて簡潔、人を見抜くような明るい目をし、ローマ人のような横顔で、ある種不器用な優雅さがあって、ちょっとした挑発をうけただけで大胆きわまるふるまいをすぐにしてしまいそうだと、自分自身への不信感をもっているように見えた。そうしたことすべてがこの若者にあって、わしに強い印象を与えた。目の前にあることすべてを意に介さず、スパルタ的な厳格さといった理想しか評価しないふりをしていたが、わしは彼が現実の中に飛びこみたがってじりじりしているのが見えると思ったし、じっさい目ざましいことをやるだろうと予感できるように思った。わしが間違っていたかどうかは分からない。いまだ頭角を現せないでいるかもしれないし、もしかしたらその名が今日世界に知れわたっている人間になっているかもしれない。あるいは収穫の時を待たずに刈り取られる青い麦のように、戦場で倒れてしまったかもしれない。もし運よく生きているなら、その力強いエネルギーが、野望あふれた情熱にではなく、自らの堅固な原則の発展に役立っていてくれるとよいのだが！　彼は年老いた隠修道士にほとんど注目しなかった。わしのほうは、はるかに威厳がなかったのだが、隠修道士の住居の周りにある岩のテラスを、二人してあちこち歩き回ったほんのわずかな時間、わしのほうにその注意力すべてを集中していた。彼の歩き方はぎくしゃくしたもので、つねにせわしなく、それでいてしょっちゅう急に止ったりする。まるで立ちどまっては感嘆の思いで耳かたむけようとした、あの海の動きみたいだった。というのも彼は、異常な程度にまで現実感覚の中に詩的感覚をまぜあわせていたからだ。彼の思考は天と地を抱きしめているみたいだった。だが天よりもさらに地のほうに思いは注がれていた。神的な物事は、人間の偉大な運命を守ってくれるシステムでしかないように思われていたのだ。彼の神は意思であり、強いことがその理想だった。力が彼の生の条件だった。はっきりと思い出すが、彼の宗教的観念を知ろうと試みたとき、彼はとてつもない熱狂に捉えられて次のように叫んだ。

「おお！　ぼくはエホバしか知りません、力の神だからです。

おお！　そうですとも、力なのです！　それこそが努めだし、それこそがシナイの啓示なのです。そして預言者たちの秘密なのです！

力の欲求というのは、必然がすべての存在に課す発展への要求ということです。それぞれの物が、存在しなければならないゆえに存在しようと欲するのです。欲求する力のないものは、非情冷酷な人間から、栄養をもたらす水分を欠く草にいたるまで滅ぶべき定めにあります。おお神父さま！　自然の秘密を学んでいらっしゃるあなたは力の前に頭を下げてください！　あらゆるものの中で、何と苛烈な侵略が、そして何と執拗な抵抗が存在しているか見てください！　地衣類は何と石をむさぼろうと努めていることか！キヅタは何と木々をしめつけ、樹皮に侵入することができないと、怒りくるった毒ヘビのようにその周りにまきつくことか！　狼が大地を爪でひっかき、熊が冬眠する前に雪をうがつ様子を見てください。ああ何ということ！　どうして人間たちは、互いのあいだで、民族対民族、個人対個人で戦いをやらないなどということがあるでしょうか？　どうして社会は、相反する意思と欲求との永続的な争いとならないでしょうか？　すべてが自然の中の働きであるというとき、つまり海の波はお互いにぶつかって盛り上がり、ワシはウサギを、ツバメは地中の虫を引き裂き、霜は大理石のかたまりを割り、雪は太陽に抵抗しているというときに？　頭を上げて見てください。巨人のようにぼくらの前に立ち上がっているこの花崗岩質のかたまりが、何世紀にもわたって荒れ狂う風の襲撃に耐えている様子を！　風の神アイオロスの息をも挫《くじ》けさせているこれら石の神々は何を望んでいるのでしょう？　物質の重荷のもとでアトラスが耐えているのはなぜでしょう？　またなぜ巨人の奥底で恐るべき巨大な仕事が行われ、その口から溶岩が吹き出てくるのでしょう？　それはそれぞれのものが自らの場所をもち、拡大しようとする力が、許容する限り空間を満たそうと欲するからです。そしてこれらの花崗岩の一片を引き離すために、恐るべき外的力の働きが必要だからです。またそれぞれの存在、それぞれの物が、自らの中に生産と破壊の要素をになっているからです。さらには創造全体が大いなる闘いの光景を呈していて、そこでは秩序と持続が、絶え間ない全体的闘争の上にのみ立脚しているからです。だから、死すべき被造物であるぼくらは、自らに固有の生存のために専念しましょう。おお人間よ！　自分たちの社会がもしも悪いなら、作り直すよう努力しましょう。それこそ手ぎわよく自分の家を建てるビーバーに倣うことになります。その社会がもしも良いなら、維持するよう努めなさい。それこそ、侵食する波に対して自らを守る岩礁にも似ることになります。もしも投げやりになり、自らの未来への配慮を成り行きまかせにしてしまえば、あるいは抑圧を受けたり、自らの解放を怠ったりするならば、あなたはイスラエルの不信仰な民のように砂漠の中で死ぬでしょう。遠いものと思いこんでいる悪をさけるために、怯懦《きょうだ》の中で眠りこんだり、習慣によって近しいものとなった悪に苦しんだりするなら、そして預言者の鞭《むち》や岩山の水への渇望に、不信感によって耐えているとすれば、あなたは天から見捨てられ、海のつれない波に飲みこまれるのがふさわしいものとなるでしょう。そうです、人が犯しうる最大の罪、自らの生を汚しうる最大の不道徳、それは怠惰と無関心なのです。諦観という聖なる言葉を、臆病で投げやりな服従の意味にしてしまった者、ぼくに言わせれば、そういう者たちは罪を犯したのです。それらは偽りの預言者で、人類を不幸の道へと迷いこませたのです」

こんなふうに彼は、長い黒髪を海からの微風にさらしながら語った。わしは彼の言葉づかいの力強さと簡潔さを、ここでそのまま示そうとは思わない。そんなことはできそうにもないからね。ただ彼の思想の思い出だけが残っている。その顔だちは、彼が出発していったあとも長く目の前にちらついていた。あの日再び乗船するために使ったボートに一緒に乗りこんだが、別れぎわには力強くわしの手を握り、最後に次のように言った。

「ねえ、いっしょにいらっしゃる気はありませんか？」

わしの心臓はこの瞬間、まるで胸から飛び出そうとするかのようにおののいた。あの若者に対し異常なまでの共感の高まりを覚えた。あたかも彼のエネルギーにより、わしの中にある未知のエネルギーが写しだされたみたいだった。だが同時に、わしの洞察力を越えていた彼の存在の知られざる面に恐怖を感じて、ぞっとした。わしは大理石のように白くて冷たい彼の手を離した。岩の上から長いことその姿を目で追っていた。その岩からは、上甲板に立って望遠鏡を手に海岸べりの暗礁を観察しているその姿が認められた。もうわしのことなど考えていなかったのだ。帆が水平線に消えたとき、彼に名前を尋ねていなかったことを悔いた。考えつかなかったのだ。

海辺で一人きりになると、命の最後の光が自分の中で消えてしまったような、そして永遠の夜の中に戻ってゆくような気がした。心臓がぎゅっと締めつけられた。太陽が頭上で燃えるように照ってはいたが、突如暗黒にとりかこまれたように感じた。そのとき夢で聞いた言葉が記憶に舞い戻ってきた。一種の絶望にとらえられながら、それを大声で言ってみた。

「墓に属するものは、墓に返されるように！」

その日の残りを、ひどい胸さわぎの内に過ごした。あの旅行者たちがいっしょに付いてくるよう励ましてくれたあいだは、彼らの勧めよりも自分のほうが強いと感じていた。もはや思い直すには遅すぎたいまとなっては、同行を断ったのは知恵ある行為というよりも、むしろ臆病の表れでなかったかどうか確信が

こんなふうに彼は、……語った

もてなくなった。打ちひしがれて迷っていた。自分の周囲を暗いまなざしで眺め、自分の黒衣が鉛の服のように思えた。わしは自分自身に打ちのめされていたのだ。イグサで作ったベッドにまで重い足をひきずっていき、もう二度と目覚めないようにと願かけしながら眠りこんだ。

夢で十二年来初めてスピリディオン大修道院長を見た。部屋に入ってくると、眠っている隠修道士の脇を目を覚まさせないようにして通り過ぎ、わしのかたわらに打ち解けた様子でやって来てすわろうとするように思えた。その姿ははっきりとは見えなかったが、彼だと分かったのだ。そこに彼がいて、わしに話しかけているのは確かだった。このまえ夢でみたときからずいぶんとたっていたのに同じ声の質をしていると思った。彼は長々と熱心に話しかけてきた。わしは目覚めたとき、たいそう感動していた。だが彼が言ったことは一語として思い出せなかった。とはいえ叱責されていたような印象があった。一日中わしは、どんな悪いことをしたのか分からないまま叱られた子供みたいだった。しおれて困惑していた。スピリディオンへの思いに付きまとわれて散歩した。もっともその思いを追い払おうなどとは考えなかった。彼のことを思うと、いつも精神がおかしくなるような脅迫感と結びつくのだが、しかしもう怖くはなかった。あの頃から理性を失うなどどうでもよいことと思えてきた。もしも狂気が穏やかなものでさえあれば、だ。わしは憂愁に傾きがちだったから、はっきりとした絶望感より、はるかにそうした状態のほうが好ましかったのだ。

次の晩も同じ訪問を受けた。そして同じ夢をみた。また次の晩も同様だった。それこそ混乱した脳を占める固定観念の一つなのか、それとも生者の魂と死者の魂のあいだでありうる本当の交流の現れなのか、自問することもしなくなり始めていた。精神は別として、少なくとも心情のほうはかなり穏やかになっていた。というのもしばらく前から、まじめに善行を実践しようとしていたからだ。もっと教養をつみ、もっと巧みになろうという願望をすて、そのかわりもっと純粋で正しい存在になろうという気持になっていた。それゆえ運命に身をまかせようと思っていた。とても高くはついたが、最後の犠牲的行為が果たされていたのだ。わしは最善を尽くした。熱心に訪ねてくるあの亡霊が、わしの後悔に不満なのかどうか分からなかった。だがもう恐くはなかった。死者たちを気にかけないですむくらい自分が強くなっているのを感じた。永久に生者たちと縁を切ることができていたのだ。

四日たったとき、修道院に戻るようにという正式の命令が上のほうから来た。管区の司教が、自分の取締りの網にかからない短期間来訪の旅行者たちに、わしが講話をしたという話を聞いたのだ。そしてわしが反乱の首謀者たちと、あるいは悪い心情に染まった外国人たちと何か秘密の関係をもつことを恐れ、ただちに修道院に戻るようにと厳命してきた。わしはこの命令に徹頭徹尾無頓着な態度で服した。あの善良な隠修道士の名ごりつきない様子には心を強く動かされた。彼は上位聖職者への敬意から、この出発に対しいかなる異議もとなえず、いかなる不満も見せなかったのではあるが。わしが林の中に姿を消そうとするのを見たとき、わしを呼び戻して腕の中へと身を投げてきた。それから涙にくれながら身を引き離すと、自分の小礼拝堂のほうに足早に走っていった。今度はわしのほうがそのあとを追った。何十年ぶりかでわしは一人の人間の前に、司祭の前にひざまずいたのだ。そして彼に祝福してくれるよう乞うた。それが永遠の別れとなった。彼は次の冬に死んだ。九十歳であった。あまりにも無名な人だったから、ローマが列聖するとは考えられなかった。とはいえかつてキリスト教徒の中で、天国での高い地位に彼以上ふさわしい者はいなかったろう。土地の農民たちはブール地（褐色で厚地の毛織物）のその修道服を皆で分けあい、いまだその切れはしを聖遺物のようにして持っている。山賊連中は、かの修道士がいつでも迎え入れてくれていたから、彼の小教区の教会で、その遺徳をたたえるべく立派な葬儀を行い、自分たちの借りを返した。

わしは彼のもとを正午ごろ発ったが、修道院に戻るのに一番の遠回りをした。平野に行くのに海辺の砂浜のところをたどっていった。年老いて背中は曲り、悲しみで心はなえていたが、人生最後の学校さぼりの道草をやったようなものだ。

その日は暑かった。すでに春になっていて岩肌の上にあちこち花が咲いていた。たどった道は人跡未踏のところだった。山の足もとをうがって海が自然に道のようなものを作っていた。岩が数知れずデコボコしている箇所があって、いまだ波の浸食作用相手に海岸線を争っているように見えた。焼けた砂浜を二時間歩いたあと、すっかり疲れてしまい黒い花崗岩の上にすわった。真っ白にあわ立った波が、周り中からその岩に押し寄せていた。そこは人気《ひとけ》のない場所で、海の不気味な調べがあたりを覆っていた。廃墟になった古い塔があってミズナギドリやカモメの隠れ家になっていたが、いまにも頭上に倒れてきそうに見えた。塩気を含んだ風に侵食されてその塔の石材は粒子状になり、隣接する岩の色と同じになっていた。そこで、見た目にはいたるところどこで自然の作用が終わり、どこで人間の手が加わりはじめているのか、もはや見分けられなくなっていた。わしは雷雨によって石が一つずつもぎとられたこの見捨てられた廃墟を、自分になぞらえた。人間は時間と偶然の破壊作業を、こんなふうにして待ちうけざるをえないのだろうかと自問した。それから、自らの務めを果たし犠牲をなしとげたあと、墓の休息を早くやって来させる権利はないのかとも。頭の中で自殺という考えがはげしく去来していた。立ち上がって岩のふちを歩き始めた。ひどく早足で、深い海のすぐそばを歩いたものだから、どうやってそこに落ちないでいられるのか分からなかった。だがその瞬間、背後で苔《こけ》と茨《いばら》の茂みとをこするような衣《ころも》の音を聞いた。ふり返ったが誰も見えなかった。そこでまた走りはじめた。だが三度にわたって背後で、誰かの足音が聞こえた。三度目のときだった。氷のように冷たい手が、もえるように熱くなっていたわしの頭の上に置かれた。そのとき〈霊〉だと分かったのだ。恐怖にとらえられて立ち止まり、思わず次のように言った。

「あなたのご意思をお示しください。わたしはあなたの僕《しもべ》です。でもご意思は友人のもつ父親のようなものであってください。移り気な亡霊の気まぐれではないようにしてください。というのも、わたしはすべてのものからも、あなたからも、死によって逃げ出すことができるのですから」

返答はなかった。わしを押し留めている手も感じられなくなった。だが目で探してみると、前方、少し離れた所に、スピリディオン大修道院長がいるのが分かった。以前フルジェンチェの死の床で現れたときと同じ服装をしていた。彼は足早に海の上を歩いていた。太陽が投げかけている帯状の光を追いかけながら。水平線に達したときふり返ったが、その姿は星のようにきらめいて見えた。片手でわしに向って天を指し示し、もう一方の手で修道院への道を示した。それからふいに姿が消えた。わしはまた道を進みだした。喜びで心おどり、感激で胸いっぱいになりながら。頭がおかしくなっていようと、どうでもいいではないか？　神々しいまでの幻をみたのだから。

――「アレクシ神父さま」と私は語り手をさえぎって尋ねました。「修道院生活の習慣に戻られるのに、たぶん御苦労がおありだったのでしょうね？」すると、彼は次のように答えて語り続けました――

おそらく初期キリスト教時代のような共住修道生活のほうが、いまの修道院生活よりは好みにあっているだろう。しかしそんなことはほとんど考えなかった。この世の幸せを求めるといった空虚なことが、わしの仕事の目的ではなかったし、幸せや安寧といった幼稚な欲求がわしの願う目的ではなかったからだ。人生にたった一つの願望しかなくなった。それは宗教的信とまではいかなくとも、希望に到達することだった。自分の魂の能力を拡大しながら、それを可能な限り最良の形で、真理と知恵、あるいは美徳に到達できるよう使えたなら、わしは自分をこの世で人間に許されている限りの幸せ者と見なしただろう。ああ何としたことか！　この点に関する疑いがまたもわしを襲ってきたのだ。最後の大きな犠牲を果たしたあとだというのに。本当のところ、あの隠修道士との生活を脱したあと、かつてなかったほど美徳に近づいてはいたのだ。純粋知性の不毛な畑を耕すのに疲れ、あるいはより正確に言うなら、偽りの哲学が形而上学の冷たい思弁に限定しようとしていた魂の広大な領域の広がりをさらによく理解し、それまで魅了されていたもののすべての空しさを感じていたし、自分をより良いものにしてくれるだろう知恵の必要も感じていた。献身を実践したことで慈愛の感覚を再発見していたし、友情をもったことで心の優しさを理解していた。詩情や芸術的感興を知ったことで永遠の生命への直感を取り戻していた。善なる霊スピリディオンの、この世のものならぬ出現によって、信仰と霊感とを取り戻していた。だがまだ何かなすべきことが残っていた。それはよく分かっていた。つまり義務を果たすということだ。自分の周りでいくつかの肉体的苦痛

彼は足早に海の上を歩いていた

を軽減するためにやったことなど、一時的な責務を果たしただけであり、自慢できることとは思わなかった。その責務に対し神は百倍にして報いてくれた。つまり二人の卓越した友を与えてくれたのだ。地上におけるかの隠修道士と天上におけるヘブロニウスの二人を。だが修道院に戻ってから、おそらく果たすべき何らかの使命があったはずなのだが、それが何かを知るのが大変難しかったのだ。他の時期だったら超自然的驚異に傾きがちな脳の生む幻影とでも呼んだろうものを、警戒すべきだという気にあいかわらずなっていたし、過去の幾世紀にわたり修道院内の偉大な学者たちによって果たされた仕事がその成果を結んだあと、もはや修道院の中に人類の教育のために掘り出すべき埋められた宝などなくなっているとき、われわれの生きている時代に修道院の奥で暮らす修道士は何に役立ちうるだろうかと自問したい気になっていた。とりわけ修道院生活が宗教にとって価値あることを証明しなくなったときは、だ。もっとも宗教自体、現代の世代にとってもはや価値あることを証明しないものとなっているが。過去によって縛られているとき、現在のために何をなすべきなのか？　杭に縛りつけられているとき、どんなふうに自ら歩き、また他の人々を歩かせるべきなのか？

これは大問題、わが生に関する真の大問題だった。わしはまさにそれに解答すべく晩年を費やした。認めなければならないが、アンジェロ君、その解答が出なかったのだ。わしにできたことといえば、もう何一つできないとつらい思いで認めたあと、あきらめることだけだった。

おお、わが子よ！　わしはこれまで、君の中でカトリック信仰を打ちくだこうとは何一つしてこなかった。せっかちすぎる教育など信奉していないからだ。身につけた信条をこわさねばならないとき、また新しい思想の未知の面をはっきりとは言い表せなかったとき、若い頭脳を疑念の淵にせっかちすぎる形で投げこむことなどしてはならない。疑いというのは必要悪だ。大いなる善だとも言える。苦しみと謙虚さをもって、信仰に達しようとじりじりしながら願望しているとき、疑いというやつはまじめな魂が神に差しだすことのできる最高の美点の一つだとも言える。そう確かに、真実に対し無関心のまま眠りこんでいる者は下劣であり、臆面もない否定の中で慢心している者は常軌を逸しているか性悪者であるとしたら、自らの無知を嘆く人間は尊敬すべきだし、無知から脱しようと熱心に努める者はすでに偉大だ。彼の仕事からいまだ何の収穫がない場合でさえもね。しかしこうした懐疑のざわめく海に呑みこまれないで、そこを突っ切って行くには、強固な魂か夙《つと》に成熟している理性が必要なのだ。多くの若い精神があえてそこに赴いたが、羅針盤を失くして永遠に姿を消すか、深海の怪物によって、つまり、もはやいかなるブレーキもきかない情熱によって、むさぼり食われるかしてしまった。君のもとを去ることになる直前なのだが、わしは君を神のみ手にゆだねることにするよ。神は君を物質的にも精神的にも解き放つよう準備してくれるだろう。世紀の光、過去に対し輝くばかりに投じられる覚醒の強烈な明かりは、しかし未来に対してはほんのわずかしか照らしださないのだけれど、君をこの暗い丸天井の建物の奥にまで迎えに来てくれるだろう。光が弱まらないうちに光を見るのです。しかしそれに陶酔させられすぎないよう用心しなさい。うんざりしていたり憤慨していたときに打ち倒してしまったものを、たちまちのうちに再建することなど人間にはできないのだからね。人が君に提供してくれる住まいが、君にふさわしいものでないのは確かだと思いなさい。だから自分自身で住まいを作るのだね。嵐の日の非難場所にね。わしは自分の人生から得た教訓以外、君に教えられることはない。もう少ししたらその教訓を伝えたくなるだろう。だが時は迫り、出来事は急速に果たされてゆく。わしはもうすぐ死ぬだろう。もしも三十年間の苦しみの代価にいくつかの純粋観念を手に入れたとしたら、それを君に遺贈したいのだ。君の良心が教示してくれるままに、それを使いなさい。すでに言ったことがあるが、こうやって落ち着いてまたくり返すのにびっくりしないで欲しい。わしの人生は信仰と絶望のあいだの長い闘いだった。人生そのものに関しては悲しみとあきらめの中で終わろうとしている。だがわしの魂は、永遠の未来への希望で満たされている。まだときおり、わしが大きな闘いにさらされるのを見るかもしれぬが、それには眉をひそめるどころか、感銘を受けてほしいものだ。絶望がいかに理性と人間の良心にとって不可能であるかを見てくれ。なぜなら、傲慢からのあらゆる誤謬、不信からのあらゆる議論、落胆ゆえのあらゆる無気力、恐れゆえのあらゆる苦悶、そうしたものすべてを経験しつくして、希望がわしの中で、死の真近い訪れに打ち勝っているのだからね。わが子よ、希望、それが今世紀の信仰なのだよ。

　話をもとに戻そう。わしは一種の高揚状態で修道院に戻った。鉄柵の門をくぐったかくぐらないかのとき、もう一度その下に埋没しにやってきたあの凍えるような丸天井の巨大な重みが、肩の上にのしかかってくるように感じた。背後で、恐ろしい音をたてて扉が閉じられたとき、まるでハッと目覚めさせられたような不気味な反響があちこちに起きて、わしを不吉な合奏曲で迎えてくれた。わしもハッとおののいてしまった。筆舌につくしがたい恐怖の身振りで、くるりとふり返った。そしてこの運命の扉を触りに行った。もし半ば開いていたら万事休しただろう。わしは永久に逃げ去っただろうと思う。門番は何か忘れたのですかと尋ねた。

「ええ」とわしは錯乱して答えた。「生きるのを忘れてしまって」

自分の作っていた庭を見て慰められるだろうと期待していた。そこで、修道院長のところに恭順の意を表わしにすぐさま行くかわりに、自分の花壇のほうに走っていった。昔の面影はもはや、ほんのわずかも見出せなかった。菜園はすっかり踏み荒らされていた。樹木でできていたアーケードはなくなっていた。美しい植物は引き抜かれていた。ヤシだけが大事にされていて、水気を失った頂を元気のない姿勢で傾けていた。まるで最近掘り起こされたばかりの土の上で、かつて風を防いでやっていた芝生や花々を探そうとするみたいに。わしは自分の小部屋に戻った。そこは出発した日と同じ状態で残っていた。だがつらい思い出しか浮かんでこなかった。修道院長のところに行った。わしの表情はすっかり取り乱したものになっていた。こちらに向けた一瞥で彼はそのことに気づき、小馬鹿にしたような勝利感にひたって喜んでいるのが顔つきから分かった。そのとき軽蔑感から、わしのほうもすっかり元気になった。表面的にはあらゆることについて親しげに話したのだが、彼のような卑俗な利益のために規則に身をささげている男と、わしのような意思にもとづく英雄的行為により奴隷的状態にされた男をへだてる距離のことで、わしが思い違いなどしていないということをほんの数語で彼に感じとらせた。数日間は卑劣で悪意にみちた好奇心の的になった。教会規律への恐れのみで修道院に戻ってきただろうとは信じられなかったので、人々はわしの苦しみが大変だったのだと考えて喜んでいた。わしは、胸の奥からため息をついたり、口先でもごもごつぶやいたりするのを見られて彼らを満足させるようなへまはしなかった。平然とした態度を示していた。

しかしそれはたいそう辛いことだった。

あの海辺で、すばらしい幻がもたらしてくれた高揚感あふれたひらめきのようなものは、またたくまに消失してしまった。というのも期待していたようにはならず、その幻は二度とやって来なかったからだ。悲しい現実との闘いに再び戻され、自分のことを、いっとき錯乱にさらされ、残りの人生でそのことに冷静に気づくよう余儀なくされた理性的存在として、もう一度眺めるだけの時間的余裕がもてた。別の世紀だったら、あれらの幻はわしを聖人にすることもできただろう。だがそれらの幻を弱さあるいは病気のようにして隠さざるを得なくなった聖人では、人間精神の奇妙な貧しさに関する屈辱的な反省のテーマしか、そこには見出せなかった。とはいえ、そうしたものごとを大いに考えたおかげで、魂の本性は深い神秘であり、魂の能力はそれ自身真底謎めいたものだと考えるまでになった。というのも次の二つのうちのどちらかだからだ。わしの精神が、死が過去の中におちいらせていたものを想像でよみがえらせる力を時おり持てたのか、あるいは、死におそわれたもののほうが、わしと通じあえるよう蘇ってくる力を持っていたのかのどちらかなのだ。ところで観念の領域において、この二重の力を誰が否定できよう。かつて誰がそのことで驚くなどと考えただろう？　心を高ならせ涙にくれさせるまでに感動を引き起こす学問や芸術の傑作というのは、死者を包みこみ守っている記念碑ではないのか？　大いなる人生の痕跡は死によって消滅してしまうのだろうか？　過ぎ去っていく幾百年という時を貫いて、さらにいっそう輝きでることはないのだろうか？　それは諸世代の精神と心の中に、単なる思い出の状態で存在しているのだろうか？　いいや、そんなことはない。その痕跡は生きているのであり、後世の人々をその熱気と光でもって満たしてくれるのだ。プラトンやキリストはわしらのあいだに、つねに現存し立ちつくしているのではないか？　彼らは数知れぬ魂を通して考え、感じているのだ。数知れぬ肉体を通し、話し、行動しているのだ。それに思い出とは、それ自体どういうものなのだろう？　忘却という死をまぬがれるのに値した人々や出来事の、崇高なる復活ではないのか？　この復活は、現在を見出しにやって来る過去の力、および過去を探しに行く現在の力のなせるわざではないのか？　唯物論の哲学なら、すべての力は死によって永久に打ち砕かれるということ、そして死者たちは、われわれが共感や模倣の精神によって彼らに返還するのが好ましいと思う力以外の力を、われわれの中で持つことはないと言ったかもしれない。だがもっと進んだ観念は、著名な人々にさらに完全な不滅性を取り戻させるに違いないし、諸世代を貫いて破ることのできないきずなを形成する死者の力と生者の力を、互いに連帯づけるに違いないのだ。哲学はあまりにも虚無を渇望しすぎた。われわれに対し天への入り口を閉ざし、そして地上での不滅性をも拒んだときに。

　だが不滅性は、そこにあって、きわめて際立った仕方で存在しているから、死者が生者の中に再生してくると信じたくなるくらいだ。わしとしては、魂が物質の法則や血のきずなに従うことなく、神秘な法則や目に見えないきずなに従って絶え間なく生成するのを信じている。ときおりわしは、自分がヘブロニウスそのものではないかと自問したことがあった。もちろん彼の時代におくれること一世紀の隔たりによって、新しい存在の中に変形させられてはいるのだが。しかしこうした考えは、思いあがりすぎていて完全に真実ということにはなりえないだろうから、彼は彼であるのを止めたということなく、わしでありうると思うことにした。肉体の次元において、一人の人間が自らの先祖の背たけ、顔立ち、性癖を再現しながら、自らの内で先祖たちをよみがえらせているのと同様にだ。彼は自分自身に固有の存在をもちながら、先祖から伝えられた存在を変形しているというようにだ。そしてこのことから次のように信じるようになった。わしらには二つの不滅性が、二つとも物質的で同時に非物質的でもある不滅性があるのだと。一つは、この世にあってわしらの思想や感性を、作品や仕事によって人類に伝えていくもの。もう一つは、わしらの功績や苦しみによって、より良い世界の中に記録され、この世にある人々や物事のうえに摂理の力を保ち続けるもの。こんなふうに考えてわしは、スピリディオンが、彼の生をみたしていた義務への感覚、真理への愛を通して、自分の中に生きているということ、そしてこの世における彼の苦しみをあがない補償するものだった一種神的な性格によって、わしを超えたものとして生きていることを、うぬぼれではなく認めることができるようになった。

こうした思いに沈潜しているうち、少しずつだが外の世界のことを忘れていった。外の騒ぎは一瞬わしのところにまで昇ってきたが、それにはあまりかき乱されなかった。一時期の勢いで目覚めさせられた狂おしい本能は鎮まっていた。わしが考えたのは、一方のものたちが目覚ましい活動によって社会形態を改善するよう呼びかけているあいだ、他のものたちは平静と瞑想の中で人類が間接的に苦しめられている大問題の解決をもっぱら探究しようとしているということだ。というのも人々は手に剣を持って、新しい日の光がまだ昇っていない道を自分のために開こうと努めていたからだ。彼らは闇の中で、まず必要な自由を確保しながら、聖なる権利の名において戦っていた。だが、権利のほうは知られてもいたし適用されてもいたが、彼らは、これからは義務のほうを知らねばならないだろう。この嵐吹きすさぶ夜のあいだ、彼らがやれなかったことは、そのことだったからだ。この夜の最中、彼らはしばしば敵をたたくかわりに、自分の兄弟をやっつけていた。フランス革命というこの巨大な仕事は、単に貧者にとってのパンと避難所の問題であっただけではない、いやありえただけではない。はるかにもっと高い次元のものだったのだ。この点に関しては、なされたことすべてに反し、フランスにおいて破綻してしまったことすべてに反し、わしの予測では、この革命が目差したもの、もたらしたものは、つねにはるかに高い次元のものだった。革命は単に民衆に正当な物質的満足を与えるべきだったというだけではなく、何が起きようと、わが子よ、信じてほしいのだが、人類全体に良心の自由を与えるべきものだったのだし、いまでもそうすべきなのだ。だがこの自由を人類はどう使うのだろう？　勇敢な戦士のようにに何世紀にもわたって、あるときは野営の天幕で眠り、たえず徹夜し、手に武器をもったまま自らの権利に反対する敵と戦いながら、どんな観念を人類は自らの義務から得ることになったのだろう？　ああ何たること！　戦場に倒れたどの戦士も、天を見上げながら、なぜ自分は戦ったのかと自問する。そして彼にとってすべてがこの断末魔のつらい瞬間に終わるのだとしたら、なぜ自分は信念に殉じる者となるであろうかと。疑いもなく彼は一つの報酬を予感している。というのも、もし彼の唯一の義務が、自らと自らの子孫たちの権利を獲得することであったとしたら、果たされた義務全体が報酬に値すると十分に感じているからだ。そしてその報酬は、この世に属するものではないということもよく分かっている。なぜなら彼自身はその権利を享受しなかったからだ。この権利が未来の世代によって全的に獲得されるとき、そして人間のすべての権利が自分たちのあいだで相互利益によって打ち立てられるとき、それは人間の幸福にとって十分ではないのか？　わしを苦しめるこの魂、わしをさいなむ無限への渇望、それらは肉体が何不自由ないということで、また自らの自由が誰からも侵害されずに保たれているということで、果たして満足し安らいでいられるだろうか？　この世の生はどんなに平和で甘美なものだと思われようと、人間の欲望を満たすものだろうか？　大地は人間の思考力にとって十分に広いものだろうか？　おお！　そうなのだと自分に対し答えるべきではなかったろう。自己本位の満足に還元された生がどんなものか知りすぎていたし、永遠の意味を奪われた未来というものがどんなものかも、あまりに感じ取っていた！　修道士として、あらゆる危険や不自由を感じることなく暮らしていたから、倦怠を、すべての糧の上にふりまかれているあの苦々しいものを知っていた。哲学者として、魂のあらゆる感情に及ぶ冷静な理性の帝国を目差していたから、絶望を、思考のすべての帰結点を前に半ば開いているあの深淵を知っていた。おお！　人間がもはや賦役《ふえき》でもって押しつぶす君主を持たず、地獄でもって脅す司祭をも持たなくなったら、幸せになるだろうとは言ってくれるな。おそらく、暴君も狂信者も人間には必要ない。しかし人間には一つの宗教が必要なのだ。魂をもっているからだ。人間には一つの神を知る必要がある。

そんなわけで、ヨーロッパで生じていた政治動向を注意深く見守りながら、つかの間のわしの夢がいかに現実離れしたものだったか、またひどく短い期間に種をまき収穫するということがいかに不可能だったたか、そして行動的人間は一時の必要により自分たちの目標からいかに離れたところに運ばれてゆくか、さらには未開の道に踏み出す前にいかにあてもなく右往左往しなければならないかといったことを見て、わしは自分の運命と和解することにした。そして自分が行動人でないことを認めた。自分の中に善への情熱、堅忍不抜の精神、気力を感じていたとはいえ、生活はあまりに思弁のほうにゆだねられていたのだ。あまりにも広すぎる視野で人類の生全体を見渡していたので、群れなす人々のジャングルに斧を手に分け入り、開拓者の仕事をなすことはできなかった。最初の耕作者のように大地に種まくことを決意して、山を平らげ、岩をくだき、血まみれになって茨や断崖に分け入り、気丈にまた情け容赦なく、恐るべきライオンにも臆病な雌ジカにも襲いかかってゆく、あれら勇猛果敢な労働者をわしは哀れみ、かつ尊敬した。貪欲な種族たちと土地を争いあわねばならなかったのだ。物質の盲目的本能にゆだねられた世界のまん中で、人間の植民地を創設する必要があった。すべてが必要だったから、すべてが許されていた。ハゲワシを殺すために、アルプスの猟師はワシが爪ではさんでいる子ヒツジをも刺し貫かねばならない。個々の不幸は見ている者の魂を引き裂く。だが全体を救済するには、そうした不幸は不可避となる。度を越えたむやみやたらな勝利が、戦争の大義や指揮官の意思によるものとされることはありえない。ある画家がわしらの目の前ではなばなしい手柄を活写しているとき、彼は自分の絵の四隅を痛ましい思いによって、わしらの心を乱すような恐るべき細部描写でもって埋めざるをえなくなることがある。ここには炎につつまれて崩れ落ちる宮殿や寺院がある。あそこには馬に蹴散らかされ踏み潰される子供や女がいる。他の所では、自分の血にそまった岩の上で勇者が息絶えてゆく。そのあいだ、勝者が画面中央、英雄軍団のまん中に姿を現す。流された血が彼らの栄光を陰らすことは何一つない。彼らの前にもち上げられた軍神の手が、また彼らの額で輝いている光が、聖なる使命を果たしたと告げているのが感じとれる。

自分がその中に席を置こうとは思わなかったあれらの人々に対し、わしが抱いた感情はこうしたものだった。彼らのことはすばらしいと思っていた。しかしそのまねはできないと分かっていた。というのも彼らはわしとは異なる種類の人間だったからだ。彼らにはわしにできないことができた。というのも、わしは彼らには考えられないような考え方をしていたからだ。彼らは、目標に到達しかかっている、もう少し血を流したら正義と美徳の支配する世界を到来させられるだろうという、英雄的だが空想的な確信をもっていたのだ。その錯誤をわしは共有することができなかった。山上に引き籠っていたので、平野の靄と戦いの硝煙越しに、彼らに見分けられないものが見えていたからだ。この聖なる錯誤がなければ、彼らは自分たちの束縛から脱するために耐えねばならない大いなる動きを、世界に伝えることができなかっただろう！　人類の摂理に即した歩みが完成されるには、各世代に二種類の人間が必要なのだ。一方は、完全な希望と信頼と幻想をもって、不完全な作品を生み出すために働く者たちだ。もう一方は、完全な先見性と忍耐と確信をもって、この不完全な作品が受け入れられるよう、そしてそれが挫折したと思えるときでさえ、評価され継承されるよう働く者たちだ。一方は水夫であり、他方は水先案内人だ。水先案内人は暗礁を見て合図を送る。水夫は運命の風が、彼らを救いか破滅のほうに押しやるかに従い、それを避けるかそこにぶつかって砕けるかする。そのどちらが起きるにせよ、舟は進んでゆく。人類は永遠の行程の中で滅ぶことも、止まることもできない。

わしはつまり、現在に生きるには老いすぎていたし、過去に生きるには若すぎていたのだ。そこで選択を行い、研究と哲学的瞑想の生活にまた戻ることにした。そしてすべての仕事を再開した。当然のことながらそれらを、やりそこなったものとして見返しながら。かつて激しい勢いでむさぼり読んだすべてのものを、禁欲的な忍耐強さをもって読み返してみた。思いきってもう一度大地と天を、つまり被造物と創造主を見定めてみた。生と死の神秘を探り、自分が疑っていることの中で信じられるものを探究し、打ち倒したすべてのものを立て直し、新しい基礎の上に築き直そうとしてみた。一言で言えば、神なる存在にその崇高なる神秘を、かつてそれを剥ぎとろうとしたのを、同じような辛抱強さで再度まとわせようとしたのだ。そこでこそ、ああ何ということ！　倒すよりも建てるほうが何と難しいかを知った。何世紀もかかって作られたものを破壊するのに、たった一日しか必要ない。疑念と否認のほうへは急速に進んでしまったのに、ほんの少しの信仰を回復するのに、何年も費やしたのだ。ああ何と多くの年月！　どれほどの疲労とためらいと心痛で占められた年月だったろう！　一日一日涙が印され、一時間一時間戦いが印された。アンジェロ君、人間の中で一番不幸なのは、大きな仕事、その偉大さや重要性を理解している仕事を自らに課し、その仕事の他に満足も休息も見出すことができないのに、自分の力がそれを裏切り、自分の能力がそれにそぐわないと感じている者なのだ。おお、すべての人の子の中で不幸なのは、自らの知性に拒まれている光を所有しようと夢見る者だ！　あらゆる人間世代の中で嘆かわしいのは、よりよい世紀に約束されている学問を手に入れようと動き回り引き裂かれている世代だ！　揺れ動く地面の上にいながら、わしは破壊されない聖堂を打ち建てようと欲していたらしい。だが基礎と同様、材料のほうも欠けていた。わが世紀は、現在に関しても過去に関しても間違った概念や不完全な知識をもち、誤った判断をしていた。わしは人間の歴史についても創造の歴史についても、現代において最高に完全と見なされる資料を所有していたが、いま述べたようなことだと分かっていたのだ。わしは自分の中に、できればそれらの資料にもとづいて一つの全能の論理を立てたいと感じていたのに、その資料はたえずそうした論理を、反論しようもないほどに否認してくるものだったから、そういうことだと分かっていたのだ。おお！　もしわしが自分の思考の翼に乗って、人間のすべての知識の源泉に赴くことができたならば、そして大地の全表面を、またその奥底深くまでを探検し、過去の記念物を調べ、その内奥部が広大な墳墓となっている残骸の中や、数知れぬ世代が自分たちの生存の思い出を埋めている遺跡の中で、世界の年齢を探求することができたならば、どんなにか良かっただろう！　だがわしは学者たちや旅行者たちの観察や推測で満足せねばならなかったのだが、そうした連中の無能力、思い上がり、軽薄さをも感じていた。自分の確信に興奮して、理解されていなかったあれら著名な廃墟すべてを探索し、予測されてもいなかったあれら未知の宝すべてを発掘するために、宣教師として出かけようかと覚悟した時も何度かあった。だがわしは年とっていた。健康も実践活動をして山の大気にふれたことで一時取り戻しはしたが、じめじめした修道院の中で徹夜の仕事をしたために再び悪化してしまった。それに、わしから宇宙を隠していたあのヴェールのあるかないかの一隅をもち上げるだけでも、何と多くの時が必要だったことか！　それにわしは細部にこだわる人間ではなかったから、純粋に学究的な人々にあって感心するほかなかったああした粘り強い綿密細心な研究は、わしのやるところではなかった。わしは政治においても学問においても行動人ではなかったのだ。もっと幅広く高次の予測といったものに向いていると感じていた。膨大な資料を扱い、あらゆる作業や研究の成果を使って、未来の世紀の科学への入り口として役立つ広々とした柱廊玄関《ポルチコ》を、できれば建設したいと願っていた。

わしは分析よりも総合のほうの人間だった。あらゆることにおいて、苦痛を味わうぐらいにまで良心的に結論を出したいと渇望していた。心情と理性、感情と知性を同時に満足させないものは何一つ受けつけることができず、いつ果てるとも知れぬ苦しみを強いられていた。というのも真理への渇きは抑え難いものだったし、自尊心や、情熱や、あるいは無知による判断で報われることのできないものは、誰であれたえず苦しむよう運命づけられているのだ。おお！ わしはしばしば叫んだ。わしは地獄への恐れによって頭がおかしくなったり、大地の一隅を野菜の生育のために掘る駄獣みたいに手なずけられたりしたカルトゥジオ会（一〇八四年に聖ブルーノがグルノーブル郊外の山地に創設した修道会）修道士ではないのだと。結局駄獣は自らの遺骸によって大地を豊かにするまでのあいだ、そうしているのだ。なぜこの世におけるわしの仕事のすべては、休息に到達するために祈りを唱えることではないのか？ そして自分の食欲を失わないために、あるいはわずらわしい反省を追い払いこの生から直ちに知的死の状態へといたるために、犂《すき》を動かすことではないのか？

ときどき、この修道会の中で例外的に信仰心を深くもち続けている修道士たちに、羨望のまなざしを向けることがあった。たとえば皆が言うように、聖人の香りをただよわせながら去年亡くなったアンブロワーズだ。彼の体は断食と苦行によって骨と皮だけになっていた。たしかに善意のひとだった。しばしばうらやましくなったものだ。ある晩、わしのランプが消えてしまったことがあった。仕事をやりかけのところだったので修道院内の居住地域のほうに明りを探しに行った。そして彼の部屋に灯がともっているのを認めた。ドアは開け放しになっていた。たぶん祈りをしているのだろうと思い、さまたげないようにと音を立てずに入ってみた。と彼はベッドの上で眠りこんでいた。ランプが顔の真近にある棚の上に置かれていて、彼の目に真正面から光があたっていた。少なくとも四十年前から毎晩、あまり熟睡しすぎないよう、朝のミサの時刻に一分たりとも遅れないようにと用心していたのだ。光は真上からそのしわだらけの顔の上に落ちていて、表情に深い影をいくつも刻んでいた。自分から進んで受けた苦労のあとだった。彼は横になっていたのではなく、ベッドにもたれかかっていただけで、僧服も着たままだった。一時といえども無駄手間をかけたくなかったのだ。わしは長いこと、その細長い顔を眺めていた。肉体的断食以上に精神的断食によってやせてしまったその顔を。顔の骨にぴったりとくっついたほほは、まるで羊皮紙がはりついているみたいに見えた。ほっそりとして少々はげ上がった額は、蠟《ろう》のように黄ばみてかてかしていた。それはまったく生きた人間ではなかった。皮膚だけ残ったひからびた骸骨、埋葬し忘れた死体で、しかも、うじ虫からもその肉がえさにもならないと顧みられない死体だった。その眠りも、生命の休息とは似ても似つかなかった。むしろ死の無感覚に似ていた。いかなる呼吸もその胸を動かしていなかった。それは人間でもなく死体でもなかったから、わしは恐くなった。それは死の中の生、人間の言葉では名づけようのない、神の秩序において意味をもたない何かだったのだ。これこそ聖なる人物なのか？とわしは思った。たしかにテバイッド（初期キリスト教徒が隠棲したエジプト南部の地方）の隠修道士たちも、これ以上の断食をしたり祈ったりはしなかった。にもかかわらずここには激しい恐怖の対象しか見えなかった。尊敬を呼び起こすものは何もなかった。なぜなら、ここにあるすべてが共感をはねつけたからだ。いかなる哀れみを神はこの断末魔に対し、また自らの意思を先取りした死に対し持ちうるだろうか？　いかなる感嘆を人間であるわしは、その不毛の生に、またその凍れる心に対し抱きうるだろうか？　毎晩、日の出前に急いで出発しようとする旅人のようにランプをつけている老人よ、夜のあいだいったい誰を照らしだし、昼のあいだいったい誰を案内しようというのか？　あんたの長期のつらい地上の巡礼は、いったい誰を助けるものだったのか？　あんたは自らを何一つ大地に与えなかった。動物的繁殖の実質も、生産的知性の果実も、たくましい腕による肉体的奉仕も、あるいは優しい心による共感も。あんたは、あんた自身に役立たせようと神が大地を清めの桶として創ってくれたと信じている。そして大地のために自分の骨を遺贈して十分なことをしたと信じているる！　ああ！　この時刻に、ふるえおののくのはもっともなことだ。裁きの前に出る用意はつねにしておくのがよいだろう！　願わくはあんたが最期の時に、天の扉を開いてくれる呪文か、あらゆる罪の中でも最悪のもの、自分以外は何一つ愛さなかったという罪を許してもらえる悔恨の一瞬を見出すように！

こう言いながら、そっと部屋から出た。このエゴイストのランプで自分のランプを灯したいとも願わず。そしてこの日以来、わしは信心家の悲惨よりも自分の悲惨のほうが好ましくなった。

自らの道を探す魂はすっかり疲労し不安にさいなまれていたから、わしが自分を無能と宣言する判定を受け入れるには、消耗と苦悶にみちた多くの日々がやはり必要だった。今日では認めないわけにはいかないが、わしの悪は傲慢にあったのだ。わしはつねに、そう今日でもなお、高慢な人間であったし、あり続けていると思う。真理へのあの飽くことない熱情、それはほめられてよい感情だろうが、あまりの遠くにまで対象を広げることもできるのだ。わしらは、未来の畑を耕すために自分たちの力すべてを使用せねばならない。だが、わしらの力が不十分なときには、自分たちのなしたほんのわずかなことに、つつましく満足することも必要だろう。耕作者の純真さをもって自分たちが作った畝《うね》の縁にすわることも必要だろう。

これは、訪れて来てくれたあの天上の友からしばしば受け取った教訓の一つだったが、一度として自分のために生かさないできた。わしの中には無限なるものへの激烈な望みがあって、それが妄想に至るまでになっていた。俗世間の生活に投げ入れられ、もっと高みを目差す余裕が精神的に持てなかったら、栄光と征服を渇望するようになっていただろう。ピタゴラスやソクラテスの生き方を目の前にしたのと同じように、シャルルマーニュ（七四二―八一四。フランク王国の王カール大帝のこと）やアレクサンドロス大王の生き方を注視したかもしれない。世界帝国を欲しがったかもしれない。多くの悪をなしたかもしれない。神のおかげで、わしは生きるのをやめた。で、わしの罪はすべて、良いことができなかったという点にある。修道院に戻ってから、成果のあがる研究をやり直そう、宗教や哲学の最高級の問題に関し大作をものしようと夢みた。だが年齢や力量のことを十分考えなかったのだ。もう五十を越していたし、二十五年も前から、一年で一世紀分の探索に耐えてきたのだ。それに全的信頼を与えてくれる資料をどんなに欠いているかが分かったので、少なくとも自分の作品の基礎を築きプランを素描することにした。この第一歩の仕事を、もし可能なら、それを継承する者か、あるいは他の誰かに継承させることのできる者に遺贈するためにだ。この考えは、自分の若い頃をまざまざと思い出させた。フルジェンチェによってわしに遺贈された秘密のことだ。この同じ秘密がスピリディオンによりフルジェンチェに遺贈されていたのだ。わしはあの手書き本を発掘すべき時が来たと確信した。それを行おうとしたのは下卑た野心ゆえではないし、もはや冷徹な知識欲からでもなかった。また盲信的服従心からでもなかった。それは調べようというまじめな願望であり、たぶん、わしが没頭してきた重要問題に関する貴重な文献を、他の人々のために活用しようという願望でもあった。この手稿をすぐにせよ、先になるにせよ、出版するというのが義務のように思われたのだ。というのも、わしの精神がヘブロニウスの精神（＝霊）とのあいだにもっていた奇妙な類似点を、どんなやり方にせよ考え始めてみると、全生涯を通しあの方は大いなる精神（＝霊）によって突き動かされていたという確信が残ったからだ。

それゆえおよそ三十年の時をへだてて、真夜中、あの手書き文献の三回目の掘り出しを試みることにした。だが今回は、極めて単純な事実がわしの意図に逆らうことになった。その事実はごく自然なことだったが、わしを深い反省におちいらせてしまった。

前回使用したのと同じ道具をそろえた。前回のことはこの長話にもかかわらず覚えておいでだろう。そう、あのときわしは満三十歳だった。そして一時的にせよひどい妄想にとりつかれており、恐ろしい幻を見ていた。あの恐怖にみちた幻覚はよく覚えている。それが舞い戻ってくることなど恐れてはいなかった。あれらの心像は、それを喚起したいくつかの観念や感情が、もはや魂に宿っていないことになれば、頭の中で創りだされることももうないものなのだ。それ以降わしは永遠にカトリック教のきずなからは解放された。ひどくきつく締めつけられ、ひどくきっちりとしたきずななので、そこから脱するには全生涯が必要となる。だがそのこと自体により、ひとたびそのきずなが破られたら、結び直すのは不可能なのだ。

月の明るいさわやかな夜であった。健康状態も十分に良好だった。実際の仕事はかなりつらいものとなると予想できたので、まさに巡り合わせの良いこうした時を選んだのだ。だが何ということ！　アンジェロ君、「此処ニアリ」と書かれた石を揺さぶることさえできなかったのだ。そこで優に三時間も過ごした。あらゆる方向から石にいどんでみた。石は、それ自体の重みによって敷石の上に固定されているだけだと確信しきって。かつて軽々とわけもなく持ち上げたとき鑿《のみ》でつけておいた印を認めたからだ。だがすべては無駄だった。どんなに努力しても石はびくともしなかった。汗ぐっしょりとなり、くたくたに疲れ果て、わしはベッドに戻らざるを得なかった。そして数日間ぐったりと打ちひしがれて横たわっていた。

この最初の失敗でくじけはしなかった。翌週また仕事を再開した。そして同じようにうまくいかなかった。一月後にもう一度三回目の試みをしたが、同じくだめだった。そこであきらめねばならなくなった。というのも肉体的力がそのときまではほんのわずかでも保たれていたのだが、その時期から失せてしまい元に戻ることがなかったからだ。たぶんこの墓石相手の無益な闘いで、残っていた力を使い果たしてしまったのだ。墓は語らず死体は黙し、死は頑《がん》としてこちらの思いをはねつけていた。わしは庭の茂みの中に鑿と梃《てこ》を捨てに行った。そしてどうしても自分の宝を引き渡してくれないあの墓石のところに、戻ってきてすわった、静かに、しかし心悲しく。

思いにふけりながら、日の出までそこに留まっていた。体中ぐっしょりとかいていた汗が朝の冷気で凍ってしまい、かじかんで動けなくなってしまった。単に行動する力を失ったばかりでなくその意思も失くしたのだ。ミサを告げる鐘の音も聞こえなかった。祈りを唱えにくる修道士たちにも、まったく注意を払わなかった。この宇宙でわしはただ一人だった。神とわしのあいだに、わしを受け入れることもそこから立ち去ることも許さないこの墓石だけが存在していた。わしの存在全体のイメージであり、それによって強烈に打ちのめされたシンボルであり、そうした比喩でわしを完全に捉えてしまった墓石だった！　わしを起こしに人がやって来たとき、動くことも話すこともできなかったから、脳を含めて体全体が麻痺したのだろうと皆は思った。しかしそれはまちがいだった。わしは理性のすべてを保持していた。あの出来事のあとに罹《かか》った病の全期間を通して、一瞬たりと理性を失ったことはなかった。君には言う必要もないだろうが、人々はわしの病気を偶然のせいにして、何をやろうとしたのかはまったく気づかなかった。

猛烈な寒気のあと激しい発熱があった。ひどく苦しんだが、うわ言などは言わなかった。自分の病の重さを十分隠すだけの力はあったから、欲した以上に看病はしてもらわないで放っておいてもらうことができた。日光が部屋を照らしだしている時刻には、ほっとした気分になった。いっそう甘美な考えで精神は満たされた。だが夜は容赦ない悲しみの餌食になってしまった。活発な頭脳にとって活動しないのは耐えがたいことだ。病気にともなってくる苦しみの中で最悪のもの、倦怠が、ずしんとわしを打ちのめしていた。自分の部屋の眺めが耐えがたかった。あれらの壁が想起させたのは、真実を知ることができないまま、ひどい不安を覚え無気力感に堪えているということだ。あのベッドが思い出させたのは、はなはだ頻繁にずいぶんと長期間発熱と病に耐えながら、死を相手にあれほど闘った代償として、健康をかちとることもできなかったということだ。あれらの本はひもとき調べてはみたが何も得られなかったことを、またあれらのアストラーべ（天体の位置を測る特殊望遠鏡）や望遠鏡は、物質を探り計測することしかできなかったことを思い出させた。ああしたものすべてが、わしを一種暗い憤怒の中に投げ入れた。自分自身のあとにまで生き延びたとて何の役に立つのだ？　何もできなくなったときなぜ生きていたということになるのか？と考えた。自分の知性の光によって未来の世紀の人類を照らしだそうと望みながらも、下に書いてあるものを見るために石を持ち上げようとして、その力さえもてなくなっている者など、正気の沙汰ではない！　青春期の熱情が続いているあいだは精神と心を冷ますことだけで時を過ごし、死の時が迫ってきたらその精神と心を活気づけようと思う者など、不幸だ！　お前はまっとうな頭も腕ももはやないのだから、死ぬがよい。というのも、お前の心は無謀にもまだ生きよう、理想のために燃えようと念じてはいるが、この聖なる火は、お前のはらわたを焼き尽くしお前の無能と無価値とを明らかにすることにしか、もはや役立たないだろうからだ。

　自分に向ってこんなふうに話しながら、わしは苦しみのベッドの上で寝返りばかり打っていた。怒りの涙がほほをつたって落ちた。とその時、透き通った声が夜のしじまをついて響き、次のように語りかけてきた。

「それでは償うべきものは何一つ持っていないと信じているのかね、あんなにもつらい思いをして、厚かましくも不平不満を言っていたお前は？　自分の苦しみを誰のせいにしているのか？　お前の唯一の度し難い敵は自分ではないのか？　罪深い傲慢という過ちを、あの自己自身への飽くことを知らない敬意、自負の思いを、誰の責任に帰しているのか？　あの自負ときたら、学問によって理想に近づけたときには分別を失わせたし、自分の理想を自分ひとりで探そうと思わせたものではないか？」

「うそだ！」とわしは力いっぱい叫んだ。そんな風に語りかけられる人は誰であろうかと考えもせず、「うそだ！」と叫んだ。「わしはいつだって自分を嫌悪してきた。いつだってうんざりし、やりきれない気分で自分に我慢できなくなっていた。燃えるように暑い日に泉を探すシカのような熱心さで、いたるところ理想を探し求めた、理想への渇望で苦しんだ。もしそれが見つからなかったなら……」

「それは理想が間違っているということではないかね！」と声は冷ややかに哀れむような調子で遮《さえぎ》った。「神が人間の裁きの場に出頭し、あえて身を包んだ神秘について説明することが必要だね。人間が神を苦労して探そうという気になっているあいだ、そしてそれを君たちが思いあがりと呼んでいないあいだにね！……」

「君たちは、だって！」とわしはびっくり仰天してくり返した。「いったいあなたは誰なのです。人間を哀れんで見てらっしゃるようだが、ご自分をたぶん人間の悲惨をまぬがれている者とお思いなのでしょうか？」

「わしは、お前が知ろうと望まない者だよ」と声は応えた。「というのもずっとその者の居ないところを探してきたのだから」

これらの言葉も聞いて、わしは頭のてっぺんからつま先まで汗でぐっしょりとなるのを感じた。心臓が胸から飛び出しそうなくらい高鳴った。ベッドに起き上がって言った。

「それでは石の下に眠ってらっしゃるお方ですか？」

「お前はわたしを石の下に探したね」と彼は答えた。「石が抵抗したのだ。人間の腕は大理石のセメントよりも弱いことを知るべきだろうね。しかし知性は山を動かし、愛は死者をよみがえらせることができるのだよ」

「おお、先生！」とわしは夢中になって叫んだ。「分かります。あなたのお声です。あなたのお言葉です。深い悲しみの時にわたしを訪ねてくださったあなたが称えられますように！　しかしあなたをどこに探すべきだったのでしょう。そして地上のどこで再会できるのでしょう？」

「お前の心の中だよ」と声は答えた。「お前の心をわしが降りてゆける住処《すみか》にしてくれ。大切な客を迎えるために心を飾りたて芳しくする家のようにしておくれ。その時まで、お前のためにわたしには何ができよう？」

声は黙ってしまった。語りかけてみたが、もう答えは返ってこなかった。闇の中に一人きりになってしまった。わしはひどく感動し泣き崩れてしまった。つらい思いにかられながら過ぎ来し方全体を思い返した。これまでの人生がたしかに長い闘いと長い過ちだったことが分かった。というのもつねに自分の理性と感情のあいだで選択しようとしてきたからだ。そしてそのどちらにも他方を受け入れさせるだけの力がなかったからだ。明白な証拠の上に、つまり人間によって築かれた基礎の上に支えられたいとたえず欲しながら、十分な基礎となるものが見つからなかったわしは、人間的なあかしなしで過ごせるほどの、また天から偉大な魂に与えられるあの力強い確信でそうしたあかしを正すほどの、勇気や才能を持たなかった。わしは形而上学や幾何学が自分の良心の証言を打ちこわす場合には、それらを投げ捨てることをあえてやらなかった。わしの心には火が欠けていた。したがって頭脳には科学に訴えかけるだけの力が欠けていた。（まちがっているのはお前だよ。わしらは何も知らない。すべてを学ばなければならない。もしもいま辿っている道では神のもとに導かれないとしたら、それは道を間違えたということなのだ。きびすを返そう。そして神を探そう。というのも闇の中、わしらは神から遠く離れてさまよっているからだ。わしら人間の巧みな手が、自分自身を神々にしたと叫んだところで無駄だ。わしらは死の冷たさを感じているし、消滅して永遠の秩序からそれていく星々のように、空虚の中に引きずりこまれていく。)

その日から、わしは魂の中で最も熱い動きに身をゆだねた。そして大きな奇跡的現象がわしの中で起きた。年老いて精神的に冷めていってしまうかわりに、心が生き生きとよみがえるのを感じた。肉体が破壊に向かっていくにしたがい心が若返っていくように感じた。動物的生が、使い古した服のように自分のところから去ってゆくのを感じた。だがこの地上的外皮を脱いでいくにしたがい、意識は自らの不滅性をひそかに確信するようになった。天上の友はしばしば戻ってきたが、その出現の細かい模様を説明するのは期待しないでくれ。それはいつも不思議としか思われない現象で、わしもどういうことか見破ろうとしたことはなかったのだから。それに冷たい分析の網をその上に広げるのは不可能だったろう。また特定の印象の検証は危険だというのは知りすぎるほど知っていた。それらを詳しく分析すると精神は凍りつく。そして印象は消失する。君にゆだねることにしたいくつかの書物の中で、自分の最終的宗教信条を打ち立てるのが論理的にも最も可能な義務だと信じていたけれど、しかし熱狂や感動にとらわれたときにはあえてそれに詩情の覆いをかけておいた。そうした感動は自分の周りから物理的世界の闇を追い払い、あの高度の精神(=霊)にわしを直接引きあわせてくれたのだ。心の奥底に潜む物事には、人々の嘲笑にゆだねるよりは黙っていたほうがよいものもある。わしには世に知られていない自分のつらい人生について簡単に書いた自伝があるが、その中ではスピリディオンのことには言及しなかった。ソクラテス自身、親しい霊と呼んでいたものとのコミュニケーションを明かしたため、ぺてん師的言動とか詐欺とかで責められたとするなら、わしのようなあわれな修道士が、亡霊による訪問を受けたなどと告白したなら、狂信におちいっているとの非難をどれほど多く受けることになろうか！　だからわしは告白しなかったし、これからもしないだろう。とはいえ、皮肉も偏見も持たないつつましく良心的な学者が相手なら、ありのままに説明したいと思う。そういう学者は、天地とともに古い物事の秩序から生まれてくる驚嘆すべきことどもを洞察しようとし、新しい説明を待ちうけている。だが今日そのような学者はどこに見られるだろうか？　科学の仕事は今日、超自然的と見えるすべてのものを排斥することにある。なぜなら無知と欺瞞とがあまりにも長期間、超自然を悪用してきたからだ。政治家たちが社会問題を一刀両断で解決せざるをえないのと同様、研究者たちも分析への新しい分野を拓くためには、魔法使いの呪術書と信仰の奇跡を語る書をいっしょくたに火にくべざるを得なくなっている。破壊に必要な仕事が完成され、過去の破片の中に、失われることのできない真実を注意深く探すような時代がやってくるだろう。その時人々は、かつてクロイソス（前六世紀。古代リディア最後の王）が、理解できない力によって自らの隠された行動をあばいたデルフォイの巫女（アポロンの神託をなした）以外、あらゆる神託がうそであるということを確かなしるしによって認めたように、誤りとうそから真実を識別することができるようになろう。君は、それなくして人類は不可解なものとなり人類の歴史は意味を持たなくなるような、この新しい科学の夜明けをたぶん見ることになろう。古代世界のあらゆる奇跡、前兆、驚異も現代人の目から見ると、魔法使いの業とか、司祭たちによって権威づけられた愚かしい恐怖といったものにはならないかもしれない。すでに科学は、わしらの祖先には超自然的と見えた多くの現象に、満足のいく説明を与えたではないか？　現世紀にあっては不可能だし、うそめいて見えるようないくつかの事実も、科学がその地平を拡大したあかつきには、同じく自然な反駁の余地ない説明を与えられることになるかもしれない。わしとしては驚異という語が自分の理解力にとって意味をもたないにもかかわらず、その言葉が毎朝の日の出にも死者の再出現にも同じように適用されうるゆえ、こうした難しい問題を解明してみようとは試みなかった。わしには時間がないだろうからだ。メスメル（一七三四―一八一五。動物磁気治療法を唱えたドイツの医者）についての話を聞いたことがある。ぺてん師だか預言者だか知らないが、同じく最近発見されたことどもの性質と比べて、主張があまりにも大胆だし、いわゆる証拠というのがあまりにも完璧だから、報告された話は信用しないでいる。わしには彼らが磁気という語で言おうとしているものがまだ分からない。しかるべき時、しかるべき場所で君にそれを調べてもらいたい。わしとしては、ああいう大胆な命題のほうにそれて行くようなひまはなかったのだ。それらに魅せられるままにならないようにさえした。果たさねばならないもっと明白で緊急の務めがあったからだ。つまり〈霊〉との語らいで受けた感銘のもと、永遠に関するわが瞑想のばらばらの断片を書き上げてゆくという努めだ。》

　ここでアレクシ神父は、しばしば彼がひもといているのを見たことがあるので、よく知っていた本の上に片手を置いて話を中断しました。たいそう驚いたことには、その本にはまっ白なページしかなかったように見えたのです。びっくりして眺めていたものですから、彼は微笑みながら言葉を続けました。

「わしは君が思っているような気違いではないよ。この本はね、わしが書くのに使った化学組成を知っている者なら誰であろうと、大変読みやすい文字でまんべんなく書かれているのだ。修道院の検閲行為をまぬがれるにはこうした用心が必要だと思えたのだ。この上に書かれた文字を再現させるのにとても簡単な方法があるから、いつか時が来たら教えてあげよう。これが何かの役に立てるまで、わしの手書き原稿は隠しておくようにね。ただし、これがどんなものであれいつか役立つに違いないとすればの話であって、役立つかどうかは分からないがね。秩序立ってもいないし結論もないし、不完全なままだから、日の目を見るにも値しないだろう。君か他の誰かが書き直すべきかもしれん。これには一つのメリットしかない。それはこれが苦悩にみちた人生の実話であり、わしの現状を素直に報告したものだという点だ」

「神父さま、その現状というのをもっと教えてくださいますよう、お願いしてもよろしいでしょうか？」

「わしにとって神学を要約するものとなる三つの語で、それを表わそう」と彼は自分の本の最初のページを開きながら答えました。「つまり、信じること、希望すること、愛することの三語だよ。カトリック教会が教義の論点すべてを、この三つの対神徳、信、望、愛の崇高な定義に合致させられたら、それは地上における真理となり、知恵となり、正義となり、完全なものとなるだろうが。だがローマ教会は自らに最後の一撃をもたらしてしまった。神を深い怒りを持ったものとし永遠の責苦を作った日に、ローマ教会は自殺を果たしたのだ。その日、すべての偉大な心は教会を離れてしまった。愛と慈悲の要素が教会の哲学には欠けてしまい、キリスト教神学はもはや精神のたわむれでしかなく、また偉大な知性が自分の心の内の証言に対しむなしく立ち向かう詭弁にしか過ぎなくなった。それは広大な野心を覆うためのヴェール、巨大な不公平を隠すための仮面にしか過ぎなくなった……」

ここでアレクシ神父は再び話を中断し、この決定的な呪詛の言葉がどんな効果を与えたかを見極めようとして、私を注意深く見つめました。そのことがよく分かったので、私は両手で彼の手をつかみ、ぎゅっと握りしめました。そして信頼しきっていることを伝えてくれるにちがいないように微笑みながら、しっかりした声で次のように言いました。

「それでは神父さま、私たちはもうカトリック教徒ではないのですか？」

「キリスト教徒でもない」と彼は力強い声で答えました。そして私の両手を握り返しながら、「プロテスタントでもないし、ヴォルテールや、エルヴェシウスやディドロのような哲学者でもない。ジャン・ジャック（ルソー）やフランス国民公会（フランス革命時、一七九二―九五年の議会）のような社会主義者でさえもない。といって、異教徒でも無神論者でもない！」と言いました。

「ではいったい私たちは何ものなのです、アレクシ神父さま？」と私は尋ねました。「といいますのも、おっしゃったではありませんか、わたしたちには魂があるし、神は存在すると、宗教は必要なのだと」

「わしらは一つの宗教を持っているよ」と彼は立ち上がりつつ、やせ細った両腕を天に向けて熱狂的動作でふり上げながら叫びました。「真実なる唯一のもの、無限なる唯一のもの、神的存在にふさわしい唯一のものを持っているのだ。わしらは神的存在を信じている。つまりそれを知っていて、欲しているということだ。それを信頼している。ということはそれを欲求し、それを所有しようとして働いているということだ。それを愛している、ということはそれを感じとり、実質的には所有しているということだ。神それ自体、死すべきわしらの生がその弱められた反映であるような、崇高な三位一体なのだよ。人間にあって信仰であるものが、神にあっては化学となる。人間にあって希望であるものが神にあっては力となる。人間にあって慈愛、つまり敬神の念、美徳、努力であるものが、神にあっては愛、つまり生み出し保存し、永遠に進展するものとなる。つまるところ神はわしらを知っており、愛しており、わしらに呼びかけているのだ。神こそ、わしらが彼について持っている知識を明らかにしてくれるし、彼を必要とするよう命じているし、また彼に対して抱く燃えるような愛を吹きこんでくれる。神およびその属性に関する大いなる証明の一つは、人間および人間の本能なのだ。人は自らの有限の領域において、神がその無限の領域において、知り、欲し、できることを、たえず熱望し試みている。神が知と力と愛の根源であるのを止めうることがあったら、人間は禽獣のレベルにまで戻ってしまうだろう。人間の知性は知的な神を否認するたび、自殺することになったのだ」

「しかし神父さま、その知性と雄弁がほめそやされている現代の偉大な無神論者たちは……」と私はさえぎりました。

「無神論者などいないよ」とアレクシ神父は熱っぽく言葉をつぎました。「そう、そんな者はいないのだ！　哲学的探究と研究の時代で、人々は過去の誤りにうんざりして真理への新しい道を探し求めている。未知の小道にさまよったりもしている。ある者たちは無気力になってすわりこみ、絶望に身をゆだねる。この絶望は、彼らの疲れた目には隠されているあの神的存在への愛の叫びでないとしたら、いったい何だろう？　他の者たちはあらゆる頂の上をひどく急《せ》きこみながら前進し、無邪気な思い上がりから自分たちは目標に達した、もう先には行けないと叫ぶのだ。この思い上がりや盲目ぶりは、神なるものを抱きしめようという不安な欲望や度はずれのいらだちでないとしたら、いったい何だろう？　そうではないのだ。あれら無神論者たちは、正当にもその知的偉大さをほめそやされているが、深く宗教的な魂の持ち主で、天へと向かう飛翔において疲れ果て、あるいは思い違いをしているのだ。もしも彼らのあとに、低俗でよこしまな魂たち、自らの恥ずべき悪徳と下品な性向を正当化するために虚無、偶然、粗暴な本性を援用する連中が、延々と続いてくるのが見られるとしたら、そこにもまだ神の威厳に表される敬意があるということなのだ。理想に向かって行くのを免れ、仕事と美徳によって人間の尊厳を支えるのを免れるために、人間は理想を否定せざるをえなくなる。だが内面の声は、自らの劣化によるさもしい休息をかき乱さなかったとしても、最高の裁き手の存在をわざわざ拒絶するようなことはしないだろう。今世紀の哲学者たちが、摂理としての神、自然、創造の法則を引き合いに出したときにも、これらの新しい名称のもとで真実の神への呼びかけを止めてはいなかった。普遍的神および無尽に豊かな自然の懐に逃れこんで、彼らは敵対心をもやす宗派どうしが互いに破門を宣告しあうのに抗議したのだ。宗教裁判所の残忍さに対し、不寛容と専制主義に対し、異議を唱えたのだ。ヴォルテールが星の輝く夜空を見て天の大いなる時計職人を主張したとき、そしてルソーが山頂に自分の弟子を連れていき、日の出を見せて創造主に関する最初の観念を明らかにしたとき、未来が人間たちにめざましい証拠であり間違いない確かさとして割り当てているものと比較し、そこには不完全な証拠と狭い見方しかなかったにせよ、少なくともそこには、すべての世代の人間がさまざまな名称のもとに言明し、種々のシンボルのもとであがめてきた、あの神へと向かって高められてゆく魂の叫びがあったのだよ」

「しかしそれらのめざましい証拠やその確かさをどこで汲み取ったらよいのでしょう。もしも私たちが啓示を排除し、そして内面の感覚が私たちに十分ないということになれば？」と私は言いました。

「わしらは啓示を排除しないよ」と彼は元気よく言葉をつぎました。「それに内面の感覚は、ある点まではわしらには十分あるよ。だがそこに、さらにもっと別の証拠を加えることができる。過去については人類全体の証言を、現在については、神的存在への崇拝にあらゆる純粋意識が同意していること、およびわしら自身の心が雄弁に語る声を、だ」

「おっしゃることを正しく理解したとすれば」と私は応じました。「あなたは啓示から、それが永遠に神的なものを持っている点を受け入れていらっしゃいます。そして神的存在と不死に関する偉大な観念、およびそこから生じてくる美徳と義務の教えを受け入れていらっしゃいます」

「人間はね」と彼は答えました。「まさに天そのものから理想に関する知識を手に入れるのだよ。そして天へと導く崇高な真理の獲得が、理想や真理を探求し切望し要求する人間知性と、自らもまた人間の心を探しその中に自らを広げようと熱望し、そこに君臨するのに同意する神の知性とのあいだの、契約となり結婚となるのだ。だからわしらは、どういう名で彼らが呼ばれるにせよ、精神的師といえる者たちを知っているのだ。英雄たち、半神ともいえる人々、哲学者たち、聖人たち、あるいは預言者たち、こういった人類の中の父たちや博士たちの前に、わしらは敬意を表することができる。高度の学問や徳をわがものとした人において、神的存在の輝かしい反映を崇めることができる。おお、キリストよ！　あなたのために、さらにふさわしい新しい祭壇が建てられる時が来るでしょう。あなたに真の偉大さを、あなたが本当に女から生まれた子であり救い主であり、つまり人類の友であり理想を預言する者であったという偉大さを、取り返してくれる祭壇が」

「そしてプラトンの後継者であったということですね」と私はつけ加えました。

「プラトンが、わしらの崇拝する先生筋に当たる他の啓示者たちの後継者であったようにな」

アレクシ神父はまるで私に自分の言葉の重みを計らせる時間を与えようとするかのごとく、ちょっと休んでからまた続けました。「そうなのだ、わしらはあれら啓示者たちの弟子なのだ。ただし束縛を受けない弟子だがね。彼らを検証し、批判し、彼らと討論し、その誤りを正すことさえできる権利を持っている。というのも彼らはその天才により神のような無謬性を帯びてはいても、その本性により人間理性の無力という性質も持っているからだ。したがって単にわしらの特権においてだけではなく、わしらの運命と同様義務においてもまた、彼らのことを説明し、彼らの仕事を継承するのに役だたなくてはならない」

「神父さま！　私たちがですか」と私は恐ろしくなって叫びました。「でもいったい何が私たちに委任されたのでしょう？」

「彼らのあとに来るということだよ。神が欲しておられるのは、わしらが歩んでいくことだ。神が時代の流れのまっただ中に預言者を立ち上がらせるのは、もろもろの世代を人間にふさわしいように前のほうに進ませるためなのだ。彼らを自分のうしろに、卑しい家畜の群れにふさわしいような鎖でつないだ形にしておくためではない。イエスが足なえた人を治したときに発した言葉は、『ひれ伏しなさい、そしてわたしのあとをついてきなさい』ではなかった。『立ち上がりなさい、そして歩きなさい』だった」

「でも神父さま、私はどこに行くのでしょう？」

「未来のほうに向かって行くのだ。わしらは過去で満たされ、今日という日を研究、瞑想、そして完璧を目ざす持続的努力で満たしながら歩んでいくだろう。勇気と謙虚さをもって、理想を思いみる中に意欲と力を汲み上げながら、祈りの中に歓喜と信頼を探していけば、神がわしらを照らしだし、各人、自らの力に応じて人間たちを教えるのを助けてくださるようにしてもらえるだろう。……わしの力はもう尽きてしまった、わが子よ。もしカトリックの信仰の中で育てられなかったならできたかもしれないことは、わしにはできなかった。『わしは自由だ！』というただ一言を、自分の墓の真近で言明するようになるまでに、どんなに時間と苦労が必要だったかは、もう話したね」

「神父さま、その言葉は十分に分かります！」と私は叫びました。「あなたのお口から出る言葉は私に対し絶対的な力を持っていらっしゃいます。あなたのお口から出た言葉だけが、疑念も不安も抱かずに聞くことのできた言葉です。おそらくあなたのこの言葉がなければ、私の一生は誤謬にゆだねられてしまったことでしょう。この修道院での日々を生き続けたなら、狂信の支配に屈し自らの理性を働かせることなく生きることになったでしょう。世間の喧騒の中で暮らしたとすれば、人間的情熱や反宗教的な行動基準に従って道を誤ることになったでしょう。あなたのおかげで、自分の天命を大地にしっかりと足をすえて待ちうけられるのです。もう無神論の危険に屈することもありえないと思います。盲信の束縛をも永久に払いのけたと感じています」

「わしの口から出た言葉が」とアレクシ神父は深く感動しながら言いました。「この世でわしのなしえた唯一の善であるとすれば、君の口から出たいまの言葉は十分な報酬となるものだ。だからわしは、無意味に生を過ごして死ぬことにはならないだろう。というのも生の目的は生を伝えるということだからだ。独身というのは卓越した身分だがまったくもって例外的なのだ、なぜなら莫大な義務を伴っていくことになるからだ、とつねに考えてきた。さらに、自らの種《しゅ》の存在に肉体的生を与えるのを拒む者は、そのかわり自らの労働と知恵によって、自分の仲間の数多くの者に知的生命を与えなければならないと、いまも考えている。その点でわしは、女と交わらなかったキリストの生が持っている多産性をあがめる。だが若い頃、学問と人徳を誇れるものにしようとの希望を培ったあと、大作品をなそうと何年間も空しく作業して打ちひしがれたとき、わしは自分で上がれなかった高みに自らの身分を選んだのを悲しみ、また後悔した。今日では、自分が不毛の果実のように木から落ちていくのではないと分かっている。生命の種子が君の魂を受胎させたのだからね。わしには息子が、自分の肉体が生み出したのよりももっと貴重な子供がいる。わが知性の息子がいる」

「そしてあなたの心の子が、です」と私は彼の前にひざまずきながら言いました。「あなたは偉大な心を持っていらっしゃるからです。おおアレクシ神父さま。知性よりも、もっと偉大な心を、です！『わしは自由だ』と叫ばれたとき、この力強い言葉は『わしは愛し信じている』ということを含んでいらしたのです」

「わしは愛し、信じ、希望している。まったく君の言う通りだ！」と彼は感動しながら答えました。「もしそうでなかったら、わしは自由ではないだろうよ。未開人は森の奥にいて、法というものを知らないが、それでも奴隷なのだ。というのも彼は自らの自由の価値も尊さも使い方も知らないからだ。理想を失った人間は自分自身の奴隷、つまり自らの物質的本能のたけだけしい情念の奴隷なのだ。情念はさらに高圧的な暴君だし、宿命の支配下に入る前に転覆させられたすべてのものたちよりも、さらに気まぐれな主人なのだ」

こうやって私たちは、さらに長いこと話をしました。彼はピタゴラス主義、プラトン主義、キリスト教の各信仰がもつ偉大なる神秘的教義について語ってくれました。それらは継承され修正された同一の教義であり、その真髄は永遠の真理の根底をなしているように思われると言うのです。彼が語るには、いまだ厚い雲で覆われているという意味で、それは進歩する真理であり、そのヴェールを一つまた一つと最後のところまで解読していくのが人間知性の仕事となるというのです。彼は自分が呼ぶところの完全＝神への信仰を基礎づけるすべての要素を集めようと努めたのです。そして次のように言いました。まず第一に、人間科学の計算と観察で接近できる宇宙の偉大さと美しさが、この〈創造主〉の中に、秩序と知恵と全能の科学を私たちに示すということ。第二に、人間たちが社会という形で自らを形成し、自分たちのあいだに共感をもった諸関係、共通の宗教とか相互の保護とかを打ちたてる必要を感じていたことが、普遍的立法者における至高の正義の精神を証明しているということ。第三に、人間の心が理想に向かって絶え間なく強く引かれているのは、人間たちの父がもつ無限の愛を証明しているということ。これは人類の上に多量に広がっている愛であり、良心という聖域の中で、とりわけそれぞれの者に表明されているのです。そこからアレクシ神父は人間には三種類の義務があると結論づけました。最初のものは、外部の自然に適用されたもので、自分の周りの物理的世界を修正し完璧にするため科学を学ぶという義務です。二番目は、社会的生活に適用されたもので、人類によって自由に受け入れられ、その発展に好都合な諸制度を尊重し確立するという義務。三番目は、個々人の内面生活に適用できるもので、神のような完璧を目ざして自らを改善し、たえず自らと他者のために、真理と知恵と徳との道を捜し求めるという義務。

こうした語らいや教えは、少なくともそれ以前の物語と同じくらい長いものでした。数日間も続いたのです。私たちはお互いそのことに心奪われてしまったので、眠る時間さえほとんど取らなかったくらいです。わが師は私を教えるために、雄々しい力を取り戻したように見えました。もはや彼自身の苦痛を気にかけず、私にもそれを忘れさせていました。彼は自分の書いている本を読んでくれて、順次その説明をしてくれました。それは奇妙な本で、偉大さと気高いまでの素朴さで満ち満ちていました。だが体系だった形式は取っておらず、本全体の趣旨を簡潔に述べるだけの時間がなかったことが手にとるように分かりました。むしろモンテーニュのように、その日その日に、一連の試作《エセー》を書いたことが分かりました。その試作においては、あるときは宗教的高揚が、またあるときは突然激しい悲しみや失望におそわれてどうしようもできなくなっていたことが、率直に表現されていたのです。――「もう、現代の人々のために大作を書くだけの能力はないと感じたよ」と彼は言いました。「崇高だけれども向こう見ずな野心にみちていた日々に夢みたようなものはね。そこで自分のやり方を、立場に見合ったつつましいものに変えよう、自分の希望を体の弱さに合わせようとして、自分の心情全体をこれらの私的ページの中にぶちまけようと考えたのだ。それは一人の弟子を作るためだった。人間の魂の願望や欲求をよく理解し、それらの願望なり欲求なりの鎮静と満足を求めるために自分の知性を捧げようとする弟子をね。政治的動乱のあと、遅かれ早かれすべての人が、そうした願望や欲求の重要性を感じるようになるだろうからね。自分が運命によって投げこまれた悲しい時代の嘆きの表れとして、わしには奪いとられたものを返してもらえるよう悲嘆の叫びを上げることしかできなかった。奪いとられたものとは、つまり信仰であり、教義であり宗教なのだ。はっきりと感じているのは、何者もまだわしに答えることができないということ、わしは困惑と恐怖にみたされながら、神殿の外で死ぬだろうということだ。宗教を失くした世紀の原則なき行動に対する宗教的感情からの執拗な戦いを、ただそれだけを、至高の裁き手の足元にもたらすというのが、わしの取柄のすべてということになろう。希望するのは、わしの絶望そのものが自分の中に新しい希望を産み出すことだ。というのも自分の無知に苦しめば苦しむほど、そして虚無への恐れをもてばもつほど、自分の魂が、飽くことなく望んでいるあの天なる国への聖なる権利をもっているように感じるからだ……」

　こんな語らいをして三日目の晩でした。この話にひどく興味をひかれていたにもかかわらず、私は突然ひどい疲労におそわれ、わが師のベッドのわきでうつらうつらしてしまいました。師のほうはあいかわらず弱々しい声で、闇の中で語り続けていました。というのもランプの油がすっかり切れてしまい、しかもまだ日が差しそめてこなかった時刻だったからです。ちょっとしてから目が覚めました。とアレクシ神父は依然としてもごもご何か言っていました。自分自身に語りかけているみたいでした。途方もない努力をして聞き耳を立て、眠気と戦ってみました。が、その言葉は理解不可能で、疲れがどっと出てきてまたも眠りこんでしまいました。彼のベッドのはしに頭を載せて。そのとき眠りの中で、優しく調和のとれた声が聞こえました。師の話の続きを聞いているような気がしました。目覚めることなく何の話か分からないまま聞いていましたが、ついにさわやかな風のようなものが髪の毛の中を通りすぎるのを感じました。次のような声がしました。「アンジェロ、アンジェロ、時が来たよ」私は師が息を引き取るのだと思いこみました。そこでたいそう努力して目を覚まし、彼のほうに手を伸ばしました。その手はなま暖かく、呼吸も規則正しく、おだやかに休んでいるのが分かりました。起き上がってランプをつけに行きました。だが、何とも形容しがたい何かが前のほうに立っていて、軽くふれて私の動きをさまたげるのを感じたように思います。恐ろしくはありませんでした。確信をもって私はそのものに言葉をかけました。

「いったいどなたです？　何を望んでいらっしゃるのです？　私たちが愛しているあのお方ですか？　お命じになりたいことがおありなのですか？」

「アンジェロよ」と声は言いました。「例の文書は石の下にある。お前の師の心は、かの者の意思を果たさない限り苦しむだろう……」

ここで声は消えてしまいました。もう部屋の中には、アレクシ神父の弱々しいけれど規則正しい息づかいしか聞こえていませんでした。ランプに火を入れました。彼が眠っているのを確認し、私たち以外に誰もいないのを、そしてすべてのドアが閉じているのを確認しました。不安でどぎまぎしながら腰を下ろしました。ちょっとしてから、腹を決め、そっと部屋を出ました。ランプを片手に持ち、もう一方の手には天文観測用の機械から取り外した鋼製の棒を握っていました。そして教会堂へと行ったのです。

その時まであんなにも若く、臆病で、迷信深かった私が、どうやって突如ああしたことを、勇気をもってたった一人でやろうと思えたのか、自分でも説明できないことでしょう。ただあの瞬間は、奇妙な高揚感につき動かされたにせよ、自分よりも優れた力が知らぬまに私の中で働いたにせよ、精神が最高の力にまで高められていたことだけは分かるのです。確かなのは、震えることなくあの此処ニアリという石に立ち向かって、難なく持ち上げてしまったことでした。地上墓所を降りていきました。そしてあの方のために作られた黒大理石の壁龕《へきがん》の中に、鉛製の棺を見つけました。梃《てこ》と小刀を使ってその一部を難なく引きはがしました。棺の中を手さぐりしていって、ちょうど遺体の胸のあたりで着物の切れ端を見つけました。それを持ち上げてみると、クモの巣のように指のまわりで丸まってしまいました。それからあの高貴な心臓がかつて打っていた辺りにまで手をすべらせていくと、冷たい骸骨に触れたのを感じましたが、恐怖感はありませんでした。羊皮紙の包みは、着物のひだにひっかかることなく、棺の底のところにころがっていました。それをつかんで引き出すと、急いで墳墓の入り口を閉め、アレクシ神父のもとに戻ったのです。彼の膝の上にその手書きの文書を置きました。と、そのとき目まいに襲われ、気を失いかけました。だがまだ私の意志のほうが勝っていました。アレクシ神父がしっかりした手つきで、いそいそと、その書き物の包みを広げ始めていたからです。

「此処ニ、真理、アリ！」とスピリディオンが好んでいた金言の上に目をやりながら彼は叫びました。この金言が、この手書き文書の巻頭言になっていたからです。「アンジェロ君、わしは何を見ているのだろうね？　わが目を信じてよいのだろうか？　ほら、君自身で見てごらん。幻覚に襲われたような気がするよ」

　彼といっしょに眺めてみましたが、それは羊皮紙の上に描かれた十三世紀の美しい手書き文の一つで、その文字の鮮明な美しさは印刷文字の比ではありませんでした。誰か無名の修道士によってつつましく忍耐強く手書きされたものです。この手書き文が聖ヨハネ（イエスの十二弟子の一人でゼベダイの子、ヨハネ福音書の記録者と言われる。洗礼者ヨハネの弟子でもあった）による福音書そのものであるのを見たとき、私の驚きとわが師アレクシの茫然自失は、いかばかりだったでしょう！

「だまされたのだ！」とアレクシ神父は言いました。「すりかえがあったのだ。フルジェンチェが自分の師の葬儀のあいだ、警戒していたのに裏をかかれてしまったのか、あるいはドナシアンがわしらの会話の秘密をかぎつけ、くだんの書を持ち去り、かわりに決定的なキリストの言葉、かつ注釈ぬきの言葉をその場に置いていったのだ」

「お待ちください、神父さま」と私は注意深くその手書き文書を調べてから叫びました。「これは極めてまれで極めて貴重な遺物ですよ。カラブリア地方のシトー会修道士として高名なフィオーレのヨアキム（一一三五頃―一二〇二。イタリアの預言的歴史神学者。歴史の第一段階を律法支配、第二段階を恩恵支配、第三段階を聖霊支配による永遠の福音の時代として捉えた）自身の手になるものです……彼の署名があるので確認できます」

アレクシ神父はその写本をもう一度手にとって丹念に見つめてから言いました。「そう、亜麻布をまとった人と呼ばれた方だ。霊感を受けた方、預言者と見なされていた方、十三世紀初頭に新しい〈福音書〉による救世主と見られた方だ！　これらの文字を見ていると何とも言えない深い感動で、魂の底まで揺り動かされるような気がする。おお真理の探究者よ、わしはたびたび自分の歩む道にあなたの足跡を認めたような気がした！　だがアンジェロ君、見てごらん。わしらの注意からもれてしまうものは、ここには何一つないはずだよ。なぜなら、この貴重な一冊がヘブロニウスの心臓を覆う屍衣として使われたのは、確かに何らかの目的があってそうされたはずだからだ。ここに、文書の他の箇所よりももっと大きな文字が、もっと美しく描かれているのが見えないかい？」

「特別に違う色で際立たされてもいますね。これだけではないかもしれません。見てみましょう、神父さま！」

私たちは聖ヨハネの〈福音書〉を拾い読みしました。そしてヨアキム師の能書によるこの傑作の中に、他の部分よりももっと大きなもっと装飾的な文字で、しかも別のインクで書かれた三つの断片を見つけました。まるで筆写した人がこれら決定的な一節に、注解する者の瞑想を向けさせたいと思ったみたいにです。最初の一節は青色の文字で書かれていて、聖ヨハネによる〈福音書〉を絢爛たる調子で開始する部分でした。

「初めに言《ことば》があった。言は神と共にあった。言は神であった。万物は言によって成った。成ったもので、言によらずに成ったものは何一つなかった。言の内に命があった。命は人間を照らす光であった。光は暗闇の中で輝いている。暗闇は光を理解しなかった。その光は、まことの光で、世に来てすべての人を照らすのである」（新共同訳聖書による。以下同様）

二番目の一節は緋色の文字で書かれていて、次の一節でした。

「あなたがたが、この山でもエルサレムでもない所で、父を礼拝する時が来る。まことの礼拝をする者たちが、霊と真理をもって父を礼拝する時が来る」

そして三番目は金色の文字で書かれた次の所でした。

「永遠の命とは、唯一のまことの神であられるあなたと、あなたのお遣わしになったイエス・キリストを知ることです」

四番目の一節は、ただ文字を大きくするだけで、さらに注意を促すようにしていました。それは第十章の中の一節でした。

「イエスは言われた。『わたしは、父が与えてくださった多くの善い業をあなたたちに示した。その中のどの業のために、石で打ち殺そうとするのか。』ユダヤ人たちは答えた。『善い業のことで、石で打ち殺すのではない、神を冒瀆したからだ。あなたは、人間なのに、自分を神としているからだ。』そこでイエスは言われた。『あなたたちの律法に、〈わたしは言う。あなたたちは神々である〉と書いてあるではないか。神の言葉を受けた人たちが、〈神々〉と言われている。そして、聖書が廃れることはありえない。それなら、父から聖なる者とされて世に遣わされたわたしが、〈わたしは神の子である〉と言ったからとて、どうして〈神を冒瀆している〉と言うのか。』」

「アンジェロ！」とアレクシ神父は叫びました。「この一節にキリスト教徒が動揺させられなかったなど、どうしてありえよう？ キリスト教徒がイエス・キリストを全能の神とし、神的三位一体の一構成員とするような偶像崇拝的考えを抱いていたときにはね。イエスはいわゆるこの神性に関し自ら説き明かさなかったのか？ 彼はそうした考えを冒瀆的な言い方として拒絶しなかっただろうか？ おお！ そうなのだ、イエスは、あの神の人はわれわれに言ったのだ！ われわれはすべて神なのだと、すべて神の子なのだと。それは聖ヨハネが自分の福音書の冒頭に、この教義を次のように陳述しながら理解した意味においてそうなのだ。『言《ことば》（神のロゴス）は自分を受け入れた人々には神の子となる資格を与えた』とね。そうなのだ、神の言なのだ。啓示は神であり、明らかにされた神の真実なのだ。そして人間は神でもある、彼の子であるという意味においてね。そして人間は神性の表出になる。だがそれは限界ある表出であり、ただ神のみが無限の三位一体となる。神はイエスの中にあったし、〈御言《みことば》〉はイエスを通して語った、だがイエスは〈御言〉ではなかった。

しかしよく調べ論じなければならない貴重な文書が他にもあるよ、アンジェロ君、ここには一つではなく三つの写本があるのだからね。好奇心をたぎらすのは控えなさい。わしも、うずうずするのを抑えているのだから。順序立ててやっていこう。三番目を見る前に、二番目のものにいってみよう。スピリディオンが同じ包みの中にこれら三冊を置いた順序は、わしらが勝手に動かしてはならないものにちがいない。間違いなく彼の思想の進歩と発展を示していて、その思想を補完するものなのだ」

私たちは二番目の写本を広げてみました。第一のものと比べても負けず劣らず貴重で興味深いものでした。これが世に出てから今日まで何世代もの人々に、幾世紀ものあいだ知られることなく、いわば失われていた文書だったのです。パリ大学（中世期に神学研究の中心だった）によって訴追され、最初は容認され、ついで断罪されたこの文書は、一二六〇年聖座（ローマ教皇庁）によって焚書を命じられました。つまりかの有名な『永遠の福音入門』なのです。フランシスコ修道会の総会長でフィオーレのヨアキムの（精神的）弟子だった、高名なパルマのジョヴァンニ（一二〇八頃―一二八九）のもので、著者自身の手による手書き本だったのです。異端のこの記念碑的作品を目の前にして、アレクシ神父と私は思わず身ぶるいに襲われてしまいました。この一冊が、おそらくこの世に存在する唯一のもので、それがいま私たちの手の中にあるのです。これによって何を学ぶことになるでしょうか？　いかなる驚きとともに、最初のページに書かれていた次のような要約を読んだことでしょう。

「宗教には三つの時代がある。三位一体の三つの位格（父・子・聖霊）の君臨のように。父の君臨はモーセの律法のあいだ続いた。子の君臨、つまりキリスト教はつねに続くということにはなっていない。この宗教が身を包んでいる祭礼や秘跡は永遠であるということにはなっていない。これらの神秘が止むだろう時が来るに違いない。そのときに、聖霊の宗教が始まるに違いないのだ。その宗教にあっては、人々は秘跡をもはや必要としないだろうし、〈至高の存在〉に対し、純粋に精神的な礼拝をささげることになろう。聖霊の君臨は聖ヨハネによって預言されていた。この君臨こそキリスト教の後を継ぐものとなろう。キリスト教がモーセの律法の後を継いだように」

「何だって！」とアレクシ神父は大声を上げました。「イエスがサマリアの女に言った言葉を敷衍《ふえん》すれば、エルサレムでもこの山でももはや父を礼拝しない時が来る。そうではなく霊と真理をもって父を礼拝する時が来ると、こんなふうに理解せねばならないのか？　そうだ、永遠の福音という教義なのだ！　この自由、平等、友愛の教義は、グレゴリウス七世（一〇二〇頃—八五。神聖ローマ帝国皇帝ハインリヒ四世と聖職叙任権闘争を展開、皇帝を破門し「カノッサの屈辱」を与えた）とルターとを分かつものだが、それはあの言葉をこのように理解したのだ。ところであの時代は大変に偉大な時代だった。世界を満たしたあと、そのうえに、すべての偉大な異端創始者の思想を、今日まで迫害されているあらゆる宗派の思想を、受胎させたのもこの時代だ。この作品は断罪され破壊されたが、わしらを産み出したすべての思想家の中で生き続け成長したのだ。これを焼いた焚書台の灰の中から、〈永遠の福音〉が炎を噴き上げている。後の世代を燃え上がらせる炎を。ウィクリフ、ヤン・フス、プラハのイェローム

（一三六〇頃—一四一六。チェコの宗教改革者）、ルターよ！　あなたたちはあの焚書台から出てきたのだ。あの輝かしい灰の下で育てられたのだ。そしてうまく扮装できなかったプロテスタントであり最後の司教だったボシュエよ、あなた自身もそうだ。最後の使徒であるスピリディオンよ、あなたもそうだ。そして最後の修道士であるわしらもそうだ！　だが十三世紀のあの啓示と比べて、いったいスピリディオンの優れている思想とは何だったのだろう？　ルターとボシュエの弟子である彼は、シャルトルのアモーリ（？—一二〇六。フランスの神学者、哲学者）、フィオールのヨアキム、パルマのジョヴァンニの教義を把握するために過去のほうを振り向いたのではないか？」

「神父さま、三番目の本を開けてください。おそらくそれが他の二つを理解する鍵となるでしょう」

三番目の手書き本は、確かにスピリディオン大修道院長の作品でした。スピリディオンの手になる聖なるテクストで、フルジェンチェのもとに残っていたのを、アレクシ神父がしばしば目にしていたもので、すぐさまこれが本物であると分かりました。それはごく短いもので、次の行数に限られていました。

「イエス（ほれぼれするような姿）がわたしの所に現れて言った。——四つの福音書のうち、最も神的で、わたしが宣教を行なった時期の人類の一時的形態に最も汚されていなかったものは、ヨハネの福音書だ。わたしが受難のあいだその胸にもたれていたあのヨハネ、死につつあるとき、わが母の面倒を見てくれるよう頼んだあのヨハネのあの福音書だ。あなたはこの福音書だけを手もとに置きなさい。他の三つのもの（マタイ・マルコ・ルカ）は、それらが書かれた時代に向けて、この地上のために書かれたもので、脅しの言葉と冒瀆的表現にあふれ、あるいは古いモーセの律法に添う形での聖職者的慎重さに満ちていて、あなたにとってはまるで存在しないもののようになるでしょう。答えなさい、わたしの言うことに従いますか？

——わたし、神のしもべスピリディオンは答えた、従いますと。

——イエスはそのときわたしに言った。キリスト教徒としての過去において、あなたはしたがってヨハネの流派に属するだろう。あなたは洗礼者ヨハネ派の人となろう。

イエスがそうした言葉を言ったらしいとき、わたしの存在全体の中で一つの分離のようなものが生じるのを、わが身の内に感じた。自分が死ぬと感じた。もはやキリスト教徒でもなかった。だがほどなく再生する自分を感じた。そしてかつてよりももっとキリスト教徒になっていた。というのも、わたしにはキリスト教が明らかとなったからだ。そして一つの声が耳もとで唯一の福音書の第十七章にある次の節を言うのが聞こえた。永遠の命とは、唯一のまことの神であられるあなたと、あなたのお遣わしになったイエス・キリストを知ることです。

するとイエスがわたしに言った。

——あなたは幾世紀を貫いて、あなたの流派の伝統を受け継ぐのです。

そこでわたしは、聖ヨハネの流派に関しかつて読んだもののすべてのことを考えた。と、あんなにもたびたび異端者と呼んでいた人々が、真に生ける者のようにわたしの前に出現した。

イエスは付け加えて言った。

——だがあなたは、預言的精神のもつ過ちを、念を入れて消し去り抹消するのですよ。預言のみを保ちもつためです。

そしてその姿はかき消えてしまった。だが、言うなればわたしの中でひそかに持続しているその存在を感じていた。わたしは本棚のところに駆けよった。手に取った最初の作品は、聖ヨハネの福音書の、フィオーレのヨアキムの手によって書き写されたものだった。

二番目の作品はパルマのジョヴァンニの『永遠の福音入門』だった。

わたしは聖ヨハネの福音書を崇めるような気持で読み返した。

『永遠の福音入門』も苦しみ呻吟しながら読んだ。読み終ったとき心に残ったもののすべては、次の文章だった。

宗教には三つの時代がある。三位一体の三つの位格の君臨のように。

それ以外のすべては、わたしの精神から抹消されて無くなっていた。だがこの文章はわが知性の目が向いているはるか彼方で、消えるはずのない輝ける灯台のようにきらめいていた。

イエスがまた姿を現して言った。

――宗教には三つの時代がある。三位一体の三つの位格の君臨のように。

わたしは答えた、アーメン！と。

イエスは続けた。

――キリスト教には三つの時代があった。そして三つの時代は完了した。

そう言って彼は消えた。とわたしは目の前を次々と（礼拝に値するような光景）聖ペテロ、聖ヨハネ、そして聖パウロが通り過ぎていくのを見た。

聖ペテロのうしろには、偉大なる教皇グレゴリウス七世がいた。

聖ヨハネのうしろには、フィオーレのヨアキム、あの十三世紀の聖ヨハネがいた。
聖パウロのうしろには、ルターがいた。
わたしは気を失った」

もっと先のほうに空白部分をはさんで、同じ筆跡で次のように書かれていました。

「キリスト教は三つの時代を持たねばならなかった。そして三つの時代は完了した。神の三位一体が三つの面をもっているように、人間精神がキリスト教における三位一体について抱いた概念も、次々に来る三つの面をもつに違いなかった。最初は聖ペテロに呼応するもので、ローマ教会の戦士（現世での信者のこと）と聖職者位階制度の創造および発展の時期で、十一世紀の聖ペテロであるヒルデブラント（グレゴリウス七世の本名）に至るまでを含んでいる。二番目は聖ヨハネに呼応するもので、アベラールからルターまでの時期を含んでいる。三番目は聖パウロに呼応するもので、ルターで始まりボシュエで終っている。これは自由検討と知識の君臨である。これに先立つのが愛と感情の君臨であったように、そしてそのもう一つ前の君臨が感性と活動の時期であったように。この第三の時期にキリスト教は終わり、新しい宗教の時代が始まる。だからもはや〈福音〉の文字通りの適用の中に絶対的真理を探さないようにしよう。そうではなく、われわれに先行する人類全体への啓示の展開の中に真理を探そう。三位一体の教義は永遠の宗教となる。この教義の真の理解は永遠に漸進的なものとなろう。われわれはおそらく永遠に、活動、愛、学識という三つの相の表出を通って行くだろう。それらはわれわれの本質自体の三つの原理なのだ。というのもそれらはこの世にやってきた各人が、神の子として受け取る三つの神的原理だからだ。われわれが自らの人間性のこれら三つの面のもとで同時に姿を現すようになればなるほど、われわれは神的完璧さに近づくことになるだろう。未来の人間たちよ、もしも神が君たちの中にいるとしたら、この預言を実現するのはまさに君たちの任務だ。それは新しい啓示、新しい宗教、新しい社会、新しい人類が作りだすものとなろう。この宗教はキリスト教の精神を捨て去りはせず、その形態を脱ぎ捨てるだろう。それとキリスト教との関係は、娘と母との関係となろう。一方が墓のほうに引き寄せられていくとき、他方は生に満ち溢れている。〈福音〉の娘であるこの宗教は母を否認しないだろう。母の仕事を継承するものとなろう。母が理解しなかっただろうことを、説明するだろう。母があえてしなかっただろうことを、することになろう。母が着手しかしなかっただろうことを、完成することになろう。これこそ偉大なボシュエにその死の時、黒いヴェールのもとに現れた真の預言だったのだ。神の三位一体よ、あなたが御自分の光で照らしだし、あなたの愛で燃え上がらせ、あなたの実体そのものによって創った存在、あなたのしもベスピリディオンを受け入れ引き取りたまえ」

アレクシ神父はその手書きの本を畳んで、自分の胸の上に置き、その上に手を組んで深い瞑想にひたっていました。顔には大いなる安堵の色が浮かんでいました。私はかたわらにじっととどまりながら注意深く彼の動きすべてをうかがっていました。そしてその表情の変化から彼の魂を揺り動かしている想いを理解しようと努めたのです。突然その両眼から大つぶの涙があふれ出て、しわだらけの顔を濡らすのが見えました。まるで恵みの雨が乾いた大地を潤すように。「わしはとても幸せだ！」と彼は言い、そして私の胸に身を投げてきました。「おお、わしの人生！　わしの惨めな人生！　それはあまりに苦しく疲労にみちていたので、この光と確信と慈愛とのえも言われぬ瞬間を得ることができたのだ！　神の慈愛、ついにわしにはそれが分かったぞ！　至高の論理、それは誤ることはありえなかったのだ！　わが友スピリディオンよ、あなたはわしに『愛しなさい、そうすれば理解するだろう』と言ったとき、そうしたことがよく分かっていらしたのだ！　おお、わが軽薄な学問よ！　不毛の学識よ！　お前たちは『聖書』の真の意味を明かしてくれはしなかった！　わしが神の言葉を理解できるようになったのは、友情を理解し、友情を通して慈愛を、そして慈愛を通して人類の友愛の感激を理解するようになってからなのだ。アンジェロ君、わしがまだ君のそばで過ごしていられるほんのわずかな時間、これらの手書き本をここに置いていてくれ。わしがこの世にいなくなっても、これらをわしと一緒に埋葬してはいけない。真理はもはや墓の中で眠るのではなく、白日のもとで働き、善意の人々の心を動かさなければならない時が来たのだ。わが子よ、君はこれらの『福音書』を読み返しなさい。そしてそれらを注釈しながら歴史をまた学び直すのだ。君の頭は、わしによって事実と文献と名言でいっぱいにされてしまったから、自らの中に生を担っているのにそれに気づかない書物のようになっている。こんなふうにして三十年間、わしも自分自身の知性を羊皮紙にしてしまっていた。すべてを読み検討し、何一つ理解することのない者は、無知なる者の中でも最悪の者だ。そして読むすべを知らぬまま神の知恵を理解した者は、地上における最大の哲学者だ。さあ、わが子よ、わしの別れの言葉を受けとっておくれ。修道院を去って実社会に戻る用意をしなさい」

「何をおっしゃいます？」と私は叫びました。「あなたの許を立ち去るのですって？　実社会に戻るのですって？　それがあなたの好意なのですか？　それがあなたの助言なのですか？」

「わしらはもうだめだということはよく分かるだろう」と彼は言いました。「わしらは終った種族なのだ。

スピリディオンは本当のところ、最後の修道士だった。おお、薄幸のわが師よ！」と彼は天の方向を見やりながらつけ加えました。「あなたもまたずいぶんと苦しみました。そしてあなたの苦しみは人々から無視されたのです。だが神はあなたの気高い過ちの償いとしてあなたを受け入れてくださいました。そして死の間際に、あなたを慰めてくれた預言者的直感を送り届けてくださったのです。というのもあなたの偉大な心は、理想のほうに向いた人類の未来を悟ることで、自分自身の苦しみを忘れたに違いないからです。ということでわしはあなたと同じ結果に到達したのだ。あなたの生活がひたすら神学の研究に捧げられ、わしの生活がもっと幅広い領域の知識を包含するものだったにせよ、わしらは同じ結論を見出したのだ。それは、過去は終ったのであり、未来を束縛してはならないということだ。かつてわしらの存在が必要不可欠だったのと同じくらい、わしらの失墜も不可避だということだ。一方を棄てることも他方を呪うこともすべきではないのだ。ところでだ！　スピリディオンよ、修道院の影の中で、あなたの瞑想の奥底で、あなたは自らの師よりも偉大でした。なぜならあなたの師は絶望の叫びをあげながら、そして世界が自分の上に崩れ落ちてくると思いながら死んだからです。ところがあなたは主の平和に包まれ、人類に対する崇高な希望にみたされて眠ったのです。おお！　そうなのだ。わしはボシュエ以上にあなたを愛しています。あなたが自らの世紀を呪わなかったからだし、完徳を目差して激しく燃えた魂の、次々と続く幻想、尊敬すべき不安、気高い努力を堂々と放棄してしまったからだ。祝福され、ほめたたえられますように。天なる王国は、広い精神と素朴な心をもった人々のものなのだから」

こんなふうに話しながら、彼は私の頭の上に手を置いて祝福を与えてくれました。それから起き上がろうとして、「さあ、時が来たのが分かるだろう」と言いました。

「いったい何の時がですか」と私は訊きました。「どうして欲しいのですか？　今夜のお言葉に、すでに耳を驚かされました。それを聞いたただ一人の者ではないかと思ったのです。ねえ、先生、これらの言葉は何を意味しているのですか？」

「これらの言葉をわしも聞いたのだよ」と彼は答えました。「なぜといって、君がわしらの師の墓所に降りていったとき、わしはここで彼と長く語りあっていたからだ」

「あの方にお会いになったのですか？」と私は尋ねました。

「夜、姿を見たことは一度もなかったよ。いつも昼間、日の光の下でだけだった。姿を見るのと声を聞くのと同時にしたことも一回もない。話しかけてくるのは夜だし、姿を見せるのは昼なのだ。今夜も彼は、わしらが読み終ったばかりのあの文書のことや、さらに多くのことを説明してくれた。彼が君にあの手稿を掘り出してこいと命じたのは、今世紀の人々がわしらの幻だとか妄想だとか言いかねないものに関し、君の魂が決して疑念を抱いたりしないようにするためなのだ」

「天上の妄想は私に理性を憎ませるかもしれません。もしも理性がその印象を無にしてしまうとすればですが！」と私は叫びました。「でも神父さま、心配なさらないでください。心の中に、これら神的なものにふれた歓喜の日々の聖なる記憶を、永遠に持ちつづけるでしょうから」

「さあ、おいで！」くたくたの体をぴんと立てなおし、しっかりした足取りで、若者のような気品と優雅さで、部屋の中を歩き始めながらアレクシ神父は言いました。

「あら！　お歩きになれるのですね。じゃ治られたのですか？」と私は声を発しました。「これこそ新たな奇跡です」

「意思はそれだけで一つの奇跡だ」と彼は答えました。「それをわしらの内でかなえるのは神の力なのだ。わしのあとをついてきなさい。わしはもう一度太陽が見たい。ヤシとこの修道院の壁が見たい。スピリディオンとフルジェンチェの墓が見たい。子供のときのような喜びに取りつかれている感じだ。魂があふれ出そうだ。涙豊かな苦悩と希望のこの大地を抱きしめなければならない。疲れるほどに祈って膝をつきっぱなしだったから穴をうがってしまったが、それも無駄ではなかったこの大地を、だ」

私たちは庭へと降りていきました。修道士たちの集っていた食堂の前を通ったとき、彼は一瞬立ち止まり、哀れみのまなざしを彼らに向けました。

自分たちの目の前に、死の床にあるとばかり思っていたアレクシ神父が立っているのを見て、彼らは恐怖に捉えられてしまい、給仕していた助修道士のうちドアのそばにいた一人は、次のようにつぶやきました。

「死者がよみがえるというのは、何か不幸の前兆だぞ」

「たぶん、そうだよ」とアレクシ神父は、ふい打ちの効果をねらおうとして食堂に入りながら答えました。「大きな不幸が諸君らを脅かしているのだ」そして若々しいエネルギーにみち活気あふれた顔つきとなって、霊感をほとばしらせた目をらんらんと輝かせながら、大声で言いました。「修道士諸君、食卓を離れなさい。パンを食べるのを中断しなさい。僧服を引き裂きなさい、この僧院を見捨てなさい。ここはすでに雷で打ち震わせられているのだから。さもなければ死の準備をしたまえ！」

修道士たちは怯《おび》え打ちのめされ、ざわざわと立ち上がりました、まるで何かの奇跡でも起きたのかと思ったみたいに。院長はもう一度着席するように命じて、言いました。「この老人が妄想の発作に襲われているのが分からないのですか？　アンジェロ、ベッドにつれ戻しなさい。そしてもう部屋から出さないようにしなさい。これは命令ですぞ」

「あなた、ここではもう命令すべきことは何もないのですよ」とアレクシ神父は静かに、しかし力強く言いました。「あなたはもう長でもなければ修道士でもない。もはや何ものでもないのです。逃げるべきだとわしは言いましょう。あなたの最期も、わしらすべての最期も迫っているのですぞ」

修道士たちは、まだざわめいていました。ドナシアンは再び彼らを制止しました。何か暴力ざたのような騒ぎを恐れたのです。「静かにしなさい」と彼らに向かって言いました。「アレクシに話させなさい。彼の考えが発熱で混乱しているのが分かるでしょうから」

「修道士諸君！」とアレクシ神父はため息まじりに言いました。「諸君こそ、熱狂で思考能力を曇らされているのですぞ。諸君は、かつては気高い人種だったのに、今日では卑しむべきものとなっているのです。ローマ教会によって迫害され火刑に処せられたあんなにも多くの博士や預言者を、精神的に生み出したのもあなた方修道士です！　〈福音〉を理解し、それを勇敢に実践しようとしたのもあなた方だ。おお、あなた方、〈永遠の福音〉の信奉者たちよ。偉大なるアモーリ、ダヴィッド・ド・ディナン（十二世紀。フランスの神学者、異端の疑いで火刑に処せられた）、ピエール・ド・ヴァルドー、セガレッリ（十三世紀。イタリアの異端）、ドルチーノ（十三世紀前半—一三〇七。セガレッリの後継者）、エオン・ド・レトワール（？—一一四八。ブルターニュの人、神の息子と自称し、ローマ教会を排斥、一種のコミュニズムを称えた）、ピエール・ド・ブリュイ（？—一一四〇頃。幼児洗礼ミサと教会の権威を拒否することを唱え、フランス南部で一時成功を収めたが、のち火刑に処せられた）、ロールハルト（十四世紀。ドイツの異端。一三二〇年頃ケルンで火刑に処せられたらしい）、ウィクリフ、ヤン・フス、プラハのイェローム、そして最後にルターの、そうした者たちの精神的父でもある人々よ！　彼らは平等、友愛、共同体、慈愛そして自由を理解したのだ！　永遠の真理は未来によって明らかにされ実践されるに違いないが、その永遠の真理をかつて声高に叫んでいた修道士たちは、いまやもう何も産み出さず、もう何も理解できなくなっておる。聖ペテロのマントのひだの中にずいぶんと長いこと身を隠してきたが、もうペテロも諸君を保護できなくなっている。諸君は高位聖職者たちと和を結び、地上の権力者たちに恭順の意を表してきたが、それも空しくなった。権力者たちはもう諸君のために何もできなくなっておるぞ。〈永遠の福音〉の統治がやって来たのだ。そしてあなた方はもはやその教えを信奉する者たちではない。民衆が専制政治を打倒すべく反逆に立ち上がったのに、諸君はその先頭に立って歩むかわりに、暴政の手先として打ち倒され叩きのめされるだろう。さあ逃げ出したまえ、と言っておるのだ。諸君には一時間が残されておる、いや一時間も残されてはおらぬぞ！　僧服を破り捨て、森の奥に、山の中の洞窟に隠れたまえ。真のキリストの旗じるしが広げられたのだ。その影に諸君はすでに被われておる」

「彼は預言を発しているぞ！」と何人かの修道士が色青ざめふるえながら叫びました。

「冒瀆し、背教者となっているのだ！」と何人かの別の修道士が憤慨して叫びました。

「連れて行って閉じこめろ！」院長が動転し、怒りに身を震わせながら叫びました。

だが一人としてアレクシ神父に手をかけようとする者はいませんでした。目に見えない天使によって身を守られているように思われました。

彼は私の腕をつかみました。私の足取りが遅いと思ったからです。食堂を出るとヤシの木の下に連れていって、しばらくのあいだ海と山をうっとりと眺めていました。それから北のほうをふり返って言いました。

「やつらが来るぞ！　電光石火の早さでやって来るぞ」

「いったい誰がですか？　神父さま」

「踏みにじられてきた自由のために、すさまじい復讐をしようという連中だ。おそらく報復は常軌を逸したものになるだろう。自分にこうした使命が与えられていると感じられたら、誰に正義にみちた平静さが保てるだろうか？　時は熟したのだ。成果が出なければならないのだ。何本かの草が踏みにじられたとしても、かまわないではないか？」

「わが国の敵のことをお話しなのですか？」

「万軍の主（神）の手の中できらめいている剣のことを話しておるのだ。やつらは近づいてくる。〈霊〉がわしにそう明かしてくれた。人々が言うように、その日がわしの最後の日となる。だがわしは死なんよ。君のもとを離れないよ。アンジェロ君、君にも分かっているだろう」

「あなたが死なれるのですって？」私はどうしようもできない恐れに捉えられ、彼の腕から身を引き離しながら叫びました。「おお！　死ぬなんておっしゃらないでください。私は今日から生き始めようと思っているのですから」

「こうしたことが、物事の継承に関する摂理の定めだよ」と彼は答えました。「おお、わが子よ、無限の神をあがめよう！　おお、スピリディオンよ！　あなたには、その日わしのところに姿をお見せになるよう求めたりはしません。確信を抱くために、あなたの人間としての姿が必要ないような世界に、わが魂の目は開かれたからです。あなたはわしとともにおいでになる。わしの中にいらっしゃる。わしの歩む道の上にあなたの足跡を見出せるよう、あなたの足が実際に砂をふみしめて行く必要など、もうないのです。そうです！　もう幻影も、威光も、恍惚とした夢も必要ないのです。アンジェロよ、死者たちは目に見える姿でわしらに教えたり叱ったりしに来るために、墓の奥から出てくることはしない。しかし彼らはわしらの内に生きている。スピリディオンがフルジェンチェに言っていたように、ね。わしらの高揚した想像力は彼らをよみがえらせ、わしらの意識と対決させるだろう。わしらの不確実な意識と不完全な知恵が、彼らの中に見出すべきだった光を退けてしまうとき……」

このとき、山のゆるやかな頂を渡って来るかすかなこだまのように、遠く雷のような音が響きました。そしてその音は、しだいに弱まる声のように海の沖合い遥かで反響しました。

「あれは何です、神父さま？」と、ほほえみながら聞いているアレクシ神父に尋ねました。

「大砲だよ。わしらのほうに飛ぶように進んでくる征服の動きなのだ」と彼は答えました。

それから耳をかたむけました。大砲は規則正しく聞こえていました。

「あれは戦闘ではない。勝利の賛歌だよ」と彼は言いました。「わしらは征服されたのだ。君、もうイタリアはないのだ。祖国がなくなったという思いで、心が引き裂かれたりしないようにね。イタリアがもはや存在しないのは、今日からというわけではないのだから。今日崩壊し終わったのは、教皇たちの〈教会〉だよ。敗者のために祈るのはよそう。神は御自分のなさっていることを知っているが、勝者たちはそれを知らない」

私たちが教会堂に戻ろうとしたので、院長が何人かの修道士を引き連れ突然近づいてきて声をかけました。ドナシアンの顔は恐怖でゆがんでいました。

「何が起きているのかご存知かな？」と彼は言いました。「大砲が聞こえるだろう？　戦闘が起きているのだ！」

「戦いはすんだよ」とアレクシ神父は静かに答えました。

「どうしてそれを知っている？」と四方八方から叫び声が上がりました。「何か情報があるのか？　何か教えてもらえないか？」

「わしの推測だけだよ」とアレクシ神父は静かに答えました。「だが諸君には逃げ出すことを勧めますよ。それともやって来る客人たちに大変なごちそうを用意するか……」

そして、彼らにそれ以上質問させることなく、さっと背を向けると教会堂に入っていきました。そこに入るか入らぬとき、外のほうで何か分からない叫びが聞こえました。それは、まるで呪詛と威嚇がまじった熱狂的な勝利の歌声みたいでした。いかなる叫びも、威嚇の言葉も、それら外部の声には答えませんでした。この地方に住んでいたすべての者が、近づいてきたハゲワシにおびえて飛び立つ小鳥たちのように、勝利者を前に逃げ出してしまったのです。それは作物を略奪してくるよう、送りだされてきたフランス兵の分遣隊でした。彼らは山中をさまよっているうち修道院の丸屋根を見つけ、この獲物に襲いかかろうと、夢の中でしか見られないような恐ろしいスピードで、谷や急流を突っ切ってきたのです。雷雲のように急襲してきました。一瞬のうちに門はこわされ、修道院は酔った兵士たちであふれかえりました。彼らは丸天井をしゃがれた恐るべき歌声でとどろかせました。その歌声の中で、次の言葉がはっきりと耳に入りました。

自由よ、いとしい自由よ、
お前の守り手たちといっしょの戦いだ！……

修道院の中で何が起きたのか分かりません。教会堂の外壁に沿ってバタバタと走る足音が聞こえましたが、まるで震え上がって逃走しようとして、大理石の舗石をうがとうとする音のように思えました。たぶん大略奪、乱暴狼藉、乱痴気騒ぎが起きていたのです……アレクシ神父は〈此処ニアリ〉の石の上にひざまずいて、そうした騒ぎすべてに耳を貸さないでいるみたいでした。自分の思索に没頭していて、墓石の上の彫像のように見えました。

ふいに聖具室の扉が大音響を立てて開きました。一人の兵士が警戒おこたりない様子で進んできました。それから自分一人だと思ったのでしょう、祭壇の所にかけより聖櫃《せいひつ》（聖体を納めた箱型容器）の錠前を銃剣の先でこじ開けました。そして自分の袋の中に聖体顕示台や金製銀製の聖杯をあわてて突っこみ始めました。アレクシ神父はそのとき、私が動揺しているのを見て振り向き、次のように言いました。

「事の成り行きにまかせなさい。時がやって来たのだ。神はわしには死ぬのを許してくださっているが、君には生きるよう命じておられる」

この瞬間、他の兵士たちが入ってきて、先に来ていた別の兵士に言いがかりをつけ、ののしりあいをしました。もしも他の略奪仲間がくる前に、他の物品を盗むのに時間がないと思わなかったなら、お互いに戦い始めていたかもしれません。彼らは大急ぎで自分たちの袋をいっぱいにしました。袋だけではなく筒型帽子やポケットなどにも、もって行けるものすべてをつめこんだのです。うまく持ち去るために、銃の握り部分を使って、聖遺物箱、十字架、そして燭台をこわし始めました。この破壊行為をアレクシ神父は平然とした顔つきで眺めていました。この破壊のさ中、中央祭壇のキリスト像が十字架から引きはがされ、大きな音を立てて落ちました。「ほら！」と兵士の一人が叫びました。「ここにサン・キュロット（貴族のはくキュロット（半ズボン）を身につけていない人＝革命派）のキリストがいて、おれたちにあいさつしているぞ！」他の者たちがどっと笑いました。彼らはこの彫像のかけらを手に入れようと駆け寄ってきて、この像が金箔を張った木製のものでしかないのを見出すと、突然小馬鹿にしたような陽気さを示して、それを足で踏みつぶしたのです。十字架像の頭の部分をつかみ、私たちが隠れていた円柱のほうに向けて投げつけました。その頭部は私たちの足元にころがりました。アレクシ神父は立ち上がると、信念にみちた様子で言い放ちました。

「おお、キリストよ！　あなたの祭壇がこわされることはありうるでしょう。あなたの像がほこりまみれにされることもありうるでしょう。だが、神の子よ、そうした侮辱があびせられるのはあなたに対してではないのです。あなたは父のみ胸の中で、こうしたことを怒りも苦しみも感じないで見ていらっしゃる。よく知ってらっしゃるからです。人々が、あの自由の名において打ち倒し引き裂くのは、ローマ教会の旗じるしであり、欺瞞と強欲の記章であると。あの自由こそ今日あなたが一番に主張されることでありましょう。もしも天の意思によって再び地上に呼び戻されたなら」

「殺せ！　殺せ！　この狂信者を、おれたちをこんなふうにののしっている奴を」一人の兵士が私たちのほうに銃を向け、突進してきながら叫びました。

「老いぼれの異端審問官に銃剣をつきつけろ！」他の者たちがそのあとを追ってきて、応えました。

彼らの一人がアレクシ神父の胸に銃剣の一撃を加えながら叫びました。

「異端審問官どもを倒せ！」

アレクシ神父は前のめりになり、片腕で体を支えました。そしてもう一方の腕を私のほうに差しのべ、自分のことを守りにくるなと合図したのです。ああ何ということ！　早くもこの気違い連中に取り押さえられ、私は両手を縛られてしまいました。

「わが子よ」とアレクシ神父は殉教者のような落ち着きを見せながら、言いました。「わしらは、打ち砕かれる観念を彷彿《ほうふつ》させるものでしかないのだ。そうした観念の力と聖性とを作り上げていた思想を表わすことはもうないからだ。これが神のなしたもうことだ。わしらを虐殺する者たちの使命は聖なるものだ。いまだ理解されていないとしても！　とはいえ、奴らは言ったな、君も聞いたろう、サン＝キュロットのキリストの名によって、この教会堂の内陣を踏みにじるのだと。これこそ、われらが教父たちによって預言された〈永遠の福音〉の君臨が始まるということなのだ」

そう言ってから、うつぶせざまに倒れました。もう一人の兵士がその頭上に、さらに一撃加えました。

殺せ！　殺せ！　この狂信者を、……

〈此処ニアリ〉の石がアレクシ神父の血しぶきを浴びて赤く染まりました。

「おお、スピリディオン」と彼は、いまわの声で言いました。「あなたの墓は清められた！　おおアンジェロ！　この血の跡を豊かにしてくれ！　おお、神よ！　あなたを愛します。人々が、どうか真のあなたを知りますように！……」

彼は息たえました。そのとき、一つの輝かしい姿がそのかたわらに出現しました。私は気を失って倒れました。

訳者解説

大野一道

はじめに

本書はジョルジュ・サンドが三十四歳のとき（一八三九年）に発表した*Spiridion*の全訳である。サンドはその後四二年に一部を書き直して第二版を出すが、現在ではそれが決定版とされており、訳出に使用したオーロール社版（一九七六年）とスラトキン社版（二〇〇〇年）の両者ともそれに従っている。ところで訳出するにあたり、日本の読者に本書が親しみやすくなるよう訳者としていくつかの工夫をしたので、最初にそのことを述べておきたい。

まず、あらかじめ内容を少しでも示唆できるよう原書にはないサブタイトルを付けた。

次に、本書は若い修練士アンジェロの語りの中に、師アレクシの長い回想が挿入されるという構造になっているが、その回想部分の前後を一行ずつ空け、さらに回想部分全体を《 》で囲って、そのことがはっきりと分かるようにした。ただしこの回想がなされている中でアンジェロが言葉を挟む場面が数か所あるが、その前後は――で囲って明示した。

その他こまかいことを言えば、原文中のイタリックの箇所には傍点をふり、大文字で強調されている語は〈 〉で囲み、ラテン語部分はカタカナまじりの表記とし、さらに人名のうち明らかにイタリア人と思われるものはイタリア風に訳したが、何国人か分からない名前は、すべてフランス風にしておいたことも、お断りしておかなくてはならない。

なお、挿画は、十九世紀半ばのエッツェル版より採った。

『スピリディオン』が書かれた背景

サンドは一八三八年一月四日、当時自分の本を出してくれていたフランソワ・ビュロの妻クリスティーヌにあててノアンから手紙を書いているが、その中で、自分がかなりの重要性を感じている新たな作品を提供する用意があることをご主人に伝えてくれと述べている。サンドの膨大な『書簡集』を編んだジョルジュ・リュバンによると、この作品こそ『スピリディオン』だという。そこから、すでに一八三七年には本書のかなりの部分が書き始められていたことが分かる。そして本書巻頭に置かれた「経緯」の中でサンド自身が明らかにしているように、三八年の十一月から三九年の二月までショパンとともに過ごしたマヨルカ島の修道院で、本書は書き上げられたものと思われる。

そのときまでサンドが書いていた作品は『アンディアナ』『ヴァランティーヌ』『レリア』等、すべてと言っていいほど女性が主人公の物語であった。そこには男性中心主義の社会にあって不当に差別され、生まれながらに男より劣ったものとされる理不尽さを、女性の立場から批判し告発するという姿勢が貫かれていた。ところがである。本書『スピリディオン』には女性は一人も登場しない。話は修道院という男だけの世界で終始展開されてゆく。それまでのものとは一八〇度異なるような作品を、どうしてサンドは書く気になったのか？　本当のところは、いま一つ分からないと言うほかないだろう。ただこの小説が書かれた背景として、一般論的にいくつかの問題が指摘できる。

第一に、作者の個人的体験の問題。ついで外の世界、他者からの影響という問題。ここにはサンドが出会った個々人だけではなく、大きく言って時代風潮とか時代精神とか呼べるような歴史的背景の問題も含まれるだろう。この『スピリディオン』の場合には、はたしてどんな風に考えられるのだろうか。

サンドの個人的体験

サンドは十四歳のときに、パリにあった英国系のレ・ダーム・オーギュスティーヌ修道院付設の寄宿学校に入り二年あまり過ごしたが、そこで一種の神秘的宗教体験とでも言えるようなものを味わったはずである。その体験が基調となって、本書の世界、世の中から閉鎖された修道院の活写を可能とした面があることは間違いない。さらにそれだけではなく、本書で展開されるエピソードにも、寄宿学校時代の思い出が投影されている。代表的例を一つ紹介しておこう。

アレクシが修道院内の教会堂でスピリディオンの墓石を前に瞑想する場面がある。彼は「教会堂の中で完全に一人きりになっていた。一面シーンと静まりかえっていた。(…)祭壇の前でずっと燃えているランプの白くくすんだ炎が、まばゆく日光と争っていた」。そのとき彼は内陣の奥にある扉が開き、足音が近づいてくるのを聞く。たしかに誰かが背後にいるのを感じて振り向いてみるが、誰もいない。「霊は、わしの五感の一つにだけ現れたのだ」（本書一二八―一二九ページ）。

一方ジョルジュ・サンドは『わが生涯の歴史』第三部の終わりあたりで、寄宿学校の教会で体験した次のような話を語っている。

「教会堂を照らしだしていたのは、祭壇付近の小さな銀のランプだった。(…)静かだった。(…)私はすべてを忘れていた。(…)と、耳もとで〈取リテ、読メ〉とささやく声を聞いたと思う。振り向いてみた。(…)私は一人きりだった」

ここに出てくる〈取リテ、読メ〉という言葉は、修道院内にあった聖アウグスティヌスの肖像画に書きこまれていた、聖アウグスティヌス自身の言葉だった。あたかも聖アウグスティヌスが少女に直接語りかけてきたかのような瞬間だったのだ。この体験の思い出が右に引用した『スピリディオン』の場面に生かされていることは明白である。

ところで本書においても大修道院長スピリディオンは、自分の発見した真理を記した「書き物」を、自らの死に際し、棺おけの中に収納させ遺体とともに埋葬させる。時来たらばそれを取り出し真理を学べと遺言して。それゆえ本書はその「書き物」を探索し、その秘伝の教えを会得するまでの物語として読めなくもない。つまり〈取リテ、読メ〉というアウグスティヌスのメッセージは、本書にも受け継がれていることになろう。

その他さまざまな箇所に作者サンドの体験が投影されていることは間違いない。

二人の師ラムネとルルー

次に外部から受けた影響という点では、フェリシテ・ド・ラムネ(一七八二―一八五四)とピエール・ルルー(一七九七―一八七一)の二人を忘れることはできない。本書執筆以前に出会っていた両者を、サンドは共に師として仰いでいた。

ラムネはカトリックの高位聖職者であったが、ローマ教会の現実が政治的権力と一体化し、あるいは自らが権力機構の一つとなっていることを痛烈に批判、イエスが説いた精神を生かし、神の前で万人が平等に隣人愛をもって生きる社会を建設すべきだと訴え、最終的には教会から離脱、広い意味での社会主義的思想を唱えるようになった。サンドはラムネに共感し、一時は彼の出していた雑誌に『マルシへの手紙』を掲載し始めるが、女性には離婚を求める権利があるといった趣旨を語るサンドに、教会をはなれても結婚の秘蹟を信じる聖職者であることに変わりなかったラムネは承服できず、二人の協力関係は途絶えサンドのこの作品も未完に終わる。しかし彼女のラムネにたいする尊敬は終わることなく、本書のアレクシはラムネをモデルに描かれている部分が多いとも言われる。

もう一人の師ルルーはサン＝シモン派の機関紙『グローブ』をはじめ、いくつもの雑誌の出版に携わったジャーナリストであると同時に、宗教性を帯びた社会思想を唱え、全人類が一つであることを強調した思想家でもあった。一八三八年ごろからサンドはルルーに急速に傾倒、その思想から大いに啓発されたと思われる。たとえばルルーの『キリスト教について』という作品には次のような箇所がある。作者がキリスト教徒に向って語りかけている言葉だ。

「君たちの伝統がいかに限定されたものであるかを見たまえ。ユダヤ＝キリストのラインで作られた伝統が、いかに不完全で偽りにあふれたものか見たまえ！（…）人類の中から（…）インド、カルデラ、ペルシア、エジプト、さらにはピタゴラスやプラトンを」除去しているからである。

そして宇宙の真理を明かすものとしての〈言葉〉について言えば、「キリスト教の〈言葉〉はプラトンの〈言葉〉であり、多神教信者の〈言葉〉であり、老子の〈言葉〉であり、エジプト人の〈言葉〉であり、インド人の〈言葉〉なのだ」

こうしてユダヤ教やキリスト教にのみ真理があるなどということはないと宣言、それらを超えた全人類的次元での真理探究が必要だと主張したのである。ここには十九世紀前半のヨーロッパ世界で、急速に始まっていた異文化、とりわけインド発見の衝撃が見て取れよう。いずれにせよ本書の主人公たち、スピリディオンやアレクシの精神的彷徨、思想的探索の中にルルーの影を認めることは容易にできる。

とりわけこの二人からの影響が大きかったにせよ、当時の時代風潮が、大きく全人類的スケールでものを見て、その未来に思いを寄せるといった傾向にあったということも見落としてはならない。そういう意味ではサンドも時代の波に乗って、本書を構想したと言える。

本書のテーマ

このように本書はユダヤ＝キリスト教を越える全人類的救済の原理を、キリスト教世界の真只中、修道院の中から模索した何世代かの修道僧たちの物語となっている。スピリディオンが残した文書を最終的に手に入れたアレクシとその弟子アンジェロは、フィオーレのヨアキムに発する「永遠の福音」の教えを発見、そこに既成のキリスト教を超える新しい宗教的原理を感じ取る。そして精神と社会との同時並行的改革こそ未来の人類に必要だと確信する。アレクシはこうした改革の現実化を、迫り来るフランス革命の中に認め、おそらくは一七九六年にイタリア遠征したナポレオン軍の兵士にだろう、平然として殺されてゆく。自らの属する階層の抹殺が豊かな未来を切り開くことを信じ、自らの犠牲が過去を未来に捧げるための供養の儀式となるのを願ったかのように。

おわりに

『スピリディオン』は後のルナン、マシュー・アーノルド、エマーソン等に多大な影響を与えたという。とりわけドストエフスキーは、その『カラマーゾフの兄弟』のゾシマとアリョーシャの対話が本書のアレクシとアンジェロのそれを踏まえたものだと、ハーク他の研究者から言われているくらい、深く学んだらしい。それは（少なくとも既成の）神が死につつある時代に、全人類が何をもとに連帯して生きてゆくかという大問題を、早くもサンドが考え始めていたとドストエフスキーが感じたからに他なるまい。三十四歳の若き女性が真剣にこうした大問題に取り組んだことには驚嘆するほかない。そしてサンドはこの作品を書いたという一点からでも、当時の大作家たち、バルザック、ユゴー、ミシュレ等に通じる問題意識を持っていたと言える、と指摘しておこう。

最後になったが、日本ではまったく知られていないこの作品を、勇気をもって出版してくださった藤原書店の藤原良雄社長に敬意を表すとともに、いろいろとお世話になった編集部の山﨑優子さんに心より御礼申し上げる。

二〇〇四年八月

訳者紹介

大野一道（おおの・かずみち）

1941年東京都生まれ。1967年東京大学文学部大学院修士課程修了。現在中央大学教授。専攻は近代フランス文学。著書に『ミシュレ伝』（藤原書店）、訳書に、ミシュレ『民衆』（みすず書房）『女』『世界史入門』『学生よ』『山』『人類の聖書』、フェロー『新しい世界史』（以上、藤原書店）、ペギー『もう一つのドレフュス事件』（新評論）、ボンヌフォア編『世界神話大事典』（共訳・大修館書店、第37回日本翻訳出版文化賞）などがある。

〈ジョルジュ・サンド セレクション〉第2巻　〈第1回配本〉

スピリディオン　物欲の世界から精神性の世界へ

2004年10月30日　初版第1刷発行©

訳　者　大野一道
発行者　藤原良雄
発行所　株式会社 藤原書店

〒162-0041　東京都新宿区早稲田鶴巻町523
電話　03（5272）0301
FAX　03（5272）0450
振替　00160-4-17013

印刷・製本　中央精版印刷

落丁本・乱丁本はお取替えいたします
定価はカバーに表示してあります

Printed in Japan
ISBN-4-89434-414-9

5 **ジャンヌ**

Jeanne, 1844 **持田明子 訳＝解説**

現世の愛を受け入れられず悲劇的な死をとげる、読み書きのできぬ無垢で素朴な羊飼いの少女ジャンヌの物語。「私には書けない驚嘆に値する傑作」(バルザック)、「単に清らかであるのみならず無垢のゆえに力強い理想」(ドストエフスキー)。

6 **魔の沼** (第2回配本)

La Mare au Diable, 1846 **持田明子 訳＝解説**

貧しい隣家の娘マリの同道を頼まれた農夫ジェルマン。途中道に迷い、〈魔の沼〉のほとりで一夜を明かす。娘の優しさや謙虚さに、いつしか彼の心に愛が芽生える……自然に抱かれ額に汗して働く農夫への賛歌。ベリー地方の婚礼習俗の報告を付す。

〈附〉「マルシュ地方とベリー地方の片隅――ブサック城のタピスリー」(1847)

「ベリー地方の風俗と風習」(1851)

7 **黒い町**

La Ville Noire, 1861 **石井啓子 訳＝解説**

ゾラ「ジェルミナル」に先立つこと20数年、フランス有数の刃物生産地ティエールを舞台に、労働者の世界を真正面から描く産業小説の先駆。裏切った恋人への想いを断ち切るため長い遍歴の旅に出た天才刃物職人を待ち受けていたのは……。

8 **おばあ様のコント** (選)

Les Contes d' une Grand-mère, 1873, 1876 **小椋順子 訳＝解説**

母を亡くした悲しみに耐え幸せをつかむ少女の物語『ピクトルデュの城』、鳥になって飛び去るほど鳥を愛した少年の物語『勇気の翼』――自然と人間の交流、澄んだ心だけに見える不思議な世界を描き、人間にとって一番大切なことを語る。

9 **書簡集** 1820〜76年 **持田明子 編**

収録数およそ2万通の記念碑的な書簡集(全26巻)から、バルザック、ハイネ、フロベール、ツルゲーネフ、ユゴー、ドラクロワ、リスト、ショパン、ミシュレ、マルクス、ラムネ、バルベス、バクーニン、ジラルダンらへの手紙を精選。心の赴くままに認められた自在な言葉から、19世紀社会が浮かび上がる。

別巻 **サンド・ハンドブック** **持田明子 編**

これ一巻でサンドのすべてが分かるはず！ ①ジョルジュ・サンドの珠玉のことばから、②主要作品あらすじ、③サンドとその時代、④サンド研究の歴史と現状、⑤詳細なサンド年譜、ほか

わが生涯の歴史 (全3巻)

山辺雅彦・石井啓子・原好男・大野一道・持田明子 訳

Histoire de ma Vie, 1855

第1部 ある家族の歴史 〜1800年

第2部 私の子ども時代 1800〜1810年

第3部 子ども時代から青春時代まで 1810〜1819年

第4部 神秘的信仰から自立まで 1819〜1832年

第5部 作家生活と私生活 1832〜1850年

1847年、42歳で執筆を開始、8年後に脱稿した大作。サクス元帥を祖父に持つ父と、祖先の系図がまったくない社会階層の母との間に生まれたオロール・デュパンが、ジョルジュ・サンドという名の作家になっていく道程を鮮やかな筆致で描き出す。3代にわたる家族の歴史までも辿る、19世紀の最もすぐれた自伝の一つ。

フランス映画『年下のひと』原案

赤く染まるヴェネツィア
（サンドとミュッセの愛）

B・ショヴロン　持田明子訳

サンドと美貌の詩人ミュッセのスキャンダラスな恋。サンドは生涯で最も激しく情念を滾《たぎ》らせたミュッセとイタリアへ旅立つ。病い、錯乱、繰り返される決裂と狂おしい愛、そして別れ……。文学史上最も有名な恋愛、「ヴェネツィアの恋人」達の目眩く愛の真実。

四六上製　二二四頁　**一八〇〇円**
（二〇〇〇年四月刊）◇4-89434-175-1

《DANS VENISE LA ROUGE》 Bernadette CHOVELON

新しいジョルジュ・サンド

サンド——政治と論争

G・サンド　M・ペロー編
持田明子訳

歴史家ペローの目で見た斬新なサンド像。政治が男性のものであった一八四八年二月革命のフランス——初めて民衆の前で声をあげた女性・サンドが当時の政治に対して放った論文・発言・批評的文芸作品を精選。

四六上製　三三六頁　**三二〇〇円**
（二〇〇〇年九月）◇4-89434-196-4

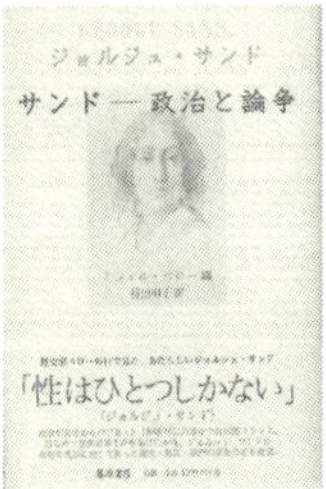

書簡で綴るサンド—ショパンの真実

ジョルジュ・サンドからの手紙
（スペイン・マヨルカ島、ショパンとの旅と生活）

G・サンド　持田明子編＝構成

一九九五年、フランスで二万通余りを収めた『サンド書簡集』が完結。これを機にサンド・ルネサンスの気運が高まるなか、この新資料を駆使して、ショパンと過した数か月の生活と時代背景を世界に先駆け浮き彫りにする。

A5上製　二六四頁　**二九〇〇円**
（一九九六年三月刊）◇4-89434-035-6

文学史上最も美しい往復書簡

往復書簡　サンド＝フロベール

持田明子編訳

晩年に至って創作の筆益々盛んなサンド。『感情教育』執筆から『ブヴァールとペキュシェ』構想の時期のフロベール。二人の書簡は、各々の生活と作品創造の秘密を垣間見させるとともに、時代の政治的社会的状況や、思想・芸術の動向をありありと映し出す。

A5上製　四〇〇頁　**四八〇〇円**
（一九九八年三月刊）◇4-89434-096-8